复旦大学中文系作家班

创办 30 周年(1989—2019)纪念

复旦大学中文系 高山流水文丛

顾问：陈思和　骆玉明　主编：陈引驰　梁永安

繁尘过后

王琰 ◎ 著

上海文艺出版社

总序

　　"五四"新文学运动一百年来的历史证明：新文学之所以能够朝气蓬勃、所向披靡，为中国社会的进步和发展作出了那么大的贡献，一个很重要的原因，就是它始终与青年的热烈情怀紧密连在一起，青年人的热情、纯洁、勇敢、爱憎分明以及想象力，都为文学创作提供了丰厚的资源——我说的文学创作资源，并非是指创作的材料或者生活经验，而是指一种主体性因素，诸如创作热情、主观意志、爱憎态度以及对人生不那么世故的认知方法。心灵不单纯的人很难创造出真正感动人的艺术作品。青年学生在清洁的校园里获得了人生的理想和勇往直前的战斗热情，才能在走出校园以后，置身于举世滔滔的浑浊社会仍然保持一个战士的敏感心态，敢于对污秽的生存环境进行不妥协的批判和抗争。文学说到底是人类精神纯洁性的象征，文学的理想是人类追求进步、战胜黑暗的无数人生理想中最明亮的一部分。校园、青春、诗歌、梦以及笑与泪……都是新文学史构成的基石。

　　我这么说，并非认为义学可能在校园里呈现出最美好的样态，如果从文学发生学的角度来看，校园可能是为文学创作主体性的成长提供了最好的精神准备。在复旦大学百余年的历史中，有两个时期对文学史的贡献是不可忽略的：一个是在抗战时期的重庆北碚，大批青年诗人在胡风主编的《七月》上发表个性鲜明的诗歌，绿原、曾卓、邹荻帆、冀汸……形成了后来被称作"七月诗派"的核心力量；这个学校给予青年诗人们精神人格力量的凝聚与另外一个学校即西南联大对学生形成的现代诗歌风格的凝聚，构成了战时诗坛一对闪闪发光的双子星座。还有一个时期就是上世纪70年代后期，复旦大学中文系设立了文学创作与文学评论两个专业，直到1977年恢复高考的时候，依然是以这两个专业方向来进行招生，吸引了一大批怀着文学梦想的青年才俊进入复旦。当时校园里不仅产生了对文学史留下深刻印痕的"伤痕文学"，而且在复旦诗社、校园话剧以及学生文学社团的活动中培养了一批文学积极分子，他们离开校园后，都走上了极不平凡的人生道路，无论是人海浮沉，还是漂泊他乡异国，他们对文学理想的追求与实践，始终发挥着持久的正能量。74级的校友梁晓声，77级的校友卢新华、张锐、张胜友（已故）、王兆军、胡平、李辉等等，都是一时之选，直到新世纪还在孜孜履行文学的责任。他们严肃的人生道路与文学道路，与他们的前辈"七月诗派"的受难精神，正好构成不同历史背景的文学呼应。

接下来就可以说到复旦作家班的创办和建设了。上世纪八九十年代之交，复旦大学受教育部的委托，连续办了三届作家班。最初是从北京中国作协鲁迅文学院接手了第一届作家班的学员，正如《复旦大学中文系"高山流水"文丛》策划书所说的，当时学员们见证了历史的伤痛，感受了时代的沧桑，是在痛苦和反思的主体精神驱使下，步入体制化的文学教育殿堂，传承"五四"文学的薪火。当时骆玉明、梁永安和我都是青年教师，永安是作家班的具体创办者，我和玉明只担任了若干课程，还有杨竟人等很多老师都为作家班上过课。其实我觉得上什么课不太重要，我已经完全忘记了当初的讲课情况，学员们可能也忘了课堂所学的内容，但是师生之间某种若隐若现的精神联系始终存在着。永安、玉明他们与作家班学员的联系，可能比我要多一些；我在其间，只是为他们个别学员的创作写过一些推介文字。而学员们在以后的发展道路上，也多次回报母校，给中文系学科建设以帮助。

三十年过去了。今年是第一届作家班入校三十周年（1989—2019）。为了纪念，作家班学员与中文系一起策划了这套《文丛》，向母校展示他们毕业以后的创作实绩。虽然有煌煌十六册大书，仍然只是他们全部创作的一小部分。因为时间关系，我来不及细读这些出版在即的精美作品，但望着堆在书桌上一叠叠厚厚的清样，心中的感动还是油然而生。三十年对一个人的生命历程而言，不是一个短距离，他们用文字认真记录了自己的生命痕迹，脚印里渗透了浓浓的复旦精神。我想就此谈两点感动。

其一，三十年过去了，作家们几乎都踏踏实实地站在生活的前沿，在商品经济大潮的呼啸中，浮沉自有不同，但是他们都没有离开实在的中国社会生活，很多作家坚持在遥远的边远地区，有的在黑龙江、内蒙古和大西北写出了丰富的作品，有的活跃在广西、湖南等南方地区，他们的写作对当下文坛产生了强大的冲击力；即使出国在外的作家们，也没有为了生活而沉沦，不忘文学与梦想，是他们的基本生活态度。他们有些已经成为当代世界华文文学领域的优秀代表。老杜有诗："同学少年多不贱，五陵衣马自轻肥。"这句话本来是指人生事业的亨达，而我想改其意而用之：我们所面对的复旦作家班高山流水般的文学成就，足以证明作家们的精神世界是何等的"轻裘肥马"，独特而饱满。

其二，三十年过去了，当代文学的生态也发生了沧桑之变。上世纪90年代以来，文学已经从80年代的神坛上被请了下来，迅速走向边缘；紧接着新世纪的中国很快进入网络时代，各种新媒体文学应运而生，形式上更加靠拢通俗市场上的流行读物。这种文学的大趋势对"五四"新文学传统不能不构成严重挑战，对于文学如何保持足够的精神力量，也是一个重大考验。然而这套《文丛》的创作，无论是诗歌、散文还是小说，依然坚持了严肃的生活态度和文学道路。我读了其中的几部作品，知音之感久久缠盘在心间。我想引用已故的作家班学员东荡子（吴波）的一段遗言，祭作我们共同的文学理想：

> 人类的文明保护着人类，使人类少受各种压迫和折磨，人类就要不断创造文明，维护并完整文明，健康人类精神，不断消除人类的黑暗，寻求达到自身的完整性。它要抵抗或要消除的是人类生存环境中可能有的各种不利因素——它包括自然的、人为的身体和精神中纠缠的各种痛苦和灾难，他们都是人类的黑暗，人类必须与黑暗作斗争，这是人类文明的要求，也是人类精神的愿望。

我曾把这位天才诗人的文章念给一个朋友听，朋友听了以后发表感想，说这文章的意思有点重复，讲人类要消除黑暗，讲一遍就可以了，用不着反复来讲。我不同意他的观点，我说，讲一遍怎么够？人类面对那么多的黑暗现象，老的黑暗还没有消除，新的黑暗又接踵而来，人类只有不停地提醒自己，反复地记住要消除黑暗,与黑暗力量做斗争,至少也不要与黑暗同流合污,尤其是来自人类自身的黑暗,稍不小心,人类就会迷失理性,陷入自身的黑暗与愚昧之中。东荡子因为看到黑暗现象太多了,他才要反反复复地强调;只有心底如此透明的诗人,才会不甘同流合污,早早地离开了这个世界。

我之所以要引用并且推荐东荡子的话,是因为我在这段话里嗅出了我们的前辈校友"七月派"诗人中高贵的精神脉搏,也感受到梁晓声等校友们始终坚持的文学创作态度,由此我似乎看到了高山流水的精神渊源,希望这种源流能够在曲折和反复中倔强、坚定地奔腾下去,作为复旦校园对当今文坛的一种特殊的贡献。

复旦大学作家班的精神还在校园里蔓延。从2009年起,复旦大学中文系建立了全国第一个MFA的专业硕士学位点。到今年也已经有整整十届了,培养了一大批年轻的优秀写作人才。听说今年下半年,这个硕士点也要举办一系列的纪念活动。我想说的是,作家们的年龄可以越来越轻,我们所置身的时代生活也可以越来越新,但是作为新文学的理想及其精神源流,作为弥漫在复旦校园中的文学精神,则是不会改变也不应该改变,它将一如既往地发出战士的呐喊,为消除人类的黑暗作出自己的贡献。

写到这里,我的这篇序文似乎也可以结束了。但是我的情绪还远远没有平息下来,我想再抄录一段东荡子的诗,作为我与亲爱的作家班学员的共勉:

> 如果人类,人类真的能够学习野地里的植物
> 守住贞操、道德和为人的品格,即便是守住
> 一生的孤独,犹如植物

在寂寞地生长、开花、舞蹈于风雨中
当它死去,也不离开它的根本
它的果实却被酿成美酒,得到很好的储存
它的芳香飘到了千里之外,永不散去
停留在一切美的中心
(引自《停留在一切美的中心》)

陈思和

2019 年 7 月 12 日写于海上鱼焦了斋

目 录

上　篇　天上人间　　1

中　篇　误入尘网　　119

下　篇　天涯浮萍　　221

后记　317

上篇 天上人间

第一章

何荷踩着青石板，从药铺东面的小巷子里袅袅婷婷出来，汪先生正在抓药的手微微一抖，他闻到了麦子的清香。他贪婪地吸一口气。何荷柔韧高挑的身材像即将成熟的小麦，给他送去清香的同时，悄悄在心头涂上一层光泽。

汪家是江县有名的大家族，祖祖辈辈不用为衣食发愁。汪先生作为长子因为热衷中医，曾把出国留洋的机会让给三弟，自己执意留在江县经营药铺并学点医道。据说他给人看病从不收钱，还不许人家叫他医生。叫先生，他总是一边给人搭脉一边和蔼地凝视着对方的眼神说。

你不是江县人吧？这是他对何荷说的第一句话。他喜欢泥土和麦子的味道，并一直觉得乡土生活才是他身体脉络中根深蒂固的一部分。原配夫人陈氏是他执意从乡下娶来的老婆。十八年婚姻过去，陈氏腹部平坦，毫无生育迹象，夫妻俩领养了两个穷人家的婴儿。十二岁的何荷是被汪先生雇去抱孩子的。

面对老爷发问，何荷感觉自己十分渺小，不得不对这个神仙一样的男人表示顺从。当她报出籍贯，童年遭受的歧视又回来了，鼻子一酸，眼里滚出两颗泪。汪先生一把抓住她的手，笑道：怎么啦？你怎么啦？有什么委屈告诉我。

汪先生温文儒雅，一张白净的长脸上架副金丝边眼镜。如果说他身上有什么超越江县人的特点，何荷认为就是那双漂染药香的手。那双手整天与人参、卜芥、儿茶、八角、丁香、刀豆、三七等药材进行频繁的接触和交流，仿佛对于人世间的一切疾病和痛苦也了如指掌，在何荷心里拥有某种神奇的力量。

何荷仰起一张泪脸，崇拜地望着他。

你怎么啦？汪先生再次问，轻轻拍了拍她的手，带着安抚和保护的暗示。何荷抹一把眼泪，这才意识失态，慌乱地抽回手，说：我不认字，怕做不好惹老爷太太心烦。

叫先生。汪先生纠正她，再次抓住她的一双小手，手掌朝上摊开，轻轻在她掌心画了个字，问：想不想学认字？

认字？何荷难以相信这样的好运会降临到她头上。她不是来做侍女的吗？

汪先生对她鼓励地点了点头，说：愿意的话，跟我去药铺做工，我顺带教你认字。

何荷后来之所以能成为半个家庭医生，完全得益于那段药房经历。药房后面是汪先生的书房兼休息室。汪先生大部分时间花在药铺，只周末回家住两天。夫人陈氏从不突击查岗，安心等待属于他们团聚的周末。汪先生的休息室据说也是和几个相好的私会场所。那些女人身上带一股特殊药味，经常被江县人指指点点，说她们白被汪先生玩弄了，连个小妾都没争到。

何荷那时还太小，无法明白"玩弄"两字的确切含义。但送她去药铺做工的第一天，母亲欲言又止的神情使她极不舒服，她知道母亲想说什么话，果然，母亲迟迟疑疑告诫：荷啊——

何荷用一个孩子最充分的信任打消母亲的顾虑：我觉得汪先生是个好人。

母亲没再说话。穷人家的孩子连命都由不得她自己,还在乎身子么?多年后,何荷总在寻思,母亲送她去药铺,不会不知道羊入虎口这个危险。她一定是抱着汪先生不会对一个孩子动邪念的侥幸,才做出这个决定的。

事实证明,任何抱侥幸的意念都有其潜在的危险性。

何荷本来进汪家为照料孩子,却被汪先生临时调进药铺。因为何荷才十二岁,没有引起江县人猜测。陈氏却一眼看穿汪先生用心。某晚,两人房事完毕,陈氏并不立即穿衣服。她没有生育过的身体风韵残存,对汪先生散发出一股即将毁灭的气息。陈氏将他的手按在胸口,说:我知道你想什么。你这个老色鬼。说完爬在汪先生身上悲号。

汪先生也流下眼泪,那是对一去不复返的青春的伤逝之痛。那晚的汪先生,对陈氏尽了他最后的努力,从此,陈氏一心抚养孩子,再不过问汪先生的风流韵事。

汪先生在等待何荷长大的五年间,突然无法忍受其他女人的粗俗和矫揉造作。他貌似清心寡欲,实则积聚激情。日长月久又因这激情无法排遣,无从发泄,有时会对何荷过于严厉,小题大做。

他教何荷认字,专挑"窈窕淑女、君子好逑"之类的《诗经》讲解。以教写字为由,走到何荷身后,将她抱在怀里,抓住她的手在纸上一笔一画地写,然后指着"淑女"两字说这个指她,"君子"指他。

第一次被汪先生搂住的感觉对十二岁的女孩来说,带着半是父爱的娇宠,一下俘虏了她的情感。时间一长,她如果写不好字,会主动坐汪先生大腿上,搂他脖子,撒娇着要求重来。这种不是亲人胜似亲人的情呢融融,让很多不知底细的人羡慕,以为他们是父女。

有次,何荷对江先生说做了一个梦,梦见叫他爸爸。汪先生心怀叵测地亲她一口,说不要做她爸爸,他要等她长大后做她男人。何荷跳起来口无遮拦地惊叫:你这么老了,还想做我男人?汪先生心里一个咯噔,再次将她抱住,问:想不想知道我怎么做你男人?何荷笑着捂住耳朵说痒死了,汪先生你把我弄得痒死了。那年何荷刚满十三岁,笑过闹过,一切照常。只有汪先生心里清楚自己在玩火。这念头,随小何荷逼近成年,越发强烈。

何荷,这颗他亲手挑选的小麦穗,就这样在眼皮下,在他呵护的气息中一点点发育成熟。她腰肢柔弱,皮肤光滑,浑身上下散发出少女的气息。有时他看着她,呼吸她身上的气息,内心便翻江倒海地坐立不安了。

何荷十七岁时,敏感地觉察到了汪先生的异样,但她仍像以往那样坐他腿上发嗲,并以此为乐。汪先生承受着她身体的重量,双腿开始打战,等他终于憋不住,托起她下巴要亲,她又如狡兔般逃脱。她灵动的身子在屋里捉迷藏似的忽隐忽现,他喘息着想:她和陈氏到底是不一样的。陈氏从一而终,她却天性风流。你看她走路时的妖娆,她眼神的妩媚无一不在勾引他。她是存了心折磨他,其实心里明镜似的,对男女之情早了如指掌。

何荷对汪先生使用欲擒故纵的把戏?多年后当两人真的成为夫妻,汪先生旧话重提,何荷笑岔气也不肯承认。她说她喜欢逗他。汪先生听此认定她那时就爱上了他,只不过自己不知道罢了。

第二章

何荷开始和前来配药的一个小裁缝眉来眼去，并偷偷跑出去约会，纯粹因为小裁缝有个她很仰慕的表姐叫秀珠。

秀珠是她们那条街读书最好又最漂亮的女孩。因是家中独女，两年前招女婿和一个叫黎鸿飞的男人结婚了。黎鸿飞不光人长得英武，工作也好，在上海轮船公司做经理。婚后秀珠很快生了个女儿，取名月圆。女儿出生前，江县人还经常看见他们小夫妻俩恩爱的身影。月圆满月一过，这黎鸿飞像失踪了，很少回江县。大家先怀疑黎鸿飞重男轻女，不满头胎是个女孩，在上海另娶外室花天酒地。毕竟他身份不一般，想娶个小的还不容易？这样议论一阵，又有人言之凿凿说黎鸿飞其实是地下党航道线上一个大头目，总经理职位是其掩护身份，连名字都是假的，还说他选择和高中同学秀珠结婚，也是出于革命需要。

那一年，蒋介石对中央苏区发动第五次"围剿"，红军经过一年奋战，未能打破敌人"围剿"，被迫放弃中央根据地，开始进行长征。革命斗争陷入最为黑暗严酷的阶段，许多志士相继被捕，惨遭杀害。

人们相互怀疑猜测黎鸿飞身份时，并没意识到革命的残酷性。直到有一天，江县街道突然出现几个全副武装的国民党士兵，对秀珠家进行突击检查，才替她捏了把汗。秀珠又怀孕了，她不停呕吐，那张因怀孕显得有点浮肿的脸上毫无畏惧。她真勇敢。何荷羡慕地望着秀珠。

这次突查事件后，何荷很少再见秀珠出门，都是通过小裁缝才知道她怀孕后身体的种种不适。一天，小裁缝抄了几首烈士英勇就义时留下的诗篇，颤声朗读："浪迹江湖忆旧游，故人生死各千秋，已拚忧患寻常事，留得豪情作楚囚。"

何荷不明其意，但被他声音里某种视死如归的气概打动，主动依偎进他的怀抱。小裁缝满怀热血地鼓动她说：我们也去干革命吧！何荷毫不犹豫地点头。接着两人商量行走路线，小裁缝说可以先去上海找他表姐夫黎鸿飞。

何荷对革命毫无概念，但上海是她心驰神往的地方。江面上每天有船只来来往往，都说是开去上海的。上海，这个不夜城，大都市，是广袤苍穹下一团缥缈的梦境，又是一个可望不可及的巨大丰富的世界。她渴望立刻动身，小裁缝却又开始安于在家踩缝纫机了。这个喜欢边踩缝纫机边幻想的男孩，思想永远大于行动。

如果不是汪先生妒忌小裁缝横刀夺爱，加快娶何荷做二房的决心。何荷要去上海找地下党的冲动，恐怕也像小裁缝一样，永远只停留在纸上谈兵阶段。

汪先生送的彩礼很丰厚，够她哥哥娶两房媳妇了。

何荷望着那一堆使他们家蓬荜生辉的绫罗绸缎，心里既无欢喜也无忧愁，好像这一切与她无关。说实话和汪先生朝夕相处五年，没有感情肯定不真实。但一下做夫妻，而且还是小老婆，她心里别扭，委屈，她拿秀珠做参照：黎鸿飞年轻英武，多好。假如嫁给这样一个男人，哪怕第二年当寡妇也心甘情愿。想到这里，似有诅咒黎鸿飞之嫌，赶紧拍了拍嘴巴，以示惩诫。与此同时，一个决定在心里悄悄形成。

那个夜晚，何荷独自筹划自身命运的时候，不止一次想起黎鸿飞。

这个只见过几面的江县人,成为她人生迷途上的一座灯塔。她不知道,与她一街之隔的另一间屋,黎鸿飞已乘夜黑潜入妻子闺房。

秀珠即将临盆。黎鸿飞接上级通知,上海轮船公司这个联络点已被叛徒出卖,必须紧急转移。可他放心不下妻子,执意在转移前回趟江县。

他们的私会必须靠黑暗作掩护。每次短暂相聚,加深着他对生命的留恋。他搂住妻子温热的身躯,倾听胎儿的心跳,那一刻,战争离他们很遥远。江面传来轮船的摇橹声,随着橹的搅动,他们也仿佛躺在水上,深深地陷进一个新生命的光耀。

给孩子取个名再走吧,秀珠的声音悠悠地应和着摇船的桨橹声。窗外枝叶扶疏,轻轻地把风吹进室内。黎鸿飞披衣起身,凝视悬挂海天之间的一轮明月,那里充满了恬静的光辉,那里是人们心驰神往的和平中心。没有刀光剑影的世界多么安静,多么美好啊。

就叫月明吧。

月明。不管你是男孩女孩,爸爸希望你安安静静地成长,希望你心底的明月不要被黑暗惊扰。你虽生在乱世,但这样的日子不会太久了。爸爸正在尽他最微薄之力,为你驱散乌云,让黎明的曙光尽快降临,让更多像你一样的孩子沐浴阳光,呼吸自由。

假如,那个夜晚秀珠没有流露儿女情长,再假如两岁的女儿月圆没有哭着扑进他怀抱,他也许不会留宿,那么,有关他黎鸿飞的历史可能全部重写,灾难也不会像被推翻的多米诺骨牌,接二连三地发生了。

第三章

　　距离江县十八里地的东城，素有"小上海"之称。江边矗立着天主教堂、邮政局、通商银行、民宅等具有浓郁欧陆风格的建筑。如果说江县让你更多感受的是小桥、流水、人家的古朴情韵；东城这个港口城市，却以它开放的姿态，海纳百川，最早接触了西方文明。

　　汪先生和他的药铺曾经开在东城码头一带的特色商业区内，那是一个新旧观念不断发生碰撞的城市，住洋楼吃洋菜成为时尚。汪先生至今仍保留着过生日吃蛋糕这一西化习惯。他书房里还有一台留声机，兴之所至会随音乐翩翩起舞。有天，他多喝了两杯酒，搂着何荷转圈。从汪先生半带醉意的描述中，何荷知道了东城的夜总会、舞厅和西式糕点。这对从小喜欢听地方戏、脑袋里满是才子佳人故事的何荷是一个全新体验。她无法想象舞女的紧身旗袍，以及大腿两侧的开衩；无法想象女人和陌生男子在大庭广众的搂搂抱抱。东城，因为汪先生一鳞半爪的描述，对何荷反成洪水猛兽。这世界到底还有多少她不知道的事？

　　这天凌晨，东城码头，沿江一带照例聚集了一批喜欢看日出的游客。一艘开往上海的游轮停泊港口，几个水手正在甲板上做清洗工作。水手们终日生活海上，对日出日落司空见惯。

上海小开常怀金这天也要坐船返回上海。父亲是上海某灯泡厂老板，在他十九岁那年替他娶了东城一家灯泡厂老板的女儿，从此有关东城方面的生意便放心由他经营。他三天两头跑东城，对日出，像船上的水手一样司空见惯。他在人群中无聊地耗时间，脸上带着一丝上海小开特有的优越感，睥睨着聚在江边的游客。他对东城人引以自豪的西化的色彩、中西合璧的建筑也是不屑一顾的：这不是因为上海有个更大的外滩，而是根深蒂固对传统戏曲的热爱，使他排斥一切西洋的莺歌燕舞。

他最感惬意放松的时光是坐在戏院包厢，边嗑瓜子边喝茶听戏。他不光喜欢听戏还学戏，先学京戏、青衣戏，后又迷上越剧。在学戏过程中他认识了如今的二姨太，两人假戏真做，擦出火花。之后，二姨太也不唱戏了，一心只想为他生儿子，坐牢第二把交椅。二姨太一不唱戏，就将全部心思用于关注自身利益上，争风吃醋，将女人所擅长的小伎俩小心思发挥到极致。这样一来，两人就没多少共同语言了。原先她身上的魅力也消失尽净，使常怀金索然无味。

常怀金遇见何荷之前，虽然家里有两房太太，情感上仍不满足，并时时刻刻感到孤寂。那天他在江边面对日出无聊地踱步时，没想到他渴望的真命女神正朝他的方向加快奔跑速度。

何荷自从五岁那年随父母逃难到江县，十多年没离开过江县。她对世界的认知范围仅限于汪先生的药铺和她居住的那条小街。如今要独自逃到东城，再从东城坐船去上海，事后想想真不知哪来的勇气和精力。恐怕只能解释为命吧。命中注定她要和常怀金有一段姻缘，机缘巧合，无论隔山阻水，会把对方送到面前。

刚逃出江县的何荷不知道前方有什么等待着自己，只被一股盲目的力量驱使，不停地向前奔跑。展现在眼前的景物越来越陌生，也越来越新奇。她东张西望，感觉十七年来第一次睁开眼看到了世界。一股全新的东西注进血液，她变得亢奋，无所畏惧。

人流徐徐走上甲板,常怀金不想和他们挤。他无聊地掏出怀表看了看时间,耳边突然传来一声尖叫——是何荷。从来没在如此宽阔的江面上看日出,她兴奋地张开嘴,瞪大双眼,对着太阳又蹦又跳。

哦,哦,太阳,太阳。太阳洗好澡出来了,像个贵妇人,好鲜亮啊。

何荷竟把日出比作贵妇人出浴。这也太新鲜。常怀金刚想喷口而笑,一转身,被她眼神中毫不掩饰的真情打动。她打扮很土,一看就知道是从小地方来的、没见过世面的乡下人。可她浑身上下流动的年轻元素,她眼角眉梢闪动的灵气,使常怀金停下脚步,朝她多瞟了两眼。

何荷迎着他的目光,再次指着日出问:你说它是不是像个贵妇人?你看见过贵妇人吗?

这下轮到何荷语塞:贵妇人……

常怀金上下打量她片刻,换了个话题再问:你去上海做什么?

找人。何荷说完,似意识到某种危险,加快脚步走上甲板。

常怀金捏着头等舱船票,盯了何荷背影片刻,情不自禁跟随她进入散舱。舱内人挤人,到处是劣质的烟味和人身上的汗臭,再加海鲜干货等味道的混杂,使空气浑浊不堪。换作以往,这种地方,他避之唯恐不及。这天真是被魔咒了。何荷轻盈地走在前面,美丽的头发用一块红手帕束在脑后,一闪一闪,像一簇跳动的火焰,给他在混沌的世界指明方向似的,他眼里便只有那簇火焰,对周围环境的污浊视而不见。

常怀金紧挨何荷坐在窗口。何荷将一只布衣包裹搂在胸口,眼睛盯住码头,浑身不易察觉地掠过一丝颤抖。

黎鸿飞头戴一顶草帽,也上了同一艘游轮,就坐何荷和常怀金对面。舱内开始有小孩的哭声和母亲的轻声呵护。黎鸿飞朝舱内啼哭的孩子投过去深深一瞥,耳边回荡起月圆的哭声。月圆舍不得他走,两岁的孩子硬是不睡觉，搂住他腰不放，到天蒙蒙亮的时候，才撑不住瞌睡起来。秀珠送他出门时，再次将他的手放在自己肚子上，让他感受腹中胎儿的依恋。东方的天空已开始发白，矗立江边的天主教堂敲响了钟声：一下，两下，三下……似带某种伟大意志的召唤。尽管黎鸿飞的信仰里没有上帝两字，那天钟声的余音袅袅，传递给他的信念，更坚定他对胜利的渴望。他紧握住秀珠的手，情不自禁地吟起恽代英烈士被铺时的一首诗，也正是小裁缝给何荷朗诵的诗句："浪迹江湖忆旧游，故人生死各千秋，已摈忧患寻常事，留得豪情作楚囚。"

　　游轮准备启航了，汽笛长鸣，船内乘客发出一阵欢呼。何荷凝视着江水，不知为何，想起汪先生陡然衰老的脸、孤独的背影，心里酸酸的，不是滋味。常怀金仿佛感到她心底的酸楚，朝她身边挤了挤问：想家了？何荷没有回答，仍在想象汪先生知道她逃婚后的种种反应。她喜欢逗他，喜欢看他找不到她时的焦虑，但这次她不再跟他捉迷藏，她玩真格的了。她又是开心又是失落，嘴里发出两声像哭一样的笑声。常怀金听着异样，更紧地挨过去问：真想家了？

　　何荷咬了咬嘴唇，不回答，眼里闪动着一丝异样的光。黎鸿飞一眼认出了这个江县女孩，也一眼看穿跟何荷搭讪的小开别有用心，换作平时，肯定要提醒她小心。但这天形势十分严峻，他已在通缉名单中，敌人恐怕正朝这边追来。他一手插在裤兜握住手枪，另一手压了压帽檐，略显不安地朝窗外瞟一眼。

　　江面上突然惊起一行白鹭，白鹭惊慌失措地扑棱翅膀，正准备奋力起飞，只听"砰"一声枪响，一只白鹭被击中，血肉模糊的身躯，在何荷惊恐的眼皮底下，狠狠地撞击船窗，坠入江面。

　　何荷惊叫，用手捂住耳朵。枪声越来越密集，更多白鹭被击毙。船窗上飞溅的血痕，让何荷误以为是从自己眼里流出来的。游轮被荷枪实弹的国民党团团包围。

　　想不到他们这么快就来了。他真的已被出卖。当最坏的预想成为

13

现实，反倒坦然。黎鸿飞再次想起恽代英的诗：留得豪情作楚囚。他迅速判断形势，插在裤兜里的手随时准备行动。

敌人冲进船舱，强行把几个青壮男子押出去，在船头一字排开，叫嚣：如果共党头目黎鸿飞不主动自首——

一听黎鸿飞三字，何荷惊跳起来，常怀金忙从身后将她抱住，捂她嘴巴。何荷在常怀金怀里挣扎，惊恐地瞪着黎鸿飞挺直的身躯，仿佛听到秀珠撕心裂肺的哭声，两行热泪无助地从眼里滚出。还有什么比眼睁睁看着一个生命从你眼前消失更可怕的折磨？她想冲上去和刽子手拼命，想大声告诉他们，黎鸿飞即将做爸爸，请高抬贵手，让出生的孩子享受父爱。

码头警铃齐鸣，红灯闪烁，巡捕房和国民党狼狈为奸，互通消息，共同缉捕共产党头目黎鸿飞。黎鸿飞高昂头颅，临上警车时，朝何荷伫立的方向微微一笑，嘴唇嚅动似乎说着什么。何荷确定他看见了她，猛烈挥手，无奈常怀金捂住她嘴巴的手就是不肯松开。他只是不停地在她耳边重复：你救不了他。你救不了他。

黎鸿飞被带走了。江边又恢复了往昔的寂静。一船乘客被这突如其来的变故吓得目瞪口呆，很长一段时间，大家呆呆地盯着水面，不说一句话。

江上漂浮着几只白鹭的尸体，窗玻璃上的血迹一滴一滴往下掉，鲜红的血水溶进江河，迅速被翻滚的白浪淹没。有两个误点的乘客，气喘吁吁跑来，还不知道发生什么事，嘴里嚷嚷着"庆幸""赶上"之类的话，急切地往甲板上跳。

何荷憋着的一口气这才提起，一把推开常怀金，哭着喊：秀珠啊——

汽笛长鸣三声，似乎在为此去凶多吉少的壮士祈祷。

何荷大叫秀珠时，得知消息的秀珠，正坐在小裁缝借来的一辆黄包车上往江边赶。她不相信丈夫会被出卖，这两年，丈夫总是夜半来天明去，从没出过差错。难道，黑夜真的有一双不眠不休的眼睛在盯着他们？

秀珠不寒而栗的同时，仍怀抱侥幸，不停地催促小裁缝：快点，快点。等他们好不容易赶到江边，游轮正准备启航。看着四周平静的一切，秀珠松了口气，指了指江面对小裁缝说：你看，船晚点了。你姐夫没事。

秀珠话音刚落，何荷情绪激动地冲上岸，抱着秀珠大哭：秀珠，秀珠，鸿飞哥被抓了，好多人拿枪顶着他，但他一点也不怕。秀珠啊，你说鸿飞哥会不会死？

秀珠一言不发，身体晃了晃，两手抱住肚子，痛楚地弯腰蹲下。轮船再次发出鸣笛声，常怀金跑过去拽何荷说：快走，船要开了。

即将临盆的秀珠倒在码头，痛得大汗淋漓。她咬紧牙关，拼尽全身之力对小裁缝说：快，快送我去医院。

何荷怎么可能在这个时候丢下秀珠？她伸出手刚想搀扶，却见不远处逆着晨光奔跑而来的汪先生，一怔，忙抽身往回跑。等她和常怀金前脚刚跨上轮船，甲板就被抽走了。

汪先生气喘吁吁地追到江边，顿足长叹：何荷你别走。你不同意好好说，我不会逼你的。

江面上，几只白鹭在空中盘旋，哀鸣，它们刚刚失去伴侣。白鹭的哀鸣应和着秀珠的呻吟还有汪先生的叹息，强烈地撞击着何荷内心。

游轮离开码头，向既定目的地上海徐徐前进。何荷望着岸边越来越渺小的汪先生、秀珠和小裁缝，似乎到这一刻才意识到，她要和江县的生活江县的父老乡亲彻底告别了，心底蓦地被一股离愁击中，升起一种对未来渺不可知的迷惘感。

第四章

何荷是如何从稚嫩的少女变成丰盈的少妇的,这一切快得来不及思考。当她从一个冗长的梦境挣扎着苏醒时,发现自己并没有被敌人追杀,也没有在灯红酒绿的上海滩流离失所,而是温暖地躺在一张宽大柔软的席梦思床上。床上除她之外,还有另一个陌生男人。男人睡得很香甜,丝毫没有受她梦魇的影响。他翻了个身,将胳膊搭在她胸脯上。男人的手很年轻,没有汪先生手上的皱褶和药味;男人的手很干净,没有镶在小裁缝指甲尖的乌金边。何荷在那一刻的冷静超出了年龄和经验,也许刚刚目睹的腥风血雨催熟了心智?她审视那双手,反反复复思考同一个问题:她怎么会和他睡一起?这里是什么地方?

唯一有记忆的也是这双手:这双手自从黎鸿飞被敌人带走,一直不离左右。船上十几个小时,她浑浑噩噩,脑海里各种画面纷至沓来,一会担心黎鸿飞,一会又伤心于和汪先生的别离。最让她放心不下的是秀珠,孩子生了吗,男孩还是女孩?

何荷被这些思想折磨得心力交瘁。船到上海了,天上黑云压阵,她随人流走出船舱。乘客们步履匆匆,奔赴各自目的地。她也试图跟随,跟着跟着停住脚步。她来上海做什么?这里繁华的一切跟她有什么关系?有什么人在这里等她吗?最早曾和小裁缝计划去上海投奔共产党,如今,要投奔的人生死未卜。她去哪里?她能去哪里?

遥远的天边响起雷声,一道摇曳不定的闪光,像人体脉络裸露天地间。要下雨了。人群像灰影一批批从身边飘然而过。她仰头,看闪电如何吞吐它巨大的火舌,并发出一阵阵得意狞笑。她一点不害怕,只想找个地方躺下来,让身体和思想锁进黑幽的深渊,在那里酣睡,忘记一切。

一个柔和的声音在耳边说:跟我回家吧?那双手再次把她搂住。她坠入梦境时清晰地闻到了他身上的香水味,清晰地听到了他心脏不规则的跳动声。

这异样的心跳曾在汪先生怀里听到过,汪先生教她写字时手的动作干脆有力。他教她认的第一个字是简单的"人",然后是一个复杂的"爱"。

何荷感觉一个男人全部的身体重量,耳边灌满喘息声,这些昏乱的呓语听来只有两个字:"爱人"。

爱人。她坠入更深梦境时,嘴里叫了声汪先生,心想,她到底还是做了他的女人。事情做完才发觉没有想象中那么恐惧。早知如此,当初的反抗多少有点自找苦吃。还好,汪先生及时把她找到了。她一直绷紧的神经直到那一刻才彻底放松,一觉过去睡得天昏地暗。等清醒已是抵达上海后的第三天凌晨。

何荷睁开眼,常怀金也醒了。不过他仍然假寐,静观她反应,同时急速寻找对策。假如她大叫大闹寻死觅活怎么办?一想到她有可能的激烈反应,才后悔冲动。要不是那该死的雷电——

这次在东城,短短两天,似已出生入死,经历血与火的洗礼。他不是一个敢于直面淋漓鲜血的猛士。之前,衣食无忧,一心只想生意和女人。如此近距离面对革命志士的铮铮铁骨,让他很长一段时间沉浸在那一种震撼里。眼前不断闪过黎鸿飞高昂的头颅,视死如归的从容。作为一个男人,他好像第一次发觉二十五年来自己是"苟活在淡红的血色中"的。

那个时候他需要同伴，需要倾吐，自然也想表现仗义。当看到何荷在闪电中孤立无援又茫然失措的身影，他不假思索地对她伸出援助之手。他外滩有套房，平时不住，只在看戏或游乐累了，才过去小憩一会。

他带何荷跑进公寓，两人都被淋湿。若不是那该死的惊雷，发出要把世界炸裂的声音，他不会将她一把抱住。接下来发生的一切只能解释为身不由己。何荷被雨淋湿的衣服紧紧贴在身上，她太累了。他先给自己换衣服，嘴里叫着你别偷看之类的调笑，一转身，见她已睡倒床上——

当青春勃发的何荷，像一朵盛开的莲花舒展开所有花瓣，他被她身上所蕴藏的无尽的美和纯洁击中。熟睡中的她没有任何设防。按理他不该趁人之危，可他体内膨胀的激情比窗外的闪电更加疯狂，他不再有任何顾忌地占有了她。

何荷醒了，眼睛从常怀金身上移开，首先映入眼帘的是一份《嫦娥》海报：画面英雄美人相依相偎，那一份姹紫嫣红的浓情，洞开了心扉。她的目光接着在室内逡巡。这一看惊叹不已，仿佛不经意闯入一个戏曲博物馆，凤冠霞帔和各类头饰道具摆得琳琅满目。

她身体微微一动，扭头，见常怀金闪烁的眼神，眼里有感激有羞惭，还有体力恢复后再次升腾的欲望。

两人静静地对视，她认出了眼前的男人，虽然不是梦中的汪先生，也并无太大失落，重要的是她还活着，活着。她伸出两条胳膊，左右检查一番，皮肤上除两条手指印外，别无破损。她起身，对自己裸露的身体也没流露出羞涩，又低头看了看胸前的红印，嘴角一歪，朝他古怪地一笑，说：原来是你。

常怀金再次将她抱住，本来想说的道歉话全部变成疯狂热吻。何荷挣扎片刻随即妥协，并很快让自己尝到快感。小时候一直不明白女人为何怀孕。秀珠怀月圆时她很好奇,追东问西。秀珠被问得红脸,无奈道:等你有男人就知道了。

她如今也有了男人,虽然这个从天上掉下来的男人给她传递的是某种虚幻和不真实感,但那无与伦比的欢乐却实实在在。她也会像秀珠那样怀孕生孩子吗?如果真这样,她愿意为他做任何事。

当何荷和常怀金震颤着即将卷入狂欢之门,远在东城医院的秀珠正经历难产之痛。好几次痛得快晕过去,她看到了丈夫。黎鸿飞就在灰蒙蒙的前方等着她,他的脚像生了根似的钉在原地,眼睁睁看她痛苦。他为什么不跑过来?难道他们已经阴阳两隔了吗?秀珠对他大声呼喊,感觉自己抓住了死神的手,却又失之交臂。她的叫声充满了失落和重生的恐惧。

孩子终于生出来了,却为何只听到自己混合着泪水的叫喊?孩子呢?当初月圆出生时哭声响亮,这个孩子怎么啦?秀珠努力睁开眼皮,见孩子脸色青紫,脖子被脐带缠绕三圈,他呼吸急促,浑身发抖,可就是没有哭声。

月明——

秀珠挣扎起身。孩子在母亲的呼喊中无声地张了张嘴,身体抖动得更厉害了。

这孩子恐怕保不住。护士中有人小声嘀咕。秀珠冲上前,从医生手里抢过孩子,将他头朝下倒提,在青紫的屁股上连拍三下,流着泪叫:月明,妈妈知道你委屈,哭出来,别憋着,把你的委屈哭出来给妈妈听——

月明两只小手在空中抓舞片刻,终于"哇"地放声大哭。

小月明啼哭时,常怀金和何荷也同时大叫,他们喜极而泣,紧紧相拥,震颤过去很久,两人仍沉浸在创造生命的神奇和喜悦中。

何荷稀里糊涂成了常怀金金屋藏娇的女人,并很快找到乐趣。汪先生说得一点没错。何荷天性风流,那副曼妙的身躯如同一把乐器,碰上高手便能凑出天籁之音。汪先生在等待她成长的漫长岁月中，无数次想象她被抚弄时的款款风情。他多想成为弹奏这把乐器的第一个高手啊。可惜，人算不如天算，常怀金不费吹灰之力就觅得天籁。其实成功和失败同样都能培养热情。常怀金这种多血质类型的男子，敏感冲动又保守自卑，感情上喜欢一拍即合。他和何荷的天作之合，省略了所有过程直奔主题，竟如鱼得水，弥补起前两次婚姻的乏味。

何荷怀孕了。常怀金这才坦白已婚事实。何荷听说他有两房老婆，大笑起来，笑着笑着又哭了。早知道横竖是做人家小老婆的命，当初应该安心在江县嫁给汪先生。可怀了孕的女人没有理由再任性使气。现在她的子宫也像秀珠一样，怀着一个神奇的小生命，为了他或她，她能把有关名分、地位等一切委屈抛到九霄云外。

希望你这肚子能够争气。常怀金感激地抚摸着她说：给我生个儿子，这样我就能把你带进大屋，跟她们住一块了。

常怀金前两任太太一位是凭父母媒妁之言娶的端庄淑女；另一位是自己曾经迷恋的风尘女伶。何荷则属于另类，这个他无意中发现的江县女孩，目不识丁，既没有大房知书达理，也没有二房能说会唱，却时时刻刻让他感到体内洋溢着巨大的生命能量。这就是缘分吗？

那——万一是个女孩呢？何荷盯着《嫦娥奔月》的海报问。

万一是个女孩……常怀金沉吟道：再接着生。我爸喜欢男孩。等生了男孩我就带你回家。

何荷答非所问道：要是女孩，我想叫她常娥。

嫦娥？常怀金瞟一眼海报，以为何荷在家时间长厌气，主动提议带她去大世界看戏。

第五章

上世纪三十年代的上海大世界位于法租界敏体尼荫路和爱多亚路口。这里百艺杂陈，娱乐项目繁多，每天上演各地戏曲、曲艺、魔术、杂技等节目。游客只需花小洋两角，便可在多个演出场子看戏游乐。初进大世界，常怀金以为何荷会像刘姥姥进大观园那样闹出很多笑话，谁知何荷只对说书和越剧感兴趣。说书场子里大部分是老人，一壶茶，一碟瓜子花生，一听一个下午。那天他们经过书场，正说《狄青传》，何荷听了不肯移动脚步。她不仅爱听，记忆力超强，几个月下来，肚里装了很多传统篇目，有时兴之所至，在家模仿说书，到关键处，拿块惊堂木一拍。她说起书来不仅神态专业，口才也一流，《花木兰》《杨家将》《岳飞全传》等一气呵成，不打一点咯噔；再加外貌俊秀，声音清朗，举手投足又带点老艺人所没有的活泼之姿，把一向对说书不感兴趣的常怀金也听呆了。自此，小两口又多出一项消磨时间的乐趣。

何荷即将临盆前两个星期，恰逢话剧《夜半歌声》在大世界首演。常怀金隔夜从《申报》上看过预告，执意要看话剧，何荷也随了他，没想她这一妥协，把肚子里的女儿常娥吓得提早半个月出生。

剧中，英俊潇洒的话剧演员宋丹萍与地主的女儿李晓霞相爱，遭到晓霞父亲和恶霸汤俊的联合阻拦。宋丹萍被镪水泼面毁容,之后,假托死亡,白天躲在剧院阁楼,夜晚则引吭高歌,那凄厉的歌声一记记撞击着观众的心房。何荷捂住脸不敢看,常怀金故意逗她说:没事,过了,已经过了,快看。

何荷战战兢兢移开手,舞台上猛地发出一记霹雳雷电,宋丹萍被毁过的"鬼脸"突现眼帘。何荷吓得发出一声狂叫,瘫在椅子上浑身发抖。常怀金还想逗她,见她脸色苍白,用手捂着肚子,嘴里发出的呻吟越来越痛苦。常怀金这才感觉不好,忙招了辆出租车送她去医院。在车上,何荷眼神惊恐地盯着他问:你父亲要知道我们的事,也会用硝镪水泼我脸吗?

丑媳妇总要见公婆,这天无法躲也无法逃,它终于来了。常娥满月那天,常怀金煞费苦心地给喜欢听说书的父母,安排了一场别出心裁的见面会。他先接父母听评书,暗中李代桃僵让何荷上台。何荷别开生面的说书让老两口十分新鲜,书说完,常怀金抱出刚满月的小常娥。小常娥粉妆玉琢,在奶奶怀里咂着一张红嘟嘟的小嘴,浑身散发着一股浓郁的奶香。何荷给常家添了位千金。

孩子,不管男孩女孩,都有化干戈为玉帛的神奇作用。常怀金再带何荷双双跪拜,愿意接受一切惩罚。老两口手里抱着孙女,爱都爱不过来,哪还有半句责备?

父母那边关卡打通,还有两房太太需要安抚。她们正当青春却独守空房。大太太性格内向,言谈之间尚有克制;二太太本为风尘中人,从小跟师傅撑一只乌篷船在外唱戏,最耐不住寂寞。一天去裁缝店取旗袍,旗袍上身,惹来一片啧啧赞叹,说她身材好。裁缝用手指着街对面一家舞厅说比那些女的还要好。拿她和舞女比?换作其他有钱人家的少奶奶肯定视为奇耻大辱,二太太倒无所谓。她什么样的冷言冷语没听过?她突然很渴望人群和掌声。

穿上新旗袍的二太太直接走进舞厅。舞厅灯光幽暗,又抱着没谁会认识自己的侥幸，从这个男人怀里跳到另一个男人怀里。她身材高挑，风姿绰约，舞步干净有力，一时成为男人争相邀请的舞伴。那个夜晚她出足风头，深更半夜回家倒头就睡，以前折磨她的失眠就此不治而愈。走进舞厅时，她跟自己说就去一次，第二天中午醒来，望着室内死气沉沉的一切，脚又开始痒了。

促使常家采取措施，是在二太太某晚夜归醉倒门外而起。那天正是小常娥满月，何荷首次与公公婆婆见面。那天，因为小常娥的出现，每个人都沉浸在惊喜和意外中。常老夫妇一再要儿子媳妇搬回去住，这样他们就可以天天看见小常娥。两人在回家的路上，仍不断争论哪间房给何荷合适，汽车到家门口了——刺目的车灯将躺在门口的二太太团团罩住；二太太烂醉如泥鼾声大作。

常家虽不是大富大贵，在街坊也算有头有脸的人家，二太太私自夜出跳舞给他们敲了记警钟。常怀金必须对三房妻子一视同仁，不能厚此薄彼，制造矛盾。一听规矩，似已闻到战争的硝烟味，何荷决定留在外滩。

她要留可以，小常娥必须从小接受大家闺秀的家教。

何荷也到底年轻，又贪玩，再加上离不开"大世界"，怀孕时涌动的母爱，等女儿出世反没那么浓烈，便也同意让小常娥跟爷爷奶奶去大屋住。

第六章

　　常娥从会说话那天起就知道自己是被《夜半歌声》里的宋丹萍吓醒的，本来她一直沉睡在母亲的肚子里，很安逸地倾听一个又一个新鲜的故事。那些故事里的男男女女不仅本事一流，还很痴情。如果常娥那时会说话，她最想知道的肯定是后羿和嫦娥中秋团聚时说了哪些悄悄话？她想如果她是嫦娥，离开后羿会不会喜欢其他男人？比如那个砍桂花树的吴刚？毕竟一年只有一个中秋，剩下的三百六十四天，天天都是寂寞。嫦娥和吴刚，两个寂寞的孤男寡女，该如何熬过这漫漫的碧海青天呢？

　　何荷有天跟常怀金也在争执这个问题。何荷说别以为嫦娥去了月宫，后羿在人间就能守身如玉。他肯定是一边等着和嫦娥私会，一边在家跟大小老婆鬼混。何荷说完纵声大笑。她这笑声不仅让常怀金莫名其妙，连常娥也觉突然。等这笑声平静下来，何荷则目光炯炯地盯着常怀金，毫无独守空闺的幽怨。

　　常娥从来没叫过何荷妈妈。她开口叫的第一声"妈"是大屋的大妈，第二声是大屋的二妈；对自己的亲生母亲何荷，则习惯跟着奶奶和妈妈们直呼其名。她是三岁那年被送回外滩住处的。因为那年，常年不孕的大妈和二妈在常怀金雨露均沾后都奇迹般怀上了，两个同父异母的弟弟先后只隔五天呱呱坠地。

常娥记得父亲似乎仍想努力追回早已习惯的权威和亲热，每次去外滩公寓，会跟何荷赔笑脸，说很多讨好话。常娥在大屋从没见父亲如此委曲求全，大妈二妈伺候常怀金像伺候皇帝。但何荷不领这个情，她把他往门外推说：你走，你走，不要以为离开男人我就活不了了，我活得很好。

何荷的确活得很好，她已在孤独中习惯以自己的方式消磨时间。每天成本不高，两角小洋即可在大世界消磨一天。对她而言，大世界就是她的呼吸和命运，只有在那里，生命才得以丰满和充实，大世界以外的上海是与她无关、基本不存在的，没有丈夫和女儿的陪伴她似乎活得更加自由。小常娥被送回来后，她这份自由并没因女儿的到来有所改变。白天，她把女儿扔给保姆，照样去大世界；晚上，女儿成了她唯一的听众。

小常娥坐在一张小板凳上，仰起脖子，看讲台后的何荷是如何在一个又一个虚幻的世界里口若悬河。她对这个世界也充满了好奇，可她实在太累，常常中途打起瞌睡，一个"扑通"从凳子上滚倒在地。何荷仅漫不经心地瞟她一眼，继续说书，直到一个段落完毕，才走下讲台，把她抱到床上。

常娥有自己的小床，内心却很渴望睡在母亲身边，像大屋的两个弟弟，天天被大妈二妈像块宝似的搂在怀里，无论撒娇还是撒野，大妈二妈永远温柔，从不高声训斥。何荷对她却没这么好耐心和脾气。某晚，她在说书声中再次打起瞌睡，朦朦胧胧感觉被抱回小床，便就着三分睡意胡闹，要跟母亲同睡。何荷那次迁就了她，她却人来疯似的睡不着，在床上辗转反侧。何荷也不跟她多说废话，直接一脚过来，呵斥：睡觉。

这一脚把她彻底踢醒，她屏住气怔了怔，悄悄起身返回小床。那个夜晚，她躲在被子里抽抽噎噎流了一个晚上的泪，以为自己不是母亲亲生，何荷对待她的态度都没二妈亲热。

二妈最喜欢摸着她的尖下巴说：看这眉眼，天生一个小旦。二妈教你唱戏怎么样？二妈说着兰花指就翘了出来，变化出很多优美古典的手势。她看得眼花缭乱，情不自禁模仿起来，嘴里也学二妈甩出哭腔颤声叫：官人啊……

这一声念白惟妙惟肖，二妈兴奋地搂住她又笑又亲：我说你生来就是要吃戏饭的吧，果然是个戏胚子。二妈这句话被父亲听到，当即不悦道：我的女儿才不去唱戏呢。你今后少影响她。二妈一点不怕父亲，她对父亲做了个鬼脸，开始教常娥唱《十美图》也即后来的《盘夫索夫》。

常娥在二妈的影响下，基本上从会讲话那天起就会唱戏，小嘴巴整天"官人娘子"地叫，成了二妈的开心果。二妈心情好的时候就口气灼热地问：长大成角了还会不会记得二妈？记住，如果有一天你成角了，二妈我就是你的"先生"。接着又伤感地自言自语：二妈要不是碰上你爸，现在也是角儿，哪轮得到邵玉凤出风头？

二妈说她跟杨柳戏班跑码头唱堂会那阵，邵玉凤还是个什么都不懂的傻丫头，跟几个男生混在一起嘻嘻哈哈没心没肺的，有天慌慌张张找到二妈问：姐姐，他们说跟男生坐一张板凳会怀孕，我天天跟他们坐一张板凳上，我是不是怀孕了，这可怎么办？

正是这个傻丫头，二妈嫁人后的几年内开了窍似的勤学苦练，唱上二肩旦。如今戏班正式更名"越杨舞台"，长年驻扎上海大世界。二妈每次去"越杨舞台"，看着后台忙乱的一切，听着熟悉的曲调，心里酸溜溜的，这感觉，在得知将由邵玉凤挂牌唱《西厢记》里的崔莺莺那一刻起愈发强烈。当然，《西厢记》主角是红娘，不是崔莺莺，能唱好红娘才叫真本事。二妈那天带常娥去"越杨舞台"，当着邵玉凤的面这么奚落。

邵玉凤刚唱完戏，正在后台卸妆，身边放一只"百宝箱"，箱子里是一些头饰等"私彩"。二妈捏起一朵布绢做的粉红色花朵，嘴角一撇道：哼，到底是头牌，排场不小，都有自己的私房行头了。这朵花送我们常娥戴吧？

邵玉凤立刻讨好地捧上"百宝箱"说：姐，你挑，看了喜欢的都拿走。接着又左右端详常娥，玩笑道：我看你上妆后肯定像你妈，活脱脱一个"红娘"，怎么叫"嫦娥"呢？二妈听了这话心里才舒服些，来了精神，叫邵玉凤给常娥上妆。

如果说以前学唱戏只为好玩，或潜意识有讨好二妈的因素，常娥记得六岁的她，第一次从镜子里看到自己云霓般鲜艳的扮相，恍惚见了神话中传说的仙女，身子骨轻飘飘地腾云驾雾了一般。四周传来一片惊叹，正在卸妆的演员也围拢过来。

班主杨红玉三十出头，早年跟父亲撑一只乌篷船在外唱戏，生、旦、净、丑样样拿手，既能演抒情文戏，又擅长激烈的武打戏，曾是江浙一带响当当的全能皇后。她十八岁那年和青梅竹马的师兄成婚，可惜好景不长，师兄在某次路见不平时被一地方恶霸误伤而亡，几年后杨父也因病去世，杨红玉这才接过班子。

杨红玉手指优雅地夹了根烟，对常娥喷出一口烟，托起她下巴问：来，跟我唱戏怎么样？常娥被烟呛得连连咳嗽。这是她第一次看见女人吸烟，烟头处燃一小簇火苗，闪闪烁烁，似乎是某种无声的召唤。她情不自禁地点了点头。这一点头二妈乐了，一捏她小鼻子问：不怕你爸反对？

反对？杨红玉模仿三十年代当红女星阮玲玉的口吻道：各位女同学，我们女人站起来了，从五千多年的男人社会站起来了。男人如果反对，我们就要反抗。反抗。

二妈也对她举起拳头，笑道：对，如果你爸反对我们就反抗。这是常娥第一次听到"反抗"两字，她抬起头，心底涌起一股前所未有的力量，正当她试图模仿二妈手势，挥舞拳头，面前变魔术似的出现一只纸糊的玉兔。

你叫嫦娥？那——这个送你。

陶醉是"越杨舞台"最小的武生学徒，那年十岁，没戏的时候，常坐后台和道具师傅一起用篾扎道具，花篮、薰炉、立地花瓶，还有龙凤宫灯、宫扇等一件件富丽精致，既逼真又美观。这天他正专心地给一只纸糊的玉兔彩绘，戏班马上开排《嫦娥奔月》，他想主动请求演这只可爱的小白兔。有了这层心思，扎起玉兔来格外用心，谁知玉兔刚扎好就来了嫦娥，他当即毫不犹豫地献出道具。

陶醉话音刚落，头上便挨了杨红玉一巴掌：臭小子，你倒会借花献佛。才多大点人，想讨女孩喜欢？男旦柳惠鸣睨了杨红玉一眼，话中有话道：可惜小常娥年纪太小，若比他再长几岁，两人不正好一拍即合？

柳惠鸣曾是杨红玉亲自挑选的男旦，十四岁进戏班，长得唇红齿白，扮相俊美，学戏也用功刻苦，擅演各类旦角。二十岁开始和杨红玉配戏。两人男女混演，一个风姿绰约，一个洒脱俊逸，整天在台上才子佳人地唱，日久难免生情。无奈，杨红玉一心扑在戏班的重建改组等事宜，再加柳惠鸣比她小十多岁，平时又喜欢招蜂惹蝶，不像个可以托付终身的对象，也就犹豫，从不正面接招。

虽说男追女隔堵墙，柳惠鸣某次酒醉后放出话：哪天我逼急了翻墙而过，让生米煮成熟饭，看她怎么办？自此，戏班上上下下早把他们看成一对，只有邵玉凤蒙在鼓里，听了柳惠鸣年长几岁的话，赶紧摆手道：我妈说了，女人老得快，不能找比自己小的男人。

杨红玉夹香烟的手微微一抖，好像被呛了一口，咳嗽两声。二妈忙打圆场，拍了拍陶醉肩膀，打趣道：陶醉，让常娥做你媳妇怎么样？

陶醉一本正经地回答：她是嫦娥，我是玉兔。哪天她飞了，我陪她去月宫捣药。这话一出，大家都笑。二妈围着陶醉连转两圈，啧啧感慨：想不到你还是情种一个。

"情种"两字把陶醉闹了个大红脸。常娥虽不明其意，也红了脸，并且对这个叫陶醉的男孩生出一份毫无条件的信赖之感。

第七章

  常娥那天瞒着母亲，和二妈去大世界"越杨舞台"，回家时手上多了一只陶醉送的玉兔。家里来了客人，比她大三岁的月圆从屋里蹦蹦跳跳出来。月圆生得浓眉大眼，眼神清亮坚定。
  有关黎叔叔挺身而出的英雄壮举，在何荷无数遍的渲染中早已成为传奇。黎叔叔到底是死是活？有人说已从容就义，又有人亲眼目睹他被日本人押上一条海船，不管哪一种说法，秀珠阿姨活要见人死要见尸。她不相信一个生命会如此迅速消亡。他说过他的意志是由革命的烈火熔铸而成，不会轻易被击垮毁灭。
  儿子月明的诞生更使秀珠坚定信念，她在难产最痛苦绝望的时刻，听到了江边教堂的钟声。这钟声来得那么及时，一声声涤荡着人世间的罪恶和痛苦。她的灵魂也像陡然间找到了庇护，长出六个翅膀——它们带她一起飞翔，飞翔到一个没有血腥没有残暴的和平境界。
  为什么好人会受苦？因为魔鬼撒旦把恶带进人间，使世界充满祸患和灾难。上帝既然创造了人类，就一定会举起他的正义之剑，粉碎恶魔，还人间一个公道。因为"他是信实的上帝，大公无私，正义又正直"。秀珠阿姨带一双儿女留在东城，每个星期天去教堂诵读《圣经》，为丈夫祈祷。

月圆小小年纪，举手投足便携带强烈的宗教印记。她开口闭口"阿门"让常娥很新鲜，两人三分钟不到即形影不离，好像上辈子就认识了，有说不完的话。常娥给月圆唱《十美图》，悄悄告诉月圆"越杨舞台"的杨红玉如何如何美。

我想唱戏，我要跟杨红玉学唱戏，我要成角儿。

月圆被常娥认真的神态逗笑，同时不忘在胸口划个十字。常娥问：你不信？月圆连连点头说：我信，我信。你一定能成角儿，比杨红玉还角儿，到时，你唱戏，我看戏，你到哪我跟到哪，我们永远不分开，好不好？

两个女孩眼里闪着光亮，肩并肩头靠头，还勾了手指。

她们在这边热情洋溢叽叽咕咕，那边秀珠对何荷抹起眼泪。比常娥大一岁的哥哥月明，最近查出患有先天心脏病。我真糊涂啊。秀珠哽咽道：我不是个好妈妈，月明生下来脐带绕脖三圈，哭不出，被我在屁股上狠拍三下才哭出声。我应该猜到他会有问题。可你不知道，月明那孩子有多乖，多懂事。秀珠掏出儿子照片，递给何荷，骄傲地说：你看，他长得多好多健康啊，是我太大意，被表象迷惑了。我这个儿子，其实从小心思重，查出心脏病后才肯跟我说实话，说他平时经常胸闷，一激动会头晕。他怕我担心，一个人忍着，不让我知道。要不是那天他在学校突然昏倒，我恐怕到现在还高枕无忧呢。

秀珠是来上海联系心脏科医生的。一个月后，常娥见到了比她大一岁的月明哥哥。月明外形瘦弱，喜欢抿嘴，露出一副若有所思的模样。月明的眼睛，犹如天上明月，在它的注视下，常娥陡然生出某种不安的甚至是想流泪的冲动。

她有些不知所措地低下头。月明很执着，眼睛转来转去停留在她身上，还不安分地用手比划。常娥看不明白，又不敢跑过去问，冲动之下捧出陶醉送的玉兔，炫耀着试图吸引他的注意力。月明脸上随之流露出鄙夷，从口袋里掏出纸和笔，低头飞快作画，不一会，一张

"嫦娥追玉兔"的草图出来了。

画中嫦娥酷似常娥，衣袂飘飘，神情举止却小儿科十足，流露出和玉兔捉迷藏的顽皮。画下还有一行字，写道：我的小玉兔乖乖，别跑，嫦娥姐姐追不上你的马屁腿。

聪明的月明一眼看出这只小白兔来自哪个马屁精之手。他和陶醉之间一场看不见硝烟的战争，竟从童年时代就开始了。

常娥不认字，见这个哥哥比自己大一岁，又会画又会写，心里除了羡慕还有自卑；再一看画中仙女，明摆着嘲笑她丑化她，就来了气，用力将玉兔摔地上，转身跑进屋，一个人躲在蚊帐里偷偷流泪。

流泪时，心里一会想着陶醉，可惜摔了玉兔；一会又想着月明，不知他画里究竟想表达什么意思？想陶醉时心里暖暖的，想月明时心里酸酸的，觉得委屈。她虽然不认字，小脑袋瓜却早装满戏文，流泪的同时嘴里仍在哼唱。

她不知不觉哼唱起平时最生疏的《红楼梦》："只道他腹内草莽人轻浮，却原来骨骼清奇非俗流。眼前分明是外来客，心里恰是旧时友。"

这四句唱词，反反复复地唱，当时还无法预知自身的未来，会像林妹妹一样，为这个似曾相识的"旧时友"倾尽一生眼泪。

第八章

上世纪四十年代的上海有点像卡萨布兰卡，鱼龙混杂，局势紧张。那段时间日军在珍珠港事变爆发后侵占上海租界。抗日战争到了最为艰苦卓绝的相持阶段。作为抗日前线的河南省又连续发生旱灾蝗灾，一些南逃的灾民陆续到了江浙上海一带。上海街头除流离失所的灾民还有荷枪实弹的日军，到处是一触即发的灾难。

"越杨舞台"必须三天两头换戏，才能在大世界众多的竞争对手中立于不败之地。杨红玉出演了神话剧《嫦娥》，这是常娥第一次看她演戏。

舞台上，杨红玉深情演唱。"父王"两字刚完，只听"啪"一声，一只臭鸡蛋正中"嫦娥"裙钗，顿时蛋黄四溢，腥臭扑鼻。台下几个穿便衣的日军在一群汉奸流氓的簇拥下，肆意狂笑着往舞台上扔鸡蛋。

杨红玉脸色微微一变，照样不动声色地进行演出。蛋黄从她头上衣服上滴滴答答往下流，半只蛋壳卡在凤钗上，台下的浪笑声愈加放荡。杨红玉仍不为所动，只有熟悉她的人看得出她嘴角浮动的一丝冷笑和凛然：

人在做，天在看。没有谁能够把羞辱强加给你，除非你自己愿意。还有，永远不要因为对方的愚蠢和恶行失去理智，那是他们在造孽。

这是杨红玉在师兄去世后的生存之道，它也使戏班在一次又一次的风雨飘摇中绝处逢生。

可这次扔鸡蛋的是日本鬼子。杨红玉外表冷静，内心却翻江倒海，燃起一股巾帼英雄气概。她当晚决定换戏，第二天挂牌上演保家卫国的武打戏《穆桂英挂帅》。招牌一出，其他戏班都说他们不要命了，竟敢在日寇占领之时，上演反对外来侵略的爱国戏，那是要被砍头的。

砍头？杨红玉动作干脆地掐灭手中的烟头，冷哼一声说：贱命一条，早晚是个死，如能顺带几个鬼子陪葬，倒也热闹。来吧，老娘等着。

当时，抗日战争到了最为艰苦卓绝的岁月，中国人民的心头积满对敌人的仇恨，渴望尽快打败倭寇，让大地重现和平。这出戏一出，瞬间引起强烈反响。由杨红玉饰演的"穆桂英"也充分展示她亦生亦旦、亦文亦武的过硬功底：她以细腻传神的旦角表演，传递出桂英为人妻为人媳的温情脉脉；又以生角的英武表现着不畏强敌的爱国热情与胆识；最后用打败外敌来影射日本帝国主义侵我中华必遭失败之意，狠狠地替观众出了口恶气。

演员们起初害怕砸场子等恶作剧，结果，一连三天风平浪静。上海当时最有名的几种戏剧报纸开始关注这出戏，纷纷前来采访报道。穆桂英身穿铠甲，背后插战旗，一手执剑，另一手扬鞭等装扮，很快成为市民最喜欢的戏剧形象。

二妈说杨红玉当初撑一只乌篷船进上海，曾发誓要在上海滩唱红，想不到这一天来得如此迅速。一夜之间，穆桂英形象深入人心，观众争相传递演出消息，激动地叫着杨红玉的名字。

杨红玉那晚请客喝酒，犒劳众演员。这是他们来上海后最感轻松畅快的一天。席间，柳惠鸣借三分醉意和杨红玉喝交杯酒。杨红玉半推半就，脸泛浅色桃红，柳惠鸣将酒杯抵她嘴边，头低俯，脉脉含情。两人四目相接，都有些恍惚，接下来，柳惠鸣不知道自己是如何和心中女神喝完的那杯酒。杨红玉在他眼里变得无比温柔，她不胜酒力的娇喘微微，嘴里呵出的气息，使他年轻强壮的身体备受煎熬。

那晚大家太兴奋了，就地倒后台烂醉如泥。杨红玉仍有意识，挣扎着返回房间。柳惠鸣并没喝醉，他是被体内汹涌的情感折腾得四肢瘫软了。他眼帘微闭，见杨红玉回房，身体也一阵冲动，想跟过去，又怕被拒绝——毕竟她是他老板，万一她恼羞成怒，他如何下台？毕竟他们之间一些真真假假的打情骂俏仅局限言语，没发展到行动。可那个夜晚，柳惠鸣突然无法忍受胸前空空荡荡的寂寞，渴望把杨红玉搂在怀里，亲吻她，抚慰她，即使不能占有，只要能抱着她，亲吻她的头发，呼吸她身上的香气，也死而无憾。

死。他竟想到死。柳惠鸣身体一个激灵，第一次体验到对一个女人强烈的情欲。这渴望如此强烈，他蓦地起身，向杨红玉宿舍走去。

宿舍在后台，隔了条甬道。一切静悄悄的，黑暗在四周滚动。柳惠鸣不由地双腿打战。夜越来越深，同伴们已转入深沉的酣睡。整个世界仿佛都在熟睡，只有他一个人梦游着，一步步接近杨红玉宿舍。

柳惠鸣是在准备推门时，看到了窗外掠过的黑影，他们像野兽似的在黑暗中潜行，瞬间消失得无影无踪。柳惠鸣一怔，使劲闭了闭眼，再睁开，就看到"野兽"出没过的地方微光闪动，一星，两星，微光变成火焰，霎时将"越杨舞台"团团包围。

不好，有人放火。柳惠鸣大叫一声踹开杨红玉房门，抱起她就走。等柳惠鸣返回后台，火势正迅速蔓延。后来，大家都说是柳惠鸣的交杯酒救了整个"越杨舞台"。假如杨红玉拒绝了柳惠鸣的要求，柳惠鸣就不至于春心荡漾，整晚睡不着觉，那么也就没有后来的"杨柳舞台"了。

第二天一早，上海各大报纸以"突发""意外"等词描述这场火灾。没谁知道到底死多少人。

那天早上，常娥记得何荷起床比平时晚了些。隔夜常怀金过来留宿，好像有预感似的，他对何荷说了很多充满歉意的话，问她如果有来世，是不是还愿意和他成为夫妻。

我们是夫妻吗？何荷反问。自从常怀金对三个老婆一视同仁，说谎似乎成为安抚民心的一种需要和策略：如果他说早已厌倦了二老婆的狐媚把戏，你得相信他其实已经乐在其中。如果他说三老婆仍像从前那样说书给他听，那说明何荷很久没说书了，甚至在他面前连话都懒得讲。

这天应该是两人说话最多的一个夜晚。何荷反问那句"我们是夫妻吗？"之后，好像一下击中心底某块痛楚，冷笑着提醒他说：你和她们才是夫妻，我不过是你捡来的野丫头，拿来当做施舍的对象，不过，我已很感激了。说到这里，真动了感激之情。想当初头脑一热，抗婚到上海，若不是遇上他，给她在这个战乱灾祸频生的年代一个稳定的生活保障，她一个弱女子，何以谋生？恐怕早不堪凌辱跳黄浦江了吧？

我想给你说一段《梁山泊英雄好汉》。她主动提议，常怀金当然受宠若惊。好久没听她说书，他对这出戏早已耳熟能详，但能听她亲口讲，终究是享受。那个夜晚，当鬼子的一把火烧了"越杨舞台"，柳惠鸣和戏班老少穿越火海死里逃生之时，何荷正在讲陆虞候火烧草料场一节。她擅长情景描绘，最后来个有诗为证，"自谓冥中施计毒，谁知暗里有神扶。最怜万死逃生地，真是魁奇伟丈夫。"

故事讲完，外面响起警车、救火车的呼啸声。常怀金以为幻觉，开玩笑地问：我怎么听到救火车的声音？不会是林冲开的救火车？哎，你说那个时候如果有救火车，草料场恐怕烧不成了吧？

怎么烧不成？除非你知道他什么时候放火，不然等着火了再去，早烧个精光，人也没命了。

何荷说话时，街上又接连过去好几辆救火车。除了警报，还有几颗流弹的尖啸，以及远处隐隐的炮声，这一切都在提醒着他们：战争就在身边，他们现在所拥有的家、亲人、物品等，如果运气不好，被一个炮弹打中，转眼之间将灰飞烟灭。

两人撩开窗帘向外观望，夜上海璀璨依旧。何荷似闻到一股浓烈的血腥味，一把抓住他胳膊问：不会又死人吧？常怀金叹口气说：谁让我们生在这个乱世中呢？

常怀金伫立窗前思潮汹涌。他刚过而立之年，有三个妻妾三个孩子，吃穿不愁。自己也没什么理想，只求做好父母的儿子、老婆的丈夫和孩子们的父亲。家和万事兴，是他父母传递的人生哲学。他内心总有一块空缺，当年，近距离面对革命志士的铮铮铁骨，给他带去的震撼远远超出想象。这晚，林冲的故事很轻易地诱发了他内心的英雄气概。他第一次发觉自己是"苟活在淡红的血色中"的，第一次意识到男人，尤其身处乱世的男人，似乎不能仅仅满足老婆孩子热炕头的生活，还应该做点什么。他能做什么呢？

常怀金刚开始严肃地思考人生意义，没想到生命已走到尽头。何荷被警报和枪声惊扰，一直躲在他怀里。他搂着她，凌晨时分才合眼，电话却铃响了，家人焦急地告知：越杨舞台被烧了，二太太得知消息急匆匆赶去大世界。太危险了，那地方现在能去吗？可劝不住啊。

常怀金挂断电话，披衣准备出门。何荷一听越杨舞台被烧，惊得脸色煞白，坚持一起去看个究竟。

两人很快跑出公寓，一辆出租车从街拐角过来，常怀金招手时何荷已叫停一辆黄包车，不由分说将他拉上黄包车。假如他们坐出租车，他就不可能给流弹打中，死于非命。

他死得太不值了。是我害了他，都是我不好，为什么拉他上黄包车？为什么非要跟他去？为什么死的不是我？我就坐他身边，子弹从我眼皮下"唆"地飞过，只要再偏一点点，打中的是我不是他。都是我害了他。

常怀金的死成了何荷一辈子的心病和遗憾。她无法忘记那一声清脆的枪声，他缓缓转过脸，眼神里没有痛楚只有留恋，他轻声叫着她的名字：荷荷……

他的声音那么温柔，又那么苦涩。他试图对她微笑，试图摇头叫她不要害怕。她那么年轻，他还没听够她说书。他没有给过她什么许诺，总觉得他们有一辈子时间。一辈子到底有多长？三十年吗？没想到他的一辈子这么快结束了。如果有来生，他还会和她相遇，他们还会成为夫妻吗？

鲜血很快蒙住双眼。在遁入无边黑暗之前，他又一次清晰地听到枪声：只见黎鸿飞剧烈一晃，直僵僵倒下去，身边惊起几只白鹭——它们在天空迂回飞翔、哀鸣着，久久不愿离去。

从黎鸿飞身体里喷射出来的鲜血，染红了半边天空。常怀金从来没看见过这么鲜红的日出。

第九章

"桥如虹，水如空，一叶飘然烟雨中。"乌篷船是江浙一带水乡流动的生命和象征。船身狭小，船篷低矮。船板上辅以草席，可坐可卧。有些居民以船为家，常年吃住船上。船行处，便有缕缕炊烟浮动，成为江县独特的风景之一。

常娥十岁时何荷带她离开上海，返回江县外婆家中。外婆和舅舅一家挤在阴暗潮湿的老屋，两个表妹年幼无知，整天哭闹。舅妈只要常娥一端饭碗，便会用筷子敲着表妹的碗沿指桑骂槐，常娥便有些不知所措地停下筷子。继父汪先生十年前送过一次彩礼，结果他送的彩礼给舅舅娶回这么一房媳妇。

还不如你哥哥打一辈子光棍，也好让我多活几年。外婆受了舅妈的气，反复和何荷唠叨这句话。舅妈是那条街出了名的泼妇，她尖利刺耳的嗓子一旦开战便无休无止。开始街坊邻居还来看热闹劝和，时间一长，听到她熟悉的叫骂声，都摇头苦笑：何家那只雌老虎又在发疯。

正是这只"雌老虎"的作威作福，加快何荷改嫁的决心。她强烈盼望逃离那个使人变得萎缩的生活环境，逃脱无聊的争吵和可悲的吝啬。哪怕给人做二房，哪怕这是以前不惜一切代价想要摆脱的命运。

上海十年，被常怀金金屋藏娇，貌似有个稳定住处，心却始终悬挂半空，是漂浮的。这种漂浮感自从嫁给汪先生，自大儿子出生以来便荡然无存。

常娥知道弟弟才是何荷真正的心肝宝贝。何荷呢，确切地说是从生育儿子的过程中品尝到母爱，并乐此不疲的。

何荷又怀孕了。她懒散而悠闲地挺着大肚子，沉浸在再次怀孕的满足和期待中。她闻着药房飘来的味道，不用看，知道哪种味道属于哪种药材。这些味道早在童年已深入血液深入命运，而今再次呼吸，感觉到前所未有的熟悉和舒畅。她和汪先生旁若无人地秀恩爱，他们互送礼物，都是用现成药材做出的各种可爱的人或动物形状。

有次汪先生用两根上好人参雕刻成一对新人形象，并配之喜庆的微型衣帽，说这是她和他在拜天地。何荷捧着这对小人爱不释手，常娥冲动地跑过去，伸手一抢，只听"咯嘣"一声，扑鼻而来一股浓烈的参药味，"小女人"的一根手指断了。何荷发出一声惊叫，接着，常娥还没明白怎么回事，脊背上就挨了一巴掌，一巴掌下去还不过瘾，何荷又随手拿起鸡毛掸子，追着她打到堂屋。

这一顿打，痛的不仅仅是身体，还灼伤了她内心。何荷被汪先生劝回房休息，常娥独自蹲堂屋哭泣。也不知过了多久，大娘塞给她一卷钱，叫她去附近烟店买大烟，还让她给自己也买包糖果。

大娘的烟瘾就是这么染上的。常常，空空荡荡的堂屋只剩大娘和常娥，大娘吃完饭横在躺椅上抽大烟，常娥经常被呛咳嗽。大娘见她咳嗽，抽得更来劲，故意把烟喷在她脸上，问：想不想做回神仙？你闻闻，这个东西好，有了它，我不烦心，可以什么都不在乎了。

同样是吸烟，杨红玉手夹香烟的动作时髦新潮，在常娥眼里是很有造型的美。大娘不同，每吐出一口烟，好像生命火焰燃烧过后的灰烬，喷到常娥脸上，带一丝暮年的寒冷和孤寂：她老了，无能为力了，除从生活中衰退下来还能怎么办？

来,给你尝一口。

大娘的脸被烟雾笼罩出几分飘渺和虚幻。好几次,常娥将脖子伸过去,张开嘴,一看大娘瘦骨嶙峋的手,又吓得后退两步;这双手却不愿她离去,紧紧抓住她,继续朝她脸上喷着烟问:想不想做回神仙?想不想?想不想?

某天,常娥蹲河边洗弟弟尿布,她在水里晃动尿布,晃着晃着,仿佛看见大娘:大娘脸上的皱纹一条一条,比水波还密。想不想做回神仙?大娘一咧嘴巴,哈哈大笑。大娘的嘴巴像个巨大无底的黑洞,常娥一惊,尿布被水流卷走。

常娥不会游泳,见尿布越漂越远,情急之下卷起裤管淌进水里。水域远处漂来一只独特的船舫,船身宽敞,色彩鲜艳,在黑压压一片的乌篷船中,显得格外抢眼。船舫上站着一位少年,盯了她许久,见她下水,猛地发出一声大叫。正专注捞尿布的常娥被突如其来的惊叫吓了一大跳,身体一个趔趄,船上少年随即跃入水中。

这——就是常娥和陶醉别具一格的久别重逢。

你是怎么认出我的?

你一百岁我都能认出来。陶醉狡猾地一笑说:因为,常娥是不会老的。

这位少年已是戏班一名武生。"越杨舞台"正式更名"杨柳舞台"。老板成了柳惠鸣,杨红玉退居二线做老板娘。

小姑娘,跟我们唱戏去吧?杨红玉见她的第一句话,跟在大世界时一模一样。已为人妻的她,身材略微发福,手里捧一杯姜枣饮,不时轻抿一口,眼睛上下打量常娥,对柳惠鸣点头说:天生一个花旦胚子。杨红玉见常娥不说话,再次问:怎么样?回去问问你家人,同意的话明天跟船走吧?

常娥两眼放光地盯着杨红玉:她的妩媚、她的风流、她的傲骨,早已成为一种标志一种典范,使身边的女人黯然失色。假如有一天,我能在她身边，哪怕不唱戏，哪怕像在大娘身边一样，给她跑跑腿，买买香烟也好啊。何荷会同意她跟戏班走吗？同意两字使常娥的心一个哆嗦，不是害怕何荷不同意，而是怕她的淡漠和无所谓。

回到江县的何荷，眼里除儿子、丈夫和药房，似乎再也没什么事能引发她的关心或烦心了。她和汪先生经常带弟弟出门散步。好几次，常娥追在身后，看他们亲密无间的背影又停下脚步。他们才是一家啊。那么她是谁？

常娥，快说话呀。你不是很喜欢唱戏吗？陶醉声音颤抖地提醒她：同意的话明天跟我们走。我们要去东城唱戏。去东城。

同意的话明天就走。她可以再也不用整天面对大娘和她的烟枪；再也不用洗一筐又一筐尿布；再也不用猜忌何荷是爱她多一点还是爱弟弟们多一点了，对吗？对吗？

常娥预感到她生命中的冒险要开始了。船舫上管弦丝竹的乐声带给她一种飘渺的意境，她只觉得身体里另一个生命复苏了，充满着欢乐和刺激。她激动地点头说：我走，我走。我要唱戏。

第二天一早，常娥留了张条，偷偷跑出家门，向码头奔去。常娥的留条既没称呼也没署名，只歪歪扭扭写了两句话：我学唱戏去了。我一定能成角儿。

何荷吃过早饭才发觉留条，果然，她默默看完，把纸条撕了，撩起胸衣给儿子喂奶。汪先生站在身边，看儿子吸吮奶头那可爱的模样，忍不住俯身亲吻，问：女儿走了？你不牵挂？何荷朝窗外瞥一眼，太阳出来了，当年在江边迎接日出的那个女孩，如今换成女儿常娥。她嘴角微微一笑，说：她有人接应，比我那会儿强多了。何荷说这话时，"杨柳舞台"正朝他们下一个演出点东城出发。

常娥和陶醉坐在船头。河水平静如镜，清晨的白雾还没完全被朝霞驱散。船舫有节奏地在水中滑行，深沉而又单调的摇橹声，使常娥激动的心情渐渐平静。真的就这么走了？甚至没来得及跟大娘、外婆说一句话？还有弟弟，也应该最后抱抱他啊。常娥猛地站起身子，竭力想从岸边的房舍中寻找继父汪先生的药铺。她走了，大娘烟瘾犯了，谁给她买烟去？

常娥默默流着泪，她到底没自己想象的那么坚强。陶醉见她哭，急得手足无措，安慰道：你别哭，有我呢，有我在呢。常娥哭得更厉害，再加上没吃早饭，船到浪急处颠簸摇晃，她趴在船头呕吐起来。

听到呕吐声，两个约莫十二三岁的女孩，手里捏着两只馒头跑出船舱看热闹。稍大一点的、穿一身绿色练功服，叫柳翠莺，理一头短发，猛一看像个假小子；小一点的柳眉细眼，叫柳黄鹂。翠莺和黄鹂是两个性格完全不同的女孩：一个憨傻贪玩，一个尖酸有心计，照理不可能成为好朋友，偏形影不离。这中间翠莺到底吃了黄鹂多少次亏，恐怕只有老天知道。

翠莺见常娥呕吐，想过去，黄鹂一把拉住她，做出一个恶心的表情，问陶醉：哪来的小叫花子？谁啊？一来就吐，你不知道姆妈最讨厌别人弄脏她船吗？你看看，还吐，还吐，恶心死了。黄鹂用手捏住鼻子尖叫着。

常娥一听叫花子，停住呕吐，可怜巴巴地抬头问陶醉：她为什么说我是叫花子？我不是，第二个"我"字刚出，想起去世的父亲，想起冷淡的母亲，嗓子眼儿堵住，眼泪在眼眶里打转。

翠莺大声对黄鹂说：我知道她是谁，她是我们的小师妹，她叫常娥。翠莺这句话毫无条件地赢得了常娥的信任。"师妹"两字又让她对未来的学艺之路多出几份期待和信心。常娥含泪对她感激地一笑。黄鹂一听"常娥"，酸溜溜地叫：嫦娥？难怪眼泪那么多，原来是想男人了。可惜，你来得太早，七夕还没到呢。哎——要不，你干脆别叫嫦娥，叫西施？叫貂蝉？好不好？

常娥在黄鹂的奚落嘲笑声中，再次呕吐。陶醉咬牙切齿，对黄鹂举起手掌，呵问：你还有完没完？黄鹂不甘示弱，仰起一张小脸，凑近挑衅道：你打，你打啊。陶醉高举空中的手掌握成一个拳，到底没有落下。黄鹂冷哼一声：我哪点说错了？她要进杨柳舞台，必须姓柳。翠莺原来姓崔名英，现在叫柳翠莺。我原来叫黄彩丽，现在叫柳黄鹂。

原来，在旧社会的一些私人戏班，女孩子进戏班，一律由师傅重新取艺名。常娥对父亲感情深厚，一听改姓柳，慌得连连摇头。柳惠鸣和杨红玉步出船舱，江面上恰好飞过一行白鹭，柳惠鸣指着水鸟对常娥说：干脆你叫柳白鹭怎么样？

这个名字好。杨红玉附和。翠莺也开心地叫：白鹭好听，常娥你看，白鹭多漂亮啊。

水面上的白鹭，仿佛也听懂了他们的对话，鸣叫着扑棱翅膀，在常娥身边迂回飞翔。常娥的脸色越来越苍白，没料进戏班第一天路就不通。她想唱戏，但不愿改名换姓。父亲已经去世，保留父姓是对他唯一的纪念和尊重，难道他们连这个权利也要剥夺吗？

杨红玉最后拍板说：白鹭这个名字好，叫得响，将来准能成角儿。黄鹂噘嘴不高兴了，说师傅偏心，同样是徒弟，手心手背都是肉，凭什么她这只白鹭一来就上青天，连名字都比她们叫得响？

黄鹂叽叽喳喳吵个不停，常娥缓缓走到杨红玉面前，"扑通"一声，双膝跪地。杨红玉以为她要行拜师礼，后退两步，笑道：不急，不急，还没到时间。

常娥眼神坚定，一字一句说：对不起，我不想换名字。我姓常，我叫常娥。我喜欢这个名字。

杨红玉一怔，柳惠鸣随即不悦道：你连人都是我们的，还在乎一个名字？翠莺她们父母签了合约，你因为有你二妈这层关系，杨老板才对你是格外开恩。黄鹂帮腔道：别不知趣，这么好听的名字不想要，难道真想上天不成？

我不换名字。常娥倔强地重复：这是我爸妈给取的，不能换。

柳惠鸣和杨红玉面面相觑，杨红玉手一挥，毫无商量余地道：规矩不能破。常娥蓦地起身，声音带上哭腔叫：那我不要唱戏，你们送我回家，我要回家。黄鹂生气地呵斥：你以为杨柳舞台是你外婆家？想来就来想走就走？告诉你，你爸妈虽没签合约，只要上了这条船，就是柳家的人，你就是柳白鹭。

常娥一听这话，转身冲向船头，众人还没明白怎么回事，见她一只脚已跨出去，幸好陶醉早有防备，冲上前抱住。杨红玉以为她做做样子，呵斥陶醉：你松手，她翅膀硬会飞呢，你让她去。陶醉死活不肯松手，柳惠鸣过来，一脚踹他腰眼上，骂道：死小子，真以为是你媳妇死抱着不放？柳惠鸣这一脚，出其不意，陶醉手一松，常娥得出空隙纵身跳入河中。大家吓了一跳，没料她这么刚烈。

杨红玉和陶醉几乎在同一时间跃入河中。杨红玉刚好来例假，又正服用江湖郎中开的送子偏方，希望能在近四十高龄为柳惠鸣生个一儿半女。那天浸水后，杨红玉再也没能怀孕，性格也变得古怪暴躁起来。于是，团里人都把杨红玉生不出孩子归罪常娥。

常娥，不要听他们瞎嚼舌头。杨红玉生不出孩子，跟救你没什么联系。她这么老了，本来就生不出孩子，这不能怪你。

只有陶醉是她最忠实的支持者。夜阑人静，两人喜欢高高地坐在船头，看天上的月亮，说些悄悄话。

常娥师从杨红玉开始学戏了。同龄的黄鹂和翠莺从小练功，腰肢柔软如柳；她呢，十三岁才练涮腰、飞脚、旋子等腰腿功，每次下腰下得眼冒金星，浑身关节断了似的痛。即便如此，杨红玉仍不满意，她坚信腰腿功夫对一名戏曲演员的重要性：它能使演员在舞台上掌握身体重心，灵活自如地转移腾跃，还能使演员的身段动作变得更加优美协调。

杨红玉给常娥制定了一系列极其严酷的魔鬼训练，腰腿功、扇子功、手绢功、水袖功等等，各类基本功一个接一个，根本不给一点喘息时间。有次常娥做不好鹞子翻身，被罚在高温下反复练习一百次。当晚，她在睡梦中大叫，身体往空中一挺，双手做出"直冲展翅飞卷袖"招式，把睡下铺的翠莺吓了一大跳，推醒她问：杨红玉是不是公报私仇，把不能生孩子的怨都撒你身上了？你不会走火入魔练邪门了吧？

陶醉也看不下去了，忘记自己当初练功的苦，想带她逃跑：常娥，你想去美国吗？如果你想去，我们离开这儿。我带你去找我爸。

陶醉第一次提起自己的从艺经历，竟为逃避去美国和父亲团聚。他说父亲年轻时因参与一起打架斗殴事件，犯了人命案，不得已才远走他乡。父亲先躲在广东一带卖苦力，后偷渡香港学做生意，等积聚起一定财力，又辗转美国开起洗衣店。人家都说陶父已亡命天涯，劝母亲改嫁。母亲不信，独自带三个年幼的孩子苦熬苦撑，等啊盼啊，终于，有信来了——才知陶父发了财，要把最大的儿子陶醉接去美国。那年陶醉八岁，他躲在桥洞里，让母亲和两个弟弟找了整整一夜，第二天醒来，发觉自己正躺在杨红玉的乌篷船上。

美国。美国离这里到底有多远？美国两字给常娥带去无数朦胧的遐想。她不禁想起儿时好友月圆和月明的父亲——黎鸿飞。这几年，黎鸿飞是死是活成一团谜，有人说他早被国民党杀害，又有人亲眼看见他被押上一艘海轮。

黎叔叔会不会也在美国？美国，多么神奇的一块土地啊。它既然能使犯有人命案子的陶伯伯成为洗衣店大王，那对正义勇敢的黎叔叔，当然更应该格外开恩吧？常娥几乎可以肯定黎叔叔在美国过上了自由富裕的幸福生活。

想起黎叔叔，又无法遏制地想起黎月明，这个喜欢惹她流泪的"旧时友"，如今身在何处？心脏病医好了吗？

第十章

　　黎月明开始萌生写剧本的念头，是确切知道父亲黎鸿飞牺牲那一刻开始的。那年全国大部分城市已经解放。东城在民众准备庆祝胜利之时，却遭遇国民党垂死挣扎的大规模飞机轰炸，黎鸿飞所在监狱也不幸被毁。

　　秀珠的预感是对的，这十多年黎鸿飞一直被秘密关押，监狱地处城东荒郊野岭，是开凿在地下的一个"巴士底监狱"。地面上一条铁轨，常年运输一些军需物资。黎月明小时候，每次秀珠带他去看心脏科医生，都要经过那条长长的铁轨。月明在等待货车经过时心脏会莫名悸动，秀珠就在一边焦灼地叫：月明，月明——

　　母亲的声音带着穿透一切的力量，把他和货车噪音隔绝开来了。他茫然地站在警戒栏外面，看货车轰轰隆隆蜿蜒而过。货车过去很长一段时间，地面仍像巨兽般喘息、颤抖。

　　月明，月明。

　　这次不是母亲在叫，声音微弱，风一吹便散了。他不知为何激动，有人叫他，世界上除母亲和姐姐，谁会用那种声音叫他？每当这个声音出现，脆弱的心脏便处于爆裂状态，使他想哭想叫想流泪。那一瞬间，也许不到一分钟，他却像经历了死亡和创造的轮回，沉浸在难以言语的痛苦和感动中。

　　这位早慧的少年，正是长身体的年龄，脸色和嘴唇却略显苍白。但两只眼睛却炯炯有神，时刻闪烁着热情理想的光芒。他相信，十多年来，父亲和他是心有灵犀的。每次他和母亲经过这条铁路，父亲一定在地底下屏息聆听他的脚步声和心跳声，一定很焦灼地想要在众多杂沓的脚步中，寻找最熟悉的声音。他似乎看见父亲发光惊喜的眼神；似乎听见父亲在狱友面前如此手舞足蹈地高呼：我儿子，我听到我儿子的心跳了。

　　儿子的心脏在母腹中尚未发育完整时即备受折磨，如今，又时刻陷入错综复杂的幻觉，试图给父亲母亲的存在寻找一种语言——一种能把他们属于生、属于死、属于凛然不可侵犯的那种追求和信仰写出来的语言。想象中的人物一个个走上舞台：他们欢笑，他知道他们为什么开心；但大部分时间他们吼叫、呼号、极度悲伤。他们语速急促，掩住半边脸不让他看清真实面目。黎月明的心在胸口狂奔乱跳，想要把他们一个个从阴影中挖掘出来的激情，几乎上升到疯狂的程度。

　　他创作的第一个剧本叫《重逢》。开写当天，他带上一壶酒一炷香去了城东荒郊。这里的地下埋着他未曾谋面的父亲，这里的泥土还混合着母亲的鲜血。

　　得知黎鸿飞死讯，秀珠憋了十多年的一口鲜血，终于"哇"的一声喷薄而出。秀珠在失去呼吸前的最后一分钟，神情安详恬淡。

　　黎月明不相信死亡，他仍在等待——等待重逢后的父亲母亲会突然手拉着手，出现在面前。这天，他又去城北写作，从小一块长大的胡清风，手里拿着一份大学录取通知书跑了过来。

　　清风比月明年长一岁，皮肤白皙，相貌周正，一看就是个中规中矩的邻家男孩。他父亲在上海工作，难得回家一次，大部分时间是清风和母亲相依为命。两个小伙伴志趣相投，都对文学情有独钟。听到他被录取的消息，月明开心道：这下好了，中文系又将多出一位江南才子。清风躲闪着他的眼神，嗫嚅道：我……没报中文系，我妈要我读机械系，出来像我爸一样去上海做工程师。

机械系？月明吃惊道：你疯了？他挥舞手势，慷慨激昂地大叫：我们要做能够主宰自己命运的雄狮、苍鹰，而不是任人宰割的羔羊。

胡清风自卑地低下头，矛盾不安地说：可是，可是我妈……

又是你妈，你妈你妈。黎月明盯了他一眼问：该不会今后娶媳妇也听你妈的吧？

媳妇？胡清风涨红脸说：我上大学了她还能管我搞对象？我爱谁谁，对待爱情我是决不妥协的，我一定要跟自己心爱的女人结婚。胡清风语调坚决，眼里流露出朦胧的憧憬和向往。

黎月明被他的神情打动，心脏最柔嫩最温软的部分发出不规则的跳动声。想到某一天，会有一个世外仙姝般的女孩出现，顿觉柔情缱绻。

"一场幽梦同谁近，千古情人独我痴。"妈妈和姐姐都说他是个痴人，因为他视书如命，是个不折不扣的书痴。他是书痴的同时，是否也是情痴？毫无疑问，在亲情方面，他是；那么除了亲情，还有什么情会叫人发痴？他暗自咀嚼，一股从未体验过的骚乱思潮已在胸中激荡。他刻意回避"爱情"那两个十分神圣的字眼，深吸一口气，似乎嗅到一股令他眼饧骨软的甜香，心旌一阵摇荡。

他脸颊绯红，声音沙哑地问胡清风：如果要你在生命和爱情之间选择，你选哪个？胡清风故意逗他说：那我选择自由。若为自由故，两者皆可抛嘛。

两人正说得起劲，姐姐月圆拿着一张海报找了过来。这个在人民剧院做售票员的女孩，一身素衣，眉目沉静。因为从小跟随秀珠出入教堂，性格又多了份内敛。她每天朗读经文，带着一种神秘、敬畏的心理，感受着来自上帝的幽光。她相信，这层微光不仅能笼罩她和全家的命运，还将拯救父亲于水深火热之中。然而，父母的相继去世—

下摧毁掉这份信念，她在母亲下葬当天摘下了胸前的十字架项链，并合上那本早已翻烂的《圣经》。

月圆展开海报说：月明，机会来了，快去试试这个剧团，说不定能中呢。

黎月明痴迷写戏，渴望作品被搬上舞台。之前，已毛遂自荐报考过几个剧团编剧，可惜都名落孙山。这次月圆指的"机会"，正是原来的"杨柳舞台"。

第十一章

杨柳舞台现已编入东城越剧团，和来自文工团的演员们尝试男女合演改革，由柳惠鸣出任团长。

柳惠鸣身为男旦，十多年的男旦经历使他备尝生存的矛盾：和他配戏的小生可以随心所欲地托起他下巴，或在他脸颊上捏一把，甜腻腻地叫他"娘子""小姐"。当他逐渐习惯在麻木中接受现实，并能正视那个"她"时，漫长的严冬过去了，万物开始蠕动。有一天，他从镜子里看到自己的真身——他是男人，这个意识如火焰般爆发出来，产生在快要忘记自己还是男人之时，让他的整个身心充满了重生的狂喜和灵感。

《唐伯虎点秋香》是剧团改革后排的第一部男女混演剧目，由他和黄鹂领衔主演。戏中，他身穿湖绿色对襟长衣，脚蹬粉底靴，手摇一把折扇，第一次以风流才子的温润如玉博取了观众的掌声和喜爱。

这出戏在业界奠定了他新形象的同时，也使他性格中很多轻佻的细胞蠢蠢欲动了。他和黄鹂开始打着排练的幌子整天粘在一起，时间一长，剧团上下对他们之间的暧昧早已心照不宣，只有常娥蒙在鼓里，仍像以往一样叫他柳团长。乐队几个油嘴滑舌的忍不住跟她开玩笑说：以后要改口了，不能叫团长，亲热一点，叫姐夫。

常娥困惑地问：姐夫？要叫也叫阿爸，为什么叫姐夫呢？乐队几乎笑岔气去，说：那你得去问你阿爸，谁叫他乱伦呢？常娥更不懂什么叫乱伦。在团里成长这几年，常娥平时跟翠莺和黄鹂一块叫杨红玉"姆妈"，对柳惠鸣这个"阿爸"总叫不出口，一直以"团长"相称。

　　黄鹂却能把一个"爸"字变幻出多种叫法，听得人骨酥肉麻。陶醉私底下骂他们一对狗男女。陶醉漫无边际的乱骂常娥只当解乏，谁知，他另有所指。

　　这天，常娥被"乱伦"两字吵得心烦意乱，一路心神不宁返回集体宿舍。她推开房门，黄鹂正和柳惠鸣躺在床上，见她进来也不吃惊，黄鹂还笑嘻嘻招手道：过来，你也过来。

　　柳惠鸣佯装呵斥：别胡闹。说罢起身，忘了没穿衣服。常娥见他白花花上半截身子从被窝里裸露，吓得一声大叫。尖叫一旦开头，像见了鬼，无法停止。黄鹂腾地掀开被子，赤身站她面前骂：你他妈装什么纯洁？睁大眼瞧清楚，姑奶奶长得和你一样，没多出一个奶子来。

　　柳惠鸣快速穿好衣服，给黄鹂披了件睡袍，对常娥尴尬地赔笑，试图解释说：我们，我们啊那个……

　　常娥一扭头，飞快地跑了出去。柳惠鸣怔了怔，眼神一亮，对黄鹂说：快追。让她去告诉杨红玉——

　　你疯了？让她告诉杨红玉？一听杨红玉的名字，黄鹂到底还有几分畏惧。柳惠鸣亲她一口说：这样的话，我们才能名正言顺在一起。懂了吗？我的小傻瓜？

　　杨红玉和柳惠鸣住在另一间夫妻档集体宿舍。两条弄堂平时蹦蹦跳跳一下就到了，可那天却在脚下长得没有尽头。

　　常娥是杨红玉的关门弟子，自从进入剧团，剧团便成了她的天和地。她白天黑夜勤学苦练并乐在其中。如今她功底全面，表演细腻传神，举手投足无不流露当年杨红玉的风姿。杨红玉却在成就她的同时毁了自己。多年烟酒无度不仅剥夺了她做母亲的权利，还断送了继续演戏的舞台生涯；和柳惠鸣台上台下曾有过的万千风光，也都随滚滚东逝的长江水而去了。

杨红玉现在只挂个副团长虚职，大部分时间与烟酒为伴。

没有什么比眼睁睁看着一种自甘沉沦的生活更让人痛苦了。每次见躺在床上吞云吐雾的那团阴影，常娥仿佛看到大娘。大娘至今仍然健在，活着却又如同死去。

常娥站在杨红玉房间外，屋里飘出的烟雾很快被风吹散，只留一股辛辣的烟草味。她伸出手，像第一次见杨红玉吸烟那样，想抓住烟雾。那时的她以为抓住烟雾就抓住了梦想。

常娥发出一阵剧烈的咳嗽——黄鹂可怜巴巴的声音再次回响在耳边：他是团长啊，他要跟我那个，你说我能反抗吗？你不相信？黄鹂头颈一扭，指着脖子上一处吻痕，伤心道：你看，这就是他虐待我的证据。我……我是被强迫的，我敢怒不敢言。好常娥，只有你才能救我。求求你告诉姆妈，把你看到的都告诉她。不然我就毁了。我还这么年轻，我还有很多梦……

常娥从胸腔内沉重地吐出一口气，熟悉的烟味一下变得那么刺鼻。她不知道自己是如何推开那扇沉重的黑门，也不知道自己都说了些什么，只记得杨红玉手一挥，冷冷一笑道：我成全他们。杨红玉挥手那一秒钟的潇洒，依稀又有了当年"穆桂英"的影子。

杨红玉主动提出了分手。柳惠鸣这点小伎俩瞒得了别人瞒不了她。之前，她睁一只眼闭一只眼，用烟酒麻痹自己的同时，早意识到婚姻中存在的那个不和谐，只是，大家没撕破脸皮，也就抱着得过且过的侥幸。毕竟，柳惠鸣曾救过她的命，也曾给过她激情和温暖。

他终于等不及了。杨红玉从镜子里的容颜，预见她日后的生命归宿：属于她的时代已经过去，尽快从现实中退下吧，这也是她唯一能保留自尊的方式。

告诉他，我给他自由。杨红玉细致地抹去常娥脸上的泪水，柔声说：别哭。哭解决不了问题。你要好好唱戏，替姆妈争口气。听到了？杨红玉那一刻既辛酸又温柔的语调使常娥受宠若惊。她抽泣得更厉害了。

杨红玉同意接纳黄鹂时，柳惠鸣正在后台被一群想考剧团的年轻人围得水泄不通。黎月明和胡清风、姐姐月圆也夹在其中。柳惠鸣极不耐烦地对他们挥手说：今年没有指标，不招，一个不招。什么？跑龙套？你以为跑龙套就能降低要求？告诉你们，我们的演员全从戏校来的。回去，别浪费时间，都回去。

常娥来了，她仍穿着天蓝色的练功衣，一根绸带束在纤细的腰间。她逆光而立，身后是光芒四射的太阳，把一头柔美厚密的长发照射得金光熠熠，每一根发丝像透明了似的，一阵风过，衣袂和黑发飘飘欲仙。三个伙伴回头，恍惚看到了天使。胡清风只觉脑子"轰"的一声响，假如这就是他的爱神，他会为了自由放弃生命和爱情吗？不，决不。

黎月明也微微一怔，觉得眼前这个女孩熟悉，却想不起在哪见过。到底在哪呢？他皱眉思索，反倒忽略了对方的美，忽略了那一刹那的心跳和异样。黎月圆已激动地放出一声大叫，冲过去抱住常娥，不迭声地叫：常娥，我是月圆，月圆。忘了？我们拉过勾的。你真成角了？真成角了。

常娥脸色迅速绽放，惊喜地在月圆怀里蹦跳尖叫。黎月圆，这个只见过几面的小伙伴，曾给她寂寞的童年带去许多温情。两人相互凝视，眼里闪烁泪花，同时想起儿时誓言：你唱戏，我看戏，你到哪我跟到哪，我们永远不分开，好不好？

知道吗，常娥，我就在这个剧院卖票。

真的？那你不走了？可以在这里看我演出？下个月演《嫦娥》。一提《嫦娥》，自然会想起那张有关玉兔和嫦娥的漫画。她曾为这幅画流下眼泪。

常娥鼻子一酸，眼神在黎月明和胡清风之间来回辨别。月圆附她耳边，手指月明：他是我弟，会写剧本，写得可好了。说罢，眼神蓦地一亮说：常娥，你唱戏，他写戏，我看戏。这样，我们三个就可以永远永远在一起了。好吗？好吗？

月圆沉浸在遐想中激动不已，陶醉一头撞了进来。他困惑地瞟了一眼众人，问常娥：怎么啦？听说杨红玉把你叫去，没为难你吧？

柳惠鸣身子不安地动了动，对杨红玉残存的那一丝丝感情和歉疚又回温了，脑海里闪过一幅幅画面，全是杨红玉对他的好。杨红玉，这个以前他死心塌地痴迷过的女人，现在才知道，那份他以为的爱情，其实是被崇拜和敬畏无限夸张了的感情——它随她的年老色衰，随她的自甘消沉已失去魅力。不知从何时起，他讨厌听她训斥，讨厌闻她身上的烟味，讨厌她在生活中仍把他当男旦般呼来喝去扼杀他男性的自尊。是，团里有人说他小人得志，踩着杨红玉的肩膀一步登天。陈世美就陈世美吧，他心意已决，宁可背负骂名，也要争取自由。

其实看到常娥出现的那一刻，他已知道结果。终于解脱了，这天说来就来，却阴差阳错，靠常娥这个小丫头片子捅破这层窗户纸。他舒了口气，奇怪，心里并没有预想的兴奋。

常娥，来，我有话问你。

柳惠鸣起身，准备带常娥离开后台，详细询问杨红玉同意让位的整个过程。月圆忙将剧本递过去说：柳团长，我们不考演员。是我弟弟，他想做编剧，你看，这是他写的剧本。

月圆话没说完，被柳惠鸣再次不耐烦地推开说：我们不招编剧。常娥却从月圆手里拿过剧本，盯着他，一个字一个字清晰地说：团长，我想演黎月明写的剧本。

常娥推荐黎月明进剧团，时间上很凑巧，正好卡在柳惠鸣和杨红玉婚变的节骨眼上。柳惠鸣因为对杨红玉心存愧疚，又因为被常娥抓住把柄，这让他感觉常娥的话好像暗藏威胁：假如你不让黎月明进剧团，我就把你的丑事昭告天下。

第十二章

常娥主演的第一部戏是五幕神话剧《嫦娥》。团里最后确定由她和黄鹂分A角B角主演。按照后来柳惠鸣的说法：常娥演嫦娥，本身就是卖点，吊足了观众胃口。

杨红玉和柳惠鸣和平分居了。

《嫦娥》首演的庆功宴上，柳惠鸣当众宣布他和黄鹂的喜讯。大家一愣，都觉得柳惠鸣太不给杨红玉面子。倒是杨红玉一副若无其事的平静，笑吟吟地自斟自饮，见大家脸色尴尬，率先举起酒杯，替柳惠鸣祝福，宴会至此才算进入高潮。杨红玉能如此大度不计前嫌，他们还生哪门子膀胱气？一个个瞬息变脸，争相流露贪杯吵闹之本性，又喝又唱又笑，一直闹到半夜才算消停。

那个夜晚，杨红玉半醉的意识里全是过去，"越杨舞台"在大世界最后的一个狂欢之夜，也是这么夹杂浓烈的酒精味和青春的荷尔蒙气息。

一切都过去了。杨红玉回首凝了一眼喧哗吵闹的宴会厅，忽然对年轻时迷恋过的阮玲玉又有更深层次的理解：阮玲玉曾抱着找个好男人过上幸福生活的想法，在那个时代总是跌跌撞撞，遇人不淑。阮玲玉如此，她又何尝不是？虽说时代变了，可男人本性没变，到哪都一样。

"各位女同学，我们女人站起来了，从五千多年的男人社会站起来了。男人如果反对，我们就要反抗。反抗。"

反抗。杨红玉耳边回荡阮玲玉当年的演讲，胸中平静，并带一丝苦涩和凭吊的意味。没想到阮玲玉会用如此消极的方式来反抗，至今想来仍觉心痛。她呢，她会吗？杨红玉穿过黑郁郁的灌木丛，对月亮眯了眯眼，轻声问：嫦娥，你觉得我会吗？你觉得他们配吗？月宫里的桂花树在杨红玉的问话中轻轻摇曳。杨红玉笑了，一路哼唱着离去。

同一个夜晚，在剧团宿舍的假山后面，常娥正和月圆肩并肩坐一起看月亮。常娥穿着月圆织的毛衣，头靠在月圆肩膀上。《嫦娥》是她童年时就迷恋的神话，如今梦想成真，成为故事里的女主人公。

一阵风过，常娥身子轻飘飘的，又有了舞台上的腾云驾雾之感。月圆指着月亮问：常娥，告诉我实话，你不会真从那里来的吧？

你说呢？

月圆赶紧用手搂住她，口吻焦虑道：你不知道，每看一次戏，我心就吊在半空，生怕你真的这么飞上天回不来了。

常娥听此，心里温暖极了。月圆在剧场卖票，常娥唱戏，两个儿时伙伴的约定，转眼成为现实。一夜之间，常娥多了一个姐一个哥。假如月明也能像月圆那样，对她亲热些那该多好啊。

黎月明因为以前在师范学校教过书，进剧团后，除搞创作还负责团里女演员的文化辅导，大家都叫他黎老师。他上完课就在几位女演员的簇拥下谈笑风生，从不主动叫她，好像根本不认识她。上次又见他在食堂和翠莺打得火热。翠莺本来就爱笑，被他一逗，更笑得花枝乱颤。她清晰地听他赞美翠莺，他说：翠莺，你是我见过的最可爱的女孩。你的笑声突然给了我灵感，我想为你写一首歌。

黎月明当即取来一张粗糙的练习纸，他写给翠莺的歌词很快传遍剧团上下，那是一首浅白易懂、类似民谣的歌词。常娥听了，一撇嘴在心里轻哼一声：俗。

翠莺是她好姐妹，按理应该高兴才对，可她就是郁闷。仍记得第一次为他流泪时既伤心又愉快的矛盾心理，她哭泣，眼角余光却敏感地觉察到了他的不安。他们六岁似已心有灵犀，怎么大了反倒如此生疏？

常娥一想起月明的冷淡，幽幽地吐出口气。月圆捕捉到那声叹息，开玩笑地问：想你夫君了？常娥红了脸，啐她一口，举起手佯怒道：你再胡说八道？

那你平白无故叹什么气？你倒是说呀，说呀。

常娥抬头面对清冷的明月，浑身蓦地打了个寒战说：我在想……嫦娥一个人在广寒宫，日日夜夜看着空阔的碧海和青天，心情肯定很孤独很难受，说不定后悔偷吃灵丹呢。

你这是替古人担忧。嫦娥在天上孤单吗？她身边有那么多仙女陪伴，还有吴刚和他的桂花酒。再说，你忘啦，还有那只可爱的玉兔——

月圆话未完，陶醉手里拎一只电风扇兴冲冲跑过来了。

陶醉，这个从小在戏班长大的武生演员，练了十几年功夫，做了十几年配角，最后只在《嫦娥》里争取到一个武士角色，也即后羿射日时把神剑送到后羿手中那位，从头到尾只一句台词：大王。

陶醉本来也不是个有雄心的演员，再说兴趣也不在演戏上，小时候跟随道具师傅糊纸扎灯笼花瓶，只当好玩。现今大部分道具都买现成的，兴趣便逐渐转移到舞台灯光设计上。

如果说《嫦娥》是常娥出道以来的第一部重头戏，那么它也是陶醉"舞美设计"生涯的一个转折。为加强场景气氛的渲染，他去其他剧团取经，学习电影里特写镜头聚焦照光的手法，也尝试采用三元色原理，以变换灯光改变场景和气氛。

都说陶醉的舞美设计在某种程度上成全了常娥。有人开始当常娥的面叫陶醉名字，常娥先还莫名其妙，问：陶醉在哪呢？我怎么没看见？后来知道那层意思，便躲着陶醉，生怕他说出让她难以接受的话来。陶醉呢，虽然外表粗鲁，内心却细腻敏感，见此情景，更不肯轻易开口。

这晚陶醉找到常娥，兴致勃勃地指着电风扇说：常娥，快来听听这个声音。我一直琢磨，第一场河伯从水里显身时，音响效果应该再强烈一点。我想说服音响师，把这电风扇的声音加进去，用它来模拟乌云翻滚、河水咆哮时的那种混沌和激流。

用电风扇模拟音响？没听说过。月圆一双锐利的眼睛审视着他，全是怀疑和否定，对常娥悄声警告：别上当。我看这小子八成拿它作借口接近你。

月圆的悄悄话随风刮进陶醉耳朵，他一愣，声音苦涩道：常娥，我不是河伯，我不会强迫你做任何事。

第十三章

  常娥凭借《嫦娥》一举成名，许多慕名者纷纷而来。一天，剧院来了一位特殊观众，他是上海某京剧团的月琴演奏家曾毅。曾毅二十四岁左右，演奏功底深厚，曾为许多京剧名家担任月琴伴奏，并数次随团出访苏联等国家进行文化交流。他的演出还灌制了唱片，在月琴演奏界属于被仰慕的青年才俊。

  曾毅来东城本为寻找一张前辈的旧唱片，唱片没找到，又错过了回上海的游轮，这才百无聊赖走进人民剧院。他坐前排，用说明书遮住脸准备睡觉。嫦娥出场了，剧场响起掌声，有人按捺不住高呼常娥名字。他睁开一只眼瞧，这一瞧，似被爱神的金箭穿心而过。

  曾毅推迟行程，一连三天坐进剧院，临回上海前，他给常娥写了封信。首先，他肯定了她细腻传神的表演，接着又针对唱功和唱腔提出了十分详细的建议和看法，最后要求和常娥成为朋友，两人在艺术道路上共勉。

  这是常娥第一次收到观众来信，既好奇又兴奋，她仔细揣摩意见，随即也认真地回了封信。这样一来二去频繁通信一段时间，常娥被叫去团长办公室。桌上摊着一封曾毅来信，柳惠鸣脸色铁青，反背双手在室内烦躁地踱步，一见常娥，劈头盖脸地责问：你竟然敢瞒着大家和外团人谈恋爱。你想干什么？翅膀硬了想飞？跳槽？别忘了你是我们一手培养出来的青年主演，你只属于东城剧团。想去上海？除非等我死了。

常娥被骂得莫名其妙，一看桌上那封信，冲过去，柳惠鸣比她动作更快，抢走信用力一抖问：还不死心？他是外团的人，你不能跟他谈恋爱。

恋爱两字使常娥又羞又急，她涨红脸说：我们没谈恋爱，我们连面都没见，我们只是普通朋友。

常娥你呀，脑子太简单。柳惠鸣展开信纸，从里面滑出一张黑白照片，他指着照片说：都已经开始送照片了，还只是普通朋友？常娥一见照片，胸口怦怦乱跳，张口结舌：我……我……

你是不是也送他照片了？

我没有。常娥矢口否认。

小常啊，柳惠鸣摇头，做出一副既往不咎的大度，开导说：知人知面不知心。你以为是纯洁的友谊，他不这么想。他是男人，他看见漂亮女人，不可能只想做普通朋友，他还想得到更多。你是我们看着长大的，你就像是我们的孩子一样，我们不希望你和外团人搞对象，更不希望你上当受骗。你要找对象，我们团就有一个现成的，陶醉。他和你从小一块长大，大家知根知底，多好，啊？

柳惠鸣话音刚落，黄鹂手上又拿着一封信冲进来报告：团长，又来一封——黄鹂话未完，信被常娥抢走。她看也不看，一赌气撕了，边撕边叫：我没有谈恋爱，我也没有送他照片，这下你们满意了？你们满意了？撕完叫完跑出柳惠鸣办公室，不期和陶醉撞个满怀。陶醉忙问：常娥，怎么啦？

不要你管。常娥一把将他推开。泪水朦胧之间，见黎月明模糊的身影就站在不远处。他双臂环抱胸前，还是一副瞧热闹的架势，心里更加来气，把对陶醉的怨一下全转移到黎月明身上。她想：黎月明啊黎月明，当初进团时月圆说得多好，他写戏，她唱戏，月圆卖票，三个人再也不分开。月圆倒的确把她当妹妹，三天两头给她做好吃的、织毛衣，忙得不亦乐乎；他呢，不是整天关宿舍，就是和女演员插科打诨。他——就是一个没心肝的。

常娥跑去假山后，蹲地上抽抽噎噎，思绪从多情的曾毅转移到黎月明的没心肝上，无端涌出许多酸楚，越哭越伤心。

常娥。有人叫她。

她抹一把泪，手心仍残留着来信碎片，碎片上模模糊糊四个字：我在上海。

上海。常娥将碎片细致叠好，准备藏进口袋，蓦地想起那张小照，再次涌起一层莫名的慌乱和烦躁。她迟疑片刻，扔了碎纸片，用树枝戳地上的泥土，嘴里怨恨道：你走，你走。

叫谁走呢？黎月明步出假山。常娥见是他，欲盖弥彰，快速抓起一把泥扔纸片上。黎月明却弯下腰捡起纸片，看了看说：上海？真是巧了。柳团长让我明天去上海观摩。

上海，曾是父亲黎鸿飞出生入死的地方；上海，还是他第一次做心脏手术的地方。这个地方给他希望也给他痛苦。他渴望它，仰慕它，同时也惧怕它。

黎月明去上海观摩的第二站是上海天蟾舞台。"天蟾"两字取自神话"蟾蜍折食月中桂枝"的典故，有"蕴含压倒丹桂第一台之意"。"天蟾"得名以来，历代名角大师竞相粉墨登场于此，梨园便有"不进天蟾不成名"之说。黎月明去天蟾，有比观看名角、偷抄剧本更重要的一个原因：寻访一处地下党秘密联络点。

戏院隔壁有家医院，据说，二十年代末，中央有个很重要的地下党联络点设在医院二楼。黎鸿飞长年潜伏上海，是否也曾来此开会？是否借这有利地形与人接头？或掩护过开会的同志？

黎月明站在熙熙攘攘的四马路上，幻觉中似出现父亲高大的身影：父亲站在许多求医问药的人群中，眼神警觉地看了看四周，随后闪入医院。

黎月明沉浸在幻想中神经高度紧张，不期肩膀被人轻轻一拍，倒把他吓一大跳，以为跟父亲接头的地下党，正穿越时光隧道，凌空而降。来者手里拎一把月琴，是曾毅。他脸色憔悴，好像刚生过一场病。

黎月明刚来上海头几天，怀揣学习其他剧种的态度，坐进旧上海京剧的主要据点黄金大戏院，观看《玉堂春》。因为要抄念白和唱词，必须坐第一排。第一排紧挨乐队，曾毅和他那把月琴引起了他的注意。他——怎么会来找他？莫非见到他抄剧本了？当时一些小剧团的演出剧本大都从其他剧团买或抄，所谓抄，即边看演出边抄台词，如此反复观摩，记下完整剧本。

黎月明面对突然出现的曾毅，顿觉对方来者不善，只想尽快脱身。听人说你是东城剧团的？来抄剧本？曾毅问。

果然怕什么来什么。黎月明忙从包里拿出一叠稿纸，递过去，语无伦次地道歉说：对不起，我不知道你们剧团不允许，这是我抄的，还没来得及整理，你都可以收回。

曾毅咳嗽两声，推开剧本说：我不管这事。我来找你，是想……想……他从口袋掏出一封信，确切地说应该是一封被退回的信，迟迟疑疑递给黎月明说：想……请你把这封信交给常娥。

常娥？黎月明随口反问：你和她什么关系？

朋友关系。说起"朋友关系"四个字，曾毅脸色明显苦恼，这段时间不知为何，给常娥的信要么有去无回，要么被退。地址没错啊，到底哪个环节出了差错？

为什么？黎月明用手托住腮帮子，煞有介事地想了想说：答案只有一个，常娥不想和你继续交往。

不可能。曾毅着急地叫，掏出另一封皱巴巴的信说：这是常娥给我的信,她说很高兴有我这样一位朋友。他用手指着信中某段话朗读:相信我们之间的友谊是能经得住时间的考验的。

黎月明凑近一看,果然是常娥笔迹,心里冒出一股醋意。

认识常娥以前,他身体内极深邃的地方,盘踞着一股与生俱来的痛。那痛是从娘胎里带出来的,它深沉无边,成了生命的一部分。时常,他被这股痛逼得无处可逃,会一个人跑进荒郊野岭,发几声狂叫,或用手掌发疯地拍打树根。似乎只有肉体撕心裂肺的痛,才能暂时麻痹那份沉重和压迫。哭过喊过,他以为属于他生命的钟摆就应该如此沉重地摇摆,谁知竟被常娥的眼泪神奇地治愈了。

她是被我气哭的,她的眼泪为我而流。常娥的眼泪一滴一滴往下掉,如此晶莹,如此剔透,像一首奇妙的诗篇,驱散了潜伏身体的阴郁之气。四周一切隐灭了,只留下他,独自倾听血液的沸腾声。另一颗本来与他毫不相干的灵魂,就这样不知不觉植入生命。他时而哆嗦时而流泪,对内在新生命的诞生手足无措——心里分明是感动的,并有许多话想倾诉,真见了人,又装作一副漠不相关的样子。直到她蹲在地上为另一个男人哭,才莫地涌上一股从未体验的妒忌。她的眼泪,只应该为他一个人流啊。

黎月明接过曾毅写给常娥的信,摆出一副助人为乐的高姿态说:团里不允许你和常娥通信。不过,我可以帮你。他在曾毅感激涕零的凝视中,淡然一笑说:今后,你把信写给我,我替你转交。

第十四章

　　黎月明貌似积极地替曾毅和常娥穿针引线，实则借送信机会频频接近常娥，并提出让她试演他创作的剧本《重逢》。

　　《重逢》是一部以黎月明父母为原型的现代戏。黎鸿飞先烈的英雄事迹，常娥曾一遍遍听何荷讲过，而今听月明娓娓道来，更给人身临其境之感。"浪迹江湖忆旧游，故人生死各千秋，已摈忧患寻常事，留得豪情作楚囚。"他用低沉悲壮的嗓音吟诵这四句诗歌，时间仿佛裂出一道空隙，常娥看到了二十年前的母亲：何荷站在波涛汹涌的船头，曾亲耳聆听这慷慨激昂的诗句，亲眼目睹烈士的鲜血流得那么壮阔，那么绚烂。

　　后来呢？不是说黎伯伯失踪了吗？怎么又关在地牢里呢？常娥追问，潜意识不愿接受牺牲真相。黎伯伯靠信仰和希望支撑生命，眼看黎明将至——常娥的心窒息了，由此深切体验着黎月明心底的那份痛和阴郁。两人惺惺相惜，多么希望历史能够像《重逢》里美好的愿望一样，让苦心等待的秀珠迎来团聚。

　　其实，一对青年男女从陌生到亲密，除缘分，还需借助一种能把两人连接起来的往事与梦幻。黎月明凭剧本《重逢》，唤醒的不仅有父辈往事，还有他和常娥初次相遇时的熟悉感和厌恶感，以及再次重逢后貌似分离的魅惑。

为什么第一次见面就画那幅画气我？常娥到底忘不了那次生气，想要一个潜意识里期待的答案。果然，黎月明注视她的目光一点点炙热：真想听？他问，头低俯向她，嘴角浮动一丝淡淡的笑。

他与以前判若两人了，眼里闪动着热烈而温柔的光。大地在那一刻停止运动，天地间生息全无，只有他的凝视，他心跳的颤动声，一点点向她逼近——它们振动着她的耳膜，使她唇干舌燥，头晕目眩。她突然害怕了，蓦地跳起来，夸张地大叫一声：我不要听。她用略带撒娇的口吻说：你不说我也知道，你就是想欺负我。

这以后，两颗真正动了爱情心思的年轻人，每天只要看见对方，便觉无限欢乐和甜蜜。他们都不急于表白，不急于动作，更愿意沉浸在无穷的幻想里，把对方想象成宇宙间最美好的灵魂和生命。他们以为有一辈子的时间去默默回味对方的一颦一笑，而曾毅却在这关键时刻来信，提出和常娥见面。

曾毅要来东城。常娥把信递给黎月明，烦恼道：都是你惹的好事。要你做好人。他来你去见？

因为黎月明自告奋勇转信，曾毅数月来奋笔不辍，三天两头来信。他的确做到了"共勉"两字，除详细介绍京剧，还积极介绍昆曲、话剧和电影等知识，希望常娥了解这些剧种后，兼容并蓄吸取特长，把其他剧的精髓移植到表演中，从而形成自己的特色。

他是个好人，你应该多照他说的去做。

每次，黎月明把信转交常娥手中，常娥会当他面拆信，好像为表心迹，又像避嫌疑似的，邀请他一块读。他开始还装模作样推辞，人又不走，两只耳朵竖起来听，生怕错漏一句关键词，等听完全篇才彻底放心，大方赞美曾毅。他说，可以跟曾毅交个朋友，不知指他自己还是指常娥。同时，他也按照曾毅信中指导，找来一些京剧等唱片，和常娥一块听，一块分析。剧场有其他演出，两人必前往观摩。常娥天生聪颖又勤学苦练，如此积极学习一段时间，表演又有了质的飞跃。

人们说：上帝因为爱鸟，才造出森林来；可人类爱鸟，却制作鸟笼。

爱情都是自私的，无法与他人分享。动了爱情念头的黎月明，希望爱人就像被囚在笼中的鸟儿，只为他一个人梳理羽毛，只为他一个人婉转歌喉。

曾毅，这个更多时候扮演着老师角色的月琴演奏家，纸上谈兵数月，蓦然提出见面，黎月明顿感威胁：曾毅青年才俊，又来自上海，在月琴界颇有名气。万一常娥被这些表象迷惑，弃他而去怎么办？一想到可能失去常娥，黎月明食不甘味，失魂落魄。他嘴上怂恿常娥见面，暗中却自作主张给曾毅写信。信中大肆渲染他和常娥青梅竹马、两小无猜的纯洁友谊，并引经据典、摘录有关爱情诗句。最后，流露言不由衷的虚伪说：如常娥爱的人是你，我放弃，并衷心地祝福你们幸福，白头到老。

信寄走后又心神不宁，他又后悔不该说什么放弃，万一对方把客气当福气勇往直前怎么办？万一……

他一介文弱书生，平时耽于幻想，从小到大没跟什么人动过粗。童年因为身体原因，活动方面受到许多限制。儿时伙伴个个生龙活虎，上能爬树下能摸鱼，地面游击战更是热火朝天。他呢，遇到这类需要冒险需要打打杀杀的场合，也曾跃跃欲试，却无人搭理：你是你们家的命根子，我们惹不起。小伙伴们如此调侃，家里亲戚也这么认为，妈妈和姐姐更是寸步不离。所以，黎月明空长一身肌肉，从小到大毫发无损，没尝过搏斗流血的滋味。

这"万一"两字隐含的竞争和危机，倒唤醒沉睡心底的英雄气概。想象中，一幕幕为爱而战的场景艰难曲折，充满冒险和磨难。他孤立无援却在重压下顽强搏斗，他成了高尔基笔下勇敢的海燕——"在闪电之间、在怒吼的大海上高傲地飞翔"。他成了刀枪不入的大英雄阿喀流斯和波尔修斯，浑身沾满鲜血，却依然昂首挺立，靠自己的信心、力量和尊严战败对手，赢得爱情。

当黎月明把曾毅假想成一个力大无比的情敌时，曾毅回信了。这次曾毅把信直接写给他，只有寥寥五个字：祝你们幸福。

这小子，不战自降，连试一试的胆量都没有，看来不是真心喜欢常娥。一颗真正动了爱情的心，哪会轻言放弃？它一定会带着破釜沉舟的勇气去争取，哪怕拼个你死我活。黎月明轻蔑曾毅的同时，决定乘胜追击，跟常娥确定恋爱关系。

那天午后，黎月明四处寻找常娥，常娥正在假山后练念白。她手里捏一块粉红的丝绸手帕，娇声说道：手帕啊手帕，我日绣夜绣，绣上生辰年庚，指望有朝一日送给那……

"那"字出口，手帕不翼而飞，黎月明抱拳作揖，模仿书生张青云口吻道：小姐啊，小生名唤黎月明——

说完偷看常娥，常娥竟一反往常，神情淡淡的，背转身去。

黎月明觉察到了她的冷淡，冷淡中还包含某种否定，心头一痛，眉宇略显紧张地皱拢问：怎么啦？是不是因为曾毅？他不来你感到失落？

曾毅突然取消见面，常娥并不知其中原委。黎月明把信递给她，常娥茫然地盯着"祝你们幸福"那几个字，脑子一片空白。隔了好半晌，才看清这封信是写给黎月明的，似乎想明白了什么，嘴角泛出一丝冷笑，把信还给他。

她凝视着假山后一簇淡粉色小花，脸色哀怨，嘴里哩哩啦啦又开始练唱："寒冬过去春又来，桃红柳绿百花开，楼台一别四月正，我日日夜夜望郎归。"

黎月明听着"我日日夜夜望郎归"，不由分说将她一把拽住，问：你在等他？你想见他？常娥一甩手，继续演唱：郎君呀，临别几番叮嘱你，你人若不来信要写，却为何，好似风筝断了线——

听到这里，黎月明将她一把搂住。他的手臂强劲有力，像两把铁钳子将她越夹越紧。她感觉到了痛，更多的是紧张和不知所措。他要干什么？他接下来想干什么？常娥含在嘴里的一口口水还没来得及咽下，就被黎月明吻住。

常娥这段时间正在排演苦情戏《泪洒相思地》。剧中书生张青云是个心狠手辣的负心汉，不仅背弃前盟，还落井下石，想置人于死地。

她刚开始憧憬爱情，就看到了爱情背后的阴暗和丑恶。人心多么险恶啊，黎月明会不会也像张青云一样始乱终弃？由张青云又想到柳惠鸣，这男人竟没一个靠得住。

常娥推开他，哽咽道：你们男人没一个好东西，你会不会也抛下我不管？

我？黎月明再次将她狂热吻住：除非我死了。不，即使死了，我也不会抛下你，我会在天上看着你，守候着你。常娥将他的嘴捂上，倒进他怀里抽泣，两手无力地捶他胸脯：不许说这些不吉利的话。

那你答应了？黎月明小心翼翼地捧起她的脸，颤声问。那一颗颗为他流的眼泪啊，赤诚炽烈。人生至此，还有何遗憾？

如果你不放心，我们结婚，立刻结婚。

第十五章

黎月明和常娥的婚礼是东城剧团最风光的一次。《泪洒相思地》首演结束，观众还沉浸在女主角去世的悲剧气氛中难以自拔，团长柳惠鸣和副团长杨红玉笑吟吟地拿起话筒走上舞台，为常娥和黎月明证婚。

柳惠鸣声音洪亮道：亲爱的观众朋友们，今天是我们"王怜娟"大婚的日子。在剧中她遇人不淑，含恨离世，相信观众朋友们都不希望看到这样虐心的结局，对不对？

观众狂叫：对。

好，那我们今晚就一起来见证"王怜娟"美梦成真、喜结良缘的千金一刻。有请新人——

柳惠鸣大手一挥，幕布再次徐徐启动，还原第三场的洞房花烛之夜——常娥和黎月明身穿大红戏服，手里牵一条大红绸带，在喜庆的锣鼓喧天中，被人群簇拥着走上舞台。

常娥还没从戏里缓过神，眼里闪烁泪花，恍恍惚惚站台上，听着一个幽怨的声音在问：这是真的？他回来娶我了？我们是夫妻了？

一颗颗包金纸的喜糖从柳惠鸣和杨红玉手中抛向观众席，台上台下一片喧哗。喜糖的金纸在灯光下折射出朦胧的辉煌，让常娥又有了几分腾云驾雾之感。她到底是嫦娥还是王怜娟？不管哪个，她们婚姻都不美满。她呢？得知她和黎月明恋爱的消息，杨红玉第一个不同意：他有心脏病你不知道？

有心脏病就不能结婚？她反问。心脏病，黎月明的心脏顿时成为团里热议的话题。有人说常娥傻，自投罗网找个病秧子。还有人断言，常娥三年后必成寡妇。三年，不出三年，你们看着吧——

这些刻薄预言传进耳朵，常娥被激怒了：我就要嫁给黎月明，哪怕三年后做寡妇也要嫁。

寡妇——

常娥伫立舞台，寡妇两字使她不寒而栗。台下乌压压一片观众，似来奔丧般影影绰绰，一股阴气从心底弥漫开来。她脸色煞白，蓦然抬头，瞥见观众席上一个人影，好似照片上的曾毅，他像才从地狱里爬出来，瘦得不成人形。他眼神悲哀地凝视着她，既无责备也无妒忌，嘴角似还浮动一缕微笑。

常娥一惊，定睛再看，人已飘然不见。

想不到两人的第一次见面竟然会是这么一个场景。常娥冲动地追出两步，被黎月明一把拽住，同时，耳边传来山呼海啸般的起哄声：亲一个，亲一个。常娥还没明白怎么回事，脸颊上被亲了一口。黎月明沉浸在大功告成的喜色中，眼神坚定、专注，带着一种永恒的情感：执子之手，与子偕老。我不会把你一个人半途丢下的。相信我，请相信我。

黎月明的凝视很快驱散了曾毅留给她的不安和阴影，引领她从黑幽幽的迷梦走进一片新天地——那里，他们可以拥抱着酣睡，忘记天地间一切事物；那里，她沉睡了二十年的生命才算真正迎来黎明。

常娥和黎月明所谓的婚房，不过两张单人铺盖合并一起，从各自男女集体宿舍搬进夫妻集体宿舍。当时剧团条件差，一个大通间住六对夫妻，连团长柳惠鸣都不例外。没和杨红玉分开前，两人挤在集体宿舍。之后，杨红玉让位黄鹏，搬离夫妻房。黄鹏年少轻狂，和柳惠鸣纵欲无度。同房有一对夫妻都姓范,一个演老生一个演老旦,夫妻俩带一五岁女儿挤一张床。某天晚上,小女孩出来拉尿,被黄鹏和柳惠鸣床上发出的声音吓一跳。第二天一早,女孩逢人就说看见黄鹏阿姨晚上和柳叔叔打架,两人脱光衣服打,相互咬相互掐。人们笑得前仰后翻,一再追问细节。五岁的孩子绞尽脑汁也想不明白,她认为很可怕的事情为什么大人那么兴奋,且津津乐道?

这件事不久,女孩被送回老家,老范夫妻却突然在夜里变得不安分起来。他们床上发出的震荡声,先让其他夫妻觉得新鲜,新鲜过后是刺激,随之也不甘落后。开始,还有人不好意思,尽量压抑着做,房间里便充满了窸窸窣窣的暧昧声。是黄鹏率先打破了黑夜的神秘和伪装,她尽情欢叫,边叫边笑:这点破事,要再捏着嗓子做,还活个什么劲呢?人们一听也对,饮食男女,男女之间不就这么点破事?有什么好遮遮掩掩的?况且他们是夫妻,不能因为住房条件限制,就此扼杀人性啊。自此,夫妻们放开禁忌,想怎么折腾怎么折腾,全凭性趣所至。第二天一早,小张夫妇会指着老范说:你们昨晚来两次,对不对?老范脸不红心不跳,把话题随即抛向柳惠鸣:老柳他们几次?数得清吧?

柳惠鸣在团里西装革履,煞有介事,一回到这个拥挤杂乱的夫妻宿舍便尊严顿失。这里常年氤氲着他们六对夫妻身上的气息,还有他们尿液及精液的气息。他们相互太熟悉了,吃喝拉撒睡全在一块,连对方做爱的次数、频率等都掌握得一清二楚,还怎么有尊严?有时回去晚了,一推门见老范老婆穿着汗衫和花短裤在刷牙,一见他,吐了口牙膏泡沫茫然若失道:嗨,还以为是我家老范呢。另有一对正在挥汗作战,男的在《泪洒相思地》演父亲王守礼,一边动作,一边背台词:"贱人啊贱人,你做出此事,叫我如何——"台词没念完,大叫一声"哎呦",整个床顺带摇动起来。数秒钟后,背台词声从蚊帐里悠悠传出:"慢来,说不定是他胡言乱语也未可知。"

柳惠鸣听到这里纠正道：错了，应该是"说不定是先生胡言乱语"，你把"先生"掉了。

王守礼立刻回答：老柳回来啦？我正等你商量改剧本的事呢。

黄鹂从床上腾地起身，将柳惠鸣一把拉进蚊帐。柳惠鸣在黄鹂急切的动作中，仍不忘和王守礼对话：你说，接着说，怎么改剧本？

柳惠鸣和那边对话时，那边已完事，这边紧锣密鼓刚开场。那边随即善解人意道：不急，你忙。等你忙完再说。

这——就是常娥要加入的新环境、新生活。六张床各挂一顶蚊帐算作屏障，床前一只痰盂供晚上方便使用。柳惠鸣和黄鹂的床铺与黎月明为邻。因为新婚，蚊帐上扎两副大红绸巾。

当晚，他们被簇拥进所谓的"新床"。常娥紧张得手足无措，她剧中的父亲王守礼就睡后面，旁边是团长和黄鹂。她无法想象和黎月明的夫妻生活将从这里开始。

按照要求，黎月明必须当众把新娘抱到床上。黎月明此刻体内洋溢着巨大的生命力量，眼里心里只有佳人。他只想和常娥两人躲进蚊帐，躲进属于他们的世界。对他来说，只要抱住常娥，只要和常娥在一起，外面的一切蝇营狗苟都和他无关。

抱一个，亲一个。

在众人不知疲倦的叫嚷声中，黎月明弯下腰，正准备抱起常娥，陶醉手里拎着两瓶酒，晃晃悠悠进来，一屁股跌倒在地。杨红玉将他一只耳朵拎起，笑骂：瞧你这没出息的样。

陶醉眼神已经迷糊，他盯了杨红玉一眼，把她当成常娥，结结巴巴道：你……你……不跟我……去美国了……人家都……都说……

杨红玉也不打断他，憋住笑问：人家都说什么？陶醉脸色通红，嘴里喘出一口酒气，口齿流畅道：都说美国的月亮比中国圆。说完，在大家哄笑声中，摇摇晃晃穿过新人倒向新床。

哎，你怎么睡我们床？起来，快起来。

黎月明推陶醉，陶醉已烂醉如泥。有人起哄说：干脆你们三个睡一床得了。常娥一听急了，把怨气撒陶醉身上：你起来，装疯卖乖给谁看？我又没欠你什么，这么捉弄我让我难看，心里好受了？

常娥鼻子一酸，两滴滚烫的泪落在陶醉被酒精烧灼的皮肤上。

陶醉一惊，睁开眼，模糊的视线内是常娥那张梨花带雨的脸，心一阵狂跳，时光倒退回十年前，常娥受欺负后的孤独无助重浮眼前。他小心翼翼地替她擦着眼泪说：常娥不哭，我陪你，无论你到哪，我都陪着你，决不让你受一点委屈。

够了。黎月明忍无可忍，一拳正中陶醉胸脯。陶醉身子往后一仰，摔下床。

你打他干嘛？见陶醉挨打，常娥于心不忍，责怪黎月明。黎月明也来气道：不打就让他在这里撒野？

杨红玉见此情景，赶紧让人扶走陶醉，指着其他几对夫妻，给常娥打预防针说：今天是你大喜日子，陶醉这点野就受不了啦？这才是闹洞房的开始呢，等着吧，晚上你睡在他们这帮色鬼中间，有得花样百出呢。

同室六对夫妇除黄鹂年龄偏轻，其他都已人近中年。他们个个脸耀欣喜，眼神闪烁，似乎一场筹谋已久的精彩演出即将拉开序幕。

黄鹂接过杨红玉的话继续发挥道：晚上黑灯瞎火的，摸错床也没关系，我先声明啊，我不在乎。她张开双臂，将黎月明结结实实搂个满怀，得意地睨一眼常娥说：我说了我不在乎。你们看呢？

黄鹂当众在黎月明腮帮子上狠狠地亲了一口。

第十六章

　　陶醉独自一人来到假山,坐在冰冷的泥土地上喝酒。已经深夜了,月亮高高地悬挂天上。小时候,最喜欢和常娥看月亮,每次会不厌其烦地给她描绘他父亲所在的国度:美国。

　　只要你点一下头,我就带你去找我父亲。

　　美国的月亮和这里的一样吗?

　　那当然。

　　也有桂花树?

　　桂花树……

　　美国的月亮里到底有没有桂花树?陶醉头痛欲裂,捧着酒瓶怔怔发呆。夜越来越深,黑暗从脚底延伸,集体宿舍闹洞房的声音渐渐冷落。假山外灯火隐隐,它们忽闪忽闪,好像常娥的眼睛。

　　他蓦地起身,常娥后悔嫁给黎月明,找他来了?他双腿颤抖,怎么也使不上劲,眼泪不知不觉湿了满脸。常娥啊常娥,我们才是真正的青梅竹马。黎月明那小子才来几天,就一下子俘虏你的心?为什么?为什么不给我机会?

　　陶醉积压十几年的情感彻底崩溃,他将脸埋进泥土,转辗亲吻,哑声叫:常娥,常娥,你怎么可以嫁给别人?

陶醉这些如痴如醉的细语，落进黑夜，很快随风飘散，却被另一个有心人捕捉了。她——是柳翠莺。

翠莺因为在舞台上擅演男角，生活中穿衣打扮也不拘形迹偏向男派，再加跟男孩疯起来搂搂抱抱成家常便饭，竟没哪个男生愿意把她当女孩看。曾有人以为她是同性恋，她也不反驳，照样嘻嘻哈哈。如今一块长大的几个女孩各名花有主，她真打算一辈子做个女汉子，孤老终身？没谁知道她心思，甚至连她自己，也不愿正视内心——那里有一个羞与人言最隐秘的渴望：黎月明。

月明。她希望他心有灵犀，为她转身。有一天，他不光转身，还送给她一首歌，还把手搭她肩膀上。其他男人用手搭她肩膀时毫无感觉，黎月明的手像导了电，充满电荷，把她击得浑身战栗。她要花多少努力才让自己恢复正常啊。那段时间，明知黎月明追求常娥，但翠莺仍不死心，仍用笨拙的方式讨好，给他买饭，给他留好吃的，给他洗衣服被子。她对他说，是常娥叫她来的，只有这样说，他才高兴看到她，才允许她动他的私人物品。

常娥，常娥。为什么我们会爱上同一个人？在《嫦娥》戏里，她演的河伯十恶不赦，处心积虑和后羿抢嫦娥。生活中，她和常娥同时爱上黎月明。当然，她不会跟常娥抢。她们是好姐妹，她决不做半点对不起姐妹的事情。总觉得还有很长的时间，月明有一天会看到她的付出——他们却突然宣布结婚了。

她没和其他人一起闹洞房，一人关在宿舍。镜子里的她头发超短，衣服随便，猛一看，也以为是个男孩。翠莺心念一动，找来假发套和长裙，这两样女性味十足的装饰一戴，也宛如嫦娥下凡。她被自己换装后的婉约妩媚惊呆了，痴痴地盯着那个新形象，想象黎月明看到她时的惊愕，情不自禁闭上眼睛，将嘴唇对镜子轻轻一吻，心底划过一道痉挛。

她不知道怨谁。怨黎月明？不忍心。怨常娥也不忍心，只能怨恨自己：为什么没人娶你？为什么？为什么？

　　翠莺喝掉两瓶酒出门，经过集体宿舍，眼里迭现黎月明身穿新郎戏服的场景，一会将自己幻想成新娘，一会把自己打回冷宫，自哀自恋，不知不觉走到假山后。陶醉的那些痴语，仿佛出自心底的另一个声音，她又站着发了阵呆，才见草地上另一个模糊的黑影。

　　你也来了？她嘿嘿傻笑，一屁股跌坐陶醉身边，从他手上接过酒瓶，仰起脖子灌酒。

　　陶醉低垂着脖子一声不吭。

　　我长得美吗？

　　你……是谁？

　　常……娥……

　　翠莺长发披肩，脸上挂两行泪，对着月亮张开两片红润的嘴唇，轻声说：我是常娥，我是常娥。这样你就喜欢了，对吗？

　　陶醉被突如其来的幸福窒息着，思绪更加昏乱，唯一清晰的是那两行泪水，常娥的眼泪，它们正可怜兮兮地挂在那里。

　　常娥，别哭。陶醉将翠莺一把搂进怀里，亲吻她的眼泪，就像梦里重复无数次那样。他轻柔地吻她，似乎怕碰痛了她。

　　你——终于要我了？翠莺喜极而泣，更多的泪涌出眼角。

　　我要，我要。我爱了你整整十年。你是我的，你必须是我的。陶醉低语，亲吻在对方热烈的回应下，变得急切起来。两颗被酒精腐蚀过的大脑迅速膨胀。他们把对方假想成自己爱的人，毫无顾忌地彼此索取。他们亲吻着滚倒草地，青草柔软地触摸肌肤，大地在身体下颤动。陶醉将脸埋进她胸口，放出一声叫，一泻千里，空气中顿时弥漫着一个男人成长蜕变的气息。翠莺躺在地上，炙热的皮肤似要把土地烤焦。她是他的女人了。

　　常娥，常娥——

　　陶醉昏睡前，将发热的脑袋朝空中一仰，似见月下飘然凝立一位白须老人，正手持姻缘簿，对他微笑点头。

是你在冥冥中将常娥带到我身边的吗？陶醉长长吐出一口气。常娥，他开心地笑了：这下你跑不了。

陶醉低声呼喊常娥时，和他同在一个月光下的常娥，正悄悄抵制黎月明进一步的亲昵举动。

宿舍里六对夫妻像有约定，寂静一片，鼾声、咳嗽声一概全无。黎月明的喘息便格外刺耳。终于躲进了他们的小天地，终于可以将她毫无顾忌地搂在怀里，亲吻她，抚摸她了，黎月明越来越急切地想要得到她，可是，黑暗中，她的小手那么执拗地抵制他的进一步冲动。她在故意冷淡他，疏远她，他不明白为什么。他充血的脑袋也不想知道为什么。这本是属于他们的千金一刻，他的欲望已被另一个烈火般的生命燃烧起来了，为什么她不来跟他一起燃烧？他已把自尊踩在脚底，已把所有的脆弱、乞求、渴望暴露无遗，她仍在抵制。

为什么？为什么不能？

他浑身发抖，牙齿打战，在她耳边问。他痛苦的声音让她内疚，她轻声说：我不习惯，总觉有人盯着我们，再等等。于是两人又是一阵热吻，吻得灵魂出窍，吻得他激情难抑，关键处，她模糊的意识再次闪过那一只只窥伺的眼睛，可她不愿让他失望，眼泪默默地流了出来。黎月明摸到一手眼泪，吓一跳。

你怎么啦？

明晚，再等我一晚，好吗？

黎月明轻轻叹口气，说：我们有一生一世，不在乎这一刻。睡吧。

窗外一轮月亮，又圆又大，静静地悬挂，仿佛触手可及。常娥与月亮对视，脑子回旋起李商隐的《嫦娥》："云母屏风烛影深，长河渐落晓星沉。嫦娥应悔偷灵药，碧海青天夜夜心。"

嫦娥，你真的后悔偷吃灵丹了吗？广寒宫里，嫦娥舞动水袖，眼眸充满思念，正无限凄凉地凝视她。

常娥浑身打个寒战，黎月明已有睡意，感知她的颤抖，将她往怀里更紧地一搂。常娥贪婪地呼吸他身上的气息，心里痛苦而热烈地乞求：让我们永远在一起，永远不分开。

黎月明和常娥相拥着睡去。月色也已朦胧，天地笼罩在一层模糊黯淡的银色中，万物都在休眠，仿佛退回到远古般的寂静。偶尔，一两星微光一掠而过，一切又都静止了。

陶醉和翠莺仍躺在草地上，不知过了多久，翠莺恢复意识，睁开眼，茫然地瞪视四周，月光清晰地照亮了陶醉的轮廓、和他衣冠不整的身躯；同样衣冠不整的还有她自己。翠莺吓一跳，人彻底清醒了。她怎么会在这里？陶醉？他和她？

翠莺慌乱地穿好衣服，紧张地瞥了一眼四周。她渴望爱情的心其实并不成熟，以为男女只要亲吻就能怀孕的，没人告诉她怎么回事。黄鹂曾上下打量她的身体，暗示道：等你有了男人就知道男人的好色两字该怎么写了。你呀——黄鹂一戳她脑门：这颗榆木脑袋到时会开窍的，不急，人之本能，不用教，自然就会了。

她都会了些什么？记忆中她和黎月明拥抱亲吻哭泣然后滚倒草地，之后，断片了。翠莺想起黎月明，心底荡漾起一阵温柔的涟漪，蹑手蹑脚走近陶醉，低下头辨认。

陶醉嘴里发出一声含糊呓语，蓦然伸出一只手把她用力往怀里一拽，身体再次将她压住。翠莺瞪大眼，躲闪着他的亲吻，陶醉的动作却更猛烈了。翠莺浑身一哆嗦，对准陶醉一记耳光：流氓。

她用力推陶醉，准备跑开。陶醉却叫：常娥，别走。

常娥？这么说，他把她当成常娥了？

翠莺一怔，月光下，长发和长裙在风中飞舞。她伸手揭去假发，用力把发套往陶醉脸上一摔，骂道：睁大你的狗眼瞧清楚，我不是常娥，我不是！

翠莺压抑地叫着，心底的怨气全部转向常娥。常娥啊常娥，你真不够朋友。你和黎月明突然结婚，让我一点心理准备都没有。人家说我傻，看来我的确傻，把你当朋友，你呢？连这么重要的事情都不告诉我。若我事先知道，心里有准备，也不会在你们新婚之夜把自己灌醉，更不可能跑这里来被他占便宜。

一想到自身清白就这么被糟蹋，她羞恨交加，用力推搡陶醉，哭着叫：都是你，你这个不要脸的，你把我当常娥了。我该怎么办？怎么办？

陶醉浑身一个激灵，猛地从地上跳起，困惑地瞪着一头短发的翠莺。他闭上眼，用力摇了摇头，再睁开眼睛——看见了地上的假发套，随即也一阵恼怒，捡起发套往她脸上摔：你不是常娥，戴它干什么？

翠莺妒忌道：你开口闭口常娥，你这么喜欢常娥，惹我干什么？真正痴心的话你等她啊，等她成了寡妇——

翠莺蓦然住口，她怎么可以诅咒黎月明？真是气昏头了。

你说什么？果然，陶醉不容许听别人说常娥半个"不"字，目光阴鸷，一步步逼近。翠莺已没退路，只能硬着头皮骂：我就说她寡妇，反正团里的人都这么说。

陶醉挥手一个耳光，翠莺瞬间反应，身子扑过去，两人很快打成一团，再次滚到草地。陶醉用力将她压在身下，手抡向半空，眼看手掌劈下来，翠莺叫：你再打，再打我喊人啦。

陶醉的手无力垂下，悲哀地朝空中凝视。一直以为她是常娥，就这么把她拥住，任凭生命中那股神奇的力量摆布，感受着大地的震颤和欢歌。原来，一切都是虚幻，和他融为一体的人竟是翠莺。

翠莺，两人从小一块长大，整天打打闹闹，熟悉得不能再熟悉。他似乎从来没把她当过女孩看待。

她和他，怎么可能做那事？梦幻中的月下老人呢？都是他，系错了那根红线。他和她接下来该怎么办？该怎么办？

第十七章

翠莺和常娥几乎在同一时间怀孕了。

翠莺在《泪洒相思地》里饰演医生。那天排戏,她给常娥搭脉诊断,两人同时感到一阵恶心,冲进厕所呕吐。吐完,常娥还不明白怎么回事。翠莺擦了擦嘴巴,指着她肚子说:怀孕了,你肯定怀孕了。

和陶醉发生关系后,翠莺旁敲侧击打听怀孕症状,每天观察身体变化,果然,恶心了,吐了,吐完跑去找陶醉。自那尴尬一晚,两人尽量避免再见,偶尔见面也是拳脚相加。有次打着打着滚到草地,突然莫名一怔,还没明白怎么回事,四片嘴唇就吻在一起,不分彼此了。

都说翠莺和陶醉是奉子成婚的。婚礼极其简单,只花掉二十元钱买了点喜糖和酒,小范围请几个朋友吃了顿饭;再加陶醉坚决不进夫妻宿舍,形式上依然各睡各的单身宿舍,以致团内很多人都不相信他们已经结婚,直到——翠莺肚子大起来被陶醉母亲接回老家,才恍然大悟。不过,他们怎么就凑对了呢?

这事不光常娥纳闷,黄鹏也纳闷,团里很多人想不明白,他们怎么会在一起呢?

翠莺回陶醉老家待产不久,常娥生下女儿美辰,何荷过来帮忙坐月子了。

这些年何荷又一口气生下三个孩子。她人近中年，在汪先生的呵护和滋润下，皮肤细嫩，乳房丰满，一点看不出哺育过六个孩子。每当有人问她几个孩子，她随口答五个。她把常娥给忘了。

　　常娥不在身边，她很少想，即使想，也心有余而力不足：大儿子太顽皮，在学校经常跟人打架；二丫三丫跑隔壁偷葡萄被逮个正着；老四也不是盏省油的灯，一个人又偷偷去江边游泳。老五小君最乖，就太黏人，四岁了还往她怀里找奶吃。

　　常娥没奶，美辰在她怀里哭得手脚乱蹬。小君又不识相地跑来找奶吃，何荷随即解开衣襟，露出一对丰硕的奶子，小儿子贪婪地一口吸住。常娥惊问：你还有奶？话音刚落，何荷一巴掌拍掉小君，把奶头塞进美辰的小嘴巴里。美辰很快吸住奶，另一只手在外婆胸前抓来抓去。何荷激动地叫：她吸了，你看她这张小嘴巴多能吸啊。哎呦，小家伙太用劲，吸痛我了。

　　何荷喂奶那副陶醉激动的模样，哪一点像孩子的外婆？常娥看着这颇为怪异的一幕，心里有点别扭。想想事情也真滑稽，她青春年少，刚生过孩子却没有奶水，自己的女儿，竟然靠母亲喂养。

　　你看，常娥你快看，小家伙吸奶的样子活脱脱你小时候的模样。

　　因为美辰，何荷心底对常娥残存的母爱复苏了。在江县她很少想上海，以及和上海一切相关的人和事。这天不知怎么，抱住美辰，恍惚回到外滩公寓，前夫饶有兴趣地听她说书，那块用翡翠玉做成的惊堂木被她用力一拍，小常娥醒了。

　　美辰，常娥。两人的哭声如出一辙。何荷专注地盯着美辰，眼里看到的全是小常娥的一颦一笑。

　　黎月明手里拿一叠稿件，兴冲冲进来了。常娥率先惊叫：出去，快出去，她在喂奶。常娥小时候习惯对何荷直呼其名，现在呢，只用"她"来代替。

　　黎月明听她惊叫，一只脚刚踏进门，又尴尬地想抽身返回。何荷却毫无顾忌对他挥手说：慌什么？进来，快进来，马上就好。

你出去。常娥有点生气地对他叫。

黎月明转身离去了。屋内气氛有点微妙，母女俩都不说话，何荷低头佯装看美辰，用手抚摸婴儿脸颊，轻声说：你小时候可乖了。

美辰吃饱喝足，自动吐掉奶头，小眼睛晶莹剔透，专注地盯着外婆，一眨也不眨，好像听懂了她的话，辨认着什么。何荷心底没来由地一酸，掩饰着低下头，亲吻美辰。

身边的小君见美辰吐掉奶头，又急不可耐地往何荷怀里钻。何荷身子一个趔趄，常娥忙将美辰抱走。何荷一屁股坐下，给小君喂奶。小君已经四岁，吸奶时站着，像头小动物不停地在何荷怀里拱来拱去。

常娥皱眉说：这么大了还不断奶，被人笑话。

轻点——

何荷仿佛没听见常娥的话，对小君呵斥着，手佯怒地举起，落下时变成洋溢着母爱的抚摸。再次被儿子吸住奶头的她，思绪很快回到现实，浑身每个关节骨骼都透着满足。

你打算什么时候给他断奶？常娥问。

别担心，我奶水充足着呢，同时喂两个孩子绰绰有余。何荷昂起头，容光焕发地对常娥做个手势，突然，手在空中一阵痉挛：

不好——

她飞快推开小君，一手捂住嘴冲出门外。

何荷又怀孕了，而且，自信地断言这一胎是儿子。老色鬼，她从厕所返回时抹了一下嘴唇，眉角眼梢全是柔情，对常娥轻松地报告：你又要做姐姐啦。

再次怀孕的何荷没等美辰满月，提前返回江县了。临行想带走美辰，常娥断然拒绝，态度生硬道：不用你操心。孩子吃奶粉，有她姑姑月圆帮忙，一样可以长得很好。

何荷离去时对美辰的不舍远胜过女儿，这个吃了她几天奶的小花骨朵儿，也在日后成为她的心肝宝贝。

何荷就这样带着一身奶香走了。

你怎么对你妈这个样子？黎月明不解地问，常娥望着窗外发呆。怎么会这个样子？换句逗留心底的问话：何荷当年逃婚上海的勇气，当年如饥似渴学习说书的精神去哪了？上海几年，她们也生疏有隔阂，可何荷热衷说书口若悬河的形象，在她心目中熠熠生辉，如今是可望不可即的。那时，她觉得她知识渊博，需要仰起脸望她。自从返回江县，何荷像被汪先生精心特制的药给迷魂了，只专注房事和生儿育女。全国解放这么多年，她和大娘依然过着二女共侍一夫的生活，根本不在乎自己小老婆的身份和别人的议论。为什么会这样？

常娥曾试图寻找答案，何荷不愿正面回答，只说：如果你想让你死去的父亲再死一遍，你问吧。

她的话也可以这样解释：如果你想让我再经历一次死亡的话——

父亲死于流弹，当时何荷就在身边，她从头到脚被父亲身体里喷出的鲜血染红。何荷说，以为死的是她。她晕了整整三天三夜，夜夜在血海挣扎。父亲在血海这一头，她在另一头，两人把手伸向对方，却无法触及。父亲被血海吞没的最后一刹那对她说：活着……好好活着……

这是常怀金在何荷梦里留给她的话。

我不能让你爸失望。所以，我要痛痛快快地活。何荷如此理解常怀金"活着"的含义。

第十八章

和常娥几乎同时生孩子的翠莺，没等孩子满月，就被陶醉母亲扫地出门了。那天，她若无其事地拎一小包腊肠回到剧团，迎面碰上常娥和杨红玉，两人带着杨红玉老家领来的养女杨小玉，刚从菜市场买回一大筐红扁豆。剧团厨师这几天回老家，伙食由大伙轮流勺。

听说你妈来看你了？怎么不多留她住几天？杨红玉问常娥。

她……家里有事。

常娥尴尬地低下头，恰和小玉对视。小玉掩嘴一笑，用力扯了扯杨红玉衣襟，踮起脚尖，来不及等杨红玉蹲下身子，着急报告：常娥姐姐的妈妈喂小君弟弟吃奶，我亲眼看见的。

你亲眼看见？怎么现在才跟我说？杨红玉逗道。

常娥姐姐不让说。我其实还看见——

小玉——

常娥佯怒地举起手，杨红玉阻止道：看你急的，这有什么不好意思？说明你妈生命力旺盛，不好吗？难道希望你妈像我？杨红玉发出两声剧烈咳嗽，眼里掠过一丝苦笑。

常年的烟酒使杨红玉身体每况日下。小玉进团第二天，被人看见拿一卷钞票去买白粉。小玉不知道白粉的危害，以为是白糖，偷偷撮了一点放嘴里，渐渐尝到甜头，也上了瘾。杨红玉知道后，把小玉绑起来狠狠打了一顿，这才痛下决心戒掉白粉。

不再抽烟吸白粉的杨红玉迅速衰老，她肌肤松弛，头发黯淡无光，一笑露出一口黄牙；如果不上妆，人们很难把她和当年上海滩叱咤风云的"穆桂英"联系起来。

常娥听杨红玉咳嗽，忙关心地问：姆妈，怎么还咳嗽？去看医生了吗？

老毛病，不用看。

杨红玉摆摆手，又是一阵咳嗽。杨红玉咳嗽，杨小玉也模仿养母，翘起一只兰花指，用手掩住嘴唇咳嗽。这个六岁的女孩，看上去远比她的年龄成熟，又因为过早接触毒品，眼神总带有一丝神经质的激动或紧张。

从小玉身上，常娥似见自己童年的影子。她也常给大娘买烟，虽没有亲口尝试，烟的味道早已浸入血液和呼吸。

小玉，今天姐姐烧红扁豆菜饭给你吃，喜欢吗？

我想吃肉。

美得你。

谁想吃肉啊？翠莺突然出现了。

翠莺？你怎么这个时候回来？还没满月吧？常娥朝她身后张望：孩子呢？一个人回来的？

翠莺顾左右而言他，东张西望一番，发出一连串问：袁大厨又回老家了？今天你们俩掌勺？就吃这？没一点荤怎么行？得，为了小玉，我再无私一回，全部奉献腊肠。

翠莺说罢往食堂走，被杨红玉一把拽住问：陶醉知道你回来吗？翠莺一耸肩说：他？关他什么事？

这叫什么话？你们是领了证的夫妻。

领证？翠莺冷笑一声：领了证也可以取消啊。

刚生完孩子的翠莺脸色略显苍白,她冷哼一声,凝视远处,眼里有某种令杨红玉既陌生又熟悉的东西,那是对外面大千世界的向往。

翠莺从小学戏,每天生活在远离现实的红墙之内,很少有机会接触外界。这次因为生孩子走出剧团,殊料,另一条生活轨道就此以闹剧的方式开场了。

在陶醉家坐月子,平时身强力壮的翠莺,生完孩子第二天即若无其事地赤脚下地、喝冷水、吃水果。一个星期后,陶醉家院子传出啊啊啊的吊嗓声。吊嗓一大清早准时响起,第七天,院子里传来陶母的抱怨和呵斥:你滚,我们陶家没你这个儿媳妇。

陶母这声怒斥,让邻居大吃一惊,接着就见翠莺跑出陶家大门。陶醉两个弟弟,正当青春,一前一后冲出院子,身后紧跟陶母,她手举门栓,气急败坏地站在他们面前叫:谁敢去追,我打断他腿。

你怎么提前回来了?杨红玉再次问。翠莺扑哧一笑,停住脚步,高抬右腿,两手优雅地提起足尖。她用力扳腿,得意地对杨红玉炫耀:你看,看得出我刚生过孩子吗?人家坐月子坐成一个大胖子,我是变苗条了。怎么样?姆妈,让我改唱花旦吧?翠莺撒娇地摇晃杨红玉胳膊。

说,到底怎么回事?杨红玉沉下脸,继续审问。翠莺以前可是个竹筒子脾气。到底是什么改变了她呢?杨红玉再次感到翠莺身上那股熟悉又陌生的气息。心里似有预感,又捉摸不定。

在陶家坐月子的翠莺,并没守住本分安心坐月子哺育婴儿,她每天坚持吊嗓练功。练功时,穿一件紧身衣和一条绸缎短裤,拿顶、劈叉、踢腿、下腰等动作,让两个血气方刚的小叔子看得眼花缭乱。她呢,因为从小到大混在男孩中间,从不避嫌,到婆婆家也一如既往,咋咋呼呼地叫两个小叔子帮忙按住她双腿拿空顶。那两条白花花的大腿整天在两个小叔子眼皮下分开合拢,合拢分开。陶母气不过,几次说不听,儿子已被迷魂,整天围着翠莺茶饭无心,为一点小事就反目成仇大打出手,陶母这才忍无可忍将媳妇赶出家门。

翠莺因为在婆家练功被赶出家门,这让常娥不可思议。陶醉呢?陶醉不帮你吗?他妈妈不懂,他也不解释?

翠莺似笑非笑地睨常娥一眼,心想:常娥,你是真不知道,还是装傻?如果被他母亲赶出来的人是你,他恐怕拼了命也不会让你受一点委屈吧?我算看穿了。

我和陶醉……

她悠悠地说:我们,长痛不如短痛。

就这样,翠莺回剧团三天,仅仅三天,就不辞而别了。没人知道她去了哪里。也不清楚为什么要走。她七岁进团,父母早已身亡,老家并无亲戚来往。东城码头有位船工,说看见她跳上一条去上海的乌篷船。

人们纷纷猜测翠莺是和陶醉两兄弟之一私奔了,只有杨红玉不置一词,被问急才说:翠莺是个不安分的女孩。我知道她早晚会离开剧团。只是,用不着这样偷偷摸摸,我又不是个不通情理的人。怕我不放她走?真是。

杨红玉说到这里略带凄凉:再怎么样,也跟我告个别吧?叫了我这么多年的姆妈,说走就走了?我看她就是一个没心没肺的,不值得大家如此牵挂。

翠莺真是没心没肺?还是一位天生的演员?走之前和平时一样嬉笑无常,不留半点痕迹;对陶醉也极尽夫妻之情。那一晚,她再次把陶醉约去假山,主动示爱,百般缠绵。临分手,她说:看来,我们注定只能做露水夫妻。

翠莺离去后一个月,陶醉也走了。陶醉没有不辞而别,说是去找翠莺,结果走了大半年都没回来。剧团的人议论过一阵,渐渐对两人的缺席习以为常了。

这里,属于他们的生活仍在继续。团里开始排演现代戏了,常娥又接连主演了几部古装剧。

第十九章

剧团宿舍扩建了，原来住集体宿舍的六队夫妻，每家可以分到一套单间。终于可以赤条条来去无牵挂，黄鹂将一张香喷喷的脸凑近常娥，眼里流光溢彩道：我们家老柳今晚把我吃了怕不过瘾呢。

他们把乔迁之夜称为新婚之夜，家家户户窗前贴个大红喜字。在这样的氛围下，常娥自然也对乔迁之夜暗怀憧憬。黎月明却无心和她一起浪漫，他正全身心投入在《焦裕禄》的创作中。如果我没有焦裕禄的精神，怎能塑造好焦裕禄的形象呢？我一定要用我手中的笔，写出人民公仆焦裕禄务实、为民的精神。

黎月明热情高涨，白天黑夜奋笔疾书，把这次创作喻为一次思想的洗礼。最后剧本完成了，身体却累垮了。他明显感到心脏不适，是在《焦裕禄》首场会演时发生的。

首演大获成功，黎月明站在后台，脸上露出欣慰的笑。团长柳惠鸣率众演员谢幕，对他挥了挥手，示意他上台。他刚抬起右脚，心脏一阵刺痛，先是一星一点，像针刺；接着，痛迅速扩散，从胸口反射背部，他每跨出一步都倒吸一口冷气。

月明，快上来啊。

掌声仍在继续，常娥对他呼喊着，常娥的声音却听起来那么遥远。

常娥，你在哪里？胸口那股熟悉的窒息感再次袭来，恍惚中看见了母亲。母亲冰冷的手揉搓着他的脸叫着：月明，月明，你别吓妈妈啊。儿时每次发病，母亲就这么惊慌失措地叫。

妈妈……

月明嘴唇翕动，身体掠过一阵抽搐，在众人的惊叫中晕了过去。

医生把诊断书递给常娥说：娘胎里带出来的病，先天不足，已错过最好的手术时间。

先天不足！

他小时候来上海动手术，医生就说错过了最好的手术时间，常娥仍记得秀珠阿姨追悔莫及的眼泪。但他哪像个病人呢？《焦裕禄》首演晕倒，黎月明接受医生告诫，按时休息一段时间，继续挑灯夜战。他又写出了《江姐》《平凡的岗位》等现代戏。这些现代戏与细腻程式化的古装表演大相径庭，大多以现实生活和革命斗争为主要内容，需要演员的表演更加真实立体。

《江姐》是常娥自《焦裕禄》后出演的第二部现代戏。剧中，江姐胸怀战斗热情，冲破层层封锁，去川北华蓥山，却在途中看见自己的丈夫、战友被敌人杀害。

刚开始接受这个角色，常娥试图从黎月明的父亲黎鸿飞身上寻找灵感。江姐和黎鸿飞，两个都是为革命牺牲的先烈。黎鸿飞当年在船上挺身而出的大义凛然，曾被何荷、黎月明和月圆一遍遍渲染成为传奇，如今回忆起来，心情依然悲愤。

她透过黑郁郁的灌木丛，似乎见黎鸿飞和江姐相继走来：新中国真好。他们对她微笑。渐渐，两个身影叠到一起。常娥激动地凝视着黑暗中闪光的影子，以为就此把握住了和人物同呼吸共命运的脉搏；然，一旦开排，又有无从下手之感，她的表演不是太温就是过火。

不行，眼神不对。记住，你是江姐，不是常娥。你在台上举手投足的种种形态，必须符合人物的特定心境。

为帮助她尽快入戏，黎月明给妻子开小灶，帮她说戏，分析人物。表演基本到位，又借鉴京剧昂扬高亢的唱腔，唱出江姐面对死亡威胁时的大义凛然："一死有何难，到处是青山，为党能舍己，热血换新天。"

黎月明由江姐的慷慨激昂，联想到父亲。他在整个排演过程，情绪明显很激动，更加忘我地工作，不把自己身上那点病痛当回事。他感慨道：和他们比起来，我们真是太幸福了。所以，我们遇到困难，没有任何理由抱怨，对吗？

是啊，他们是太幸福了——一个写戏，一个演戏，这曾是常娥年轻时梦寐以求的结合。如今，他们不仅是团里最佳夫妻搭档，还有一个美丽可爱的女儿。她还有什么抱怨和遗憾呢？

常娥仰望天上的明月，只求老天能维持现在的幸福，让她在舞台上永远不知疲倦地唱下去，让月明写出更多更好的剧本。

可惜，常娥这个美好的愿望很快将被迫夭折，史无前例的文化大革命开始了。才子佳人的古装戏彻底停演，剧团上下以一种空前的狂热学习《毛主席语录》，学跳"忠字舞"，学唱《大海航行靠舵手》《敬爱的毛主席》《在北京的金山上》等歌曲。

第二十章

1966年，在首都百万群众庆祝"文化大革命"的集会上，毛泽东身着绿军装，佩戴红卫兵袖章，向手持《毛主席语录》、高唱"造反有理"的红卫兵挥手致意。毛泽东连续七次在天安门广场接见红卫兵，之后，周恩来总理接见全国文艺界代表。团里派出包括常娥、黎月明在内的十位青年骨干前往北京，参加文艺界大串联。

这是常娥他们第一次去北京。十二月底一个寒风凛冽的早上，天刚蒙蒙亮的时候，月圆带着美辰前来送行。美辰仰起脸说：妈妈，我也要去见毛主席。

月圆羡慕地摸了摸常娥身上的军大衣说：听他们去串联回来的红卫兵说，毛主席也穿这军大衣，真神气哎。记住，见了毛主席，替我多叫几遍主席万岁。

月圆和美辰口口声声毛主席，黎月明笑着纠正：毛主席只接见红卫兵，已经接见完了。我们文艺界是周总理接见。

不管，见了总理跟见主席一样，替我多喊几遍主席万岁。

好，你放心。黎月明动手扣军衣纽扣。穿上大衣的他英气逼人，月圆盯着他，恍惚见到了年轻时的父亲。那个月圆之夜，如果她没有哭着扑进父亲怀抱……她鼻子一酸，发了会怔，伸手替弟弟整理好衣领,伤感道:如果爸爸还活着,看到你现在这个样子,不知道会多开心呢。

黎月明听姐姐提父亲,望着镜子里穿上军装的模样,也是一阵黯然。常娥忙岔开话题,拉过月圆一只手,按在腹部说:你听听,昨晚我好像听到她心跳声了。

常娥已经怀孕三个月,但对于即将到来的长途跋涉,没有丝毫畏惧和胆怯。北京,周恩来总理,文艺界大串联,这是多么大的荣誉啊。连日来,她和黎月明被一股盲目的热情裹挟着,整天处于亢奋状态。

听说火车很挤,连厕所都没法上,你怀着孕,这么折腾,吃得消吗?月圆担忧地问,被月明手一挥,慷慨激昂地打断说:大串联,是学习毛泽东思想的最好学校,这点困难就想逃避?

事实证明,月圆的担心不是没有道理,那一辆不知从什么地方开过来的慢车,开开停停,到东城,早已人满为患,过道、厕所、行李架、甚至桌面、椅背上全是人。

黎月明一行,还有扬剧团、京剧团等百余号人,拥挤在站台上,等车门一开蜂拥而上。靠车门边站着的被挤下来了,旋即又被人群推进去。车里车外到处一片叫嚷声,衣服鞋子行李等物掉了浑然不知。黎月明护着常娥落在人流末尾。常娥擦了擦额角的汗水,焦虑道:月圆姐姐说得没错,看来我们是挤不上了。要不你别管我,你先走?

她话音刚落,附近一扇车窗被打开了,里面霎时涌出一股夹杂着汗臭、尿腥和各种食物混合的浑浊气息。常娥一阵反胃,干呕两声,再抬眼,车窗口已爬满人。

黎月明两手抓住窗沿对她叫:快来。接着对众人说:都是同行,照顾一下,我老婆怀孕了,让她先上吧。一听怀孕,人群自动闪开一条缝。黎月明再叫:常娥,快。

这声喊像赛跑运动员听到"预备开始"的一记枪响。常娥立刻精神抖擞,双手攀住窗沿,纵身一跃,大半个身子已进车厢,里面的人再一助力,进去了。常娥之后,黎月明、黄鹂、柳惠鸣等一个接一个,一条条沙丁鱼似被塞进这列开往北京的铁皮车厢。因为都属文艺界,又奔向同一个神圣光辉的目的地,大家很快打成一片,车厢里到处充斥着问好声和自我介绍声。

火车在这些充满热情的欢声笑语中,鸣响了汽笛,徐徐开往北京。一路上,没有水喝,不能上厕所,全凭一股热情支撑。有话剧团的演员大声朗诵:"看呀,我们敬爱的周总理正在向我们挥手,他说:同志们好!"大家齐声回应:"总理好。毛主席万岁。"这样呐喊过一阵,忘了口渴和饥饿,情不自禁唱起《在北京的金山上》。

车子开开停停几十个钟头,到北京已是第二天深夜。常娥他们都第一次来京,站在街头,被首都夜风一吹,瞬间忘了疲劳和饥饿,趁兴直奔天安门而去。

夜幕下的天安门,灯火辉煌,由大学生组织的毛泽东思想宣传队仍在广场跳"忠字舞"。他们像被打了强心针,也加入欢快的舞蹈行列,载歌载舞。

又一个夜晚在这群年轻人不知疲倦的呐喊和舞蹈中流逝了。天空开始渐渐发白,常娥他们摇摇晃晃找到负责接待的中央工艺美术学院。等待安排住宿时,黎月明感到胸口窒息般发闷。他没在意,心想休息一晚上就会好的。这时,工作人员送来白面馒头和热腾腾的稀饭。

"感谢伟大领袖毛主席",柳惠鸣咕哝了一句,率先狼吞虎咽吃起馒头。两分钟不到,手中食物全部吃光。因为饿得太久,又吃得太快,有人被食物噎着,不断喝冷水咳嗽;又有人胸腔里发出间歇的饱嗝声,再加上一阵阵肠胃蠕动声,室内嘈杂一片。

黎月明捏着吃剩一半的馒头,在空中晃了晃,常娥惊讶地问:你怎么不吃?话刚完,手臂被一把抓住。

我……胸闷……

他吃力地吐出这几个字,头一歪,倒进妻子怀里。

黎月明被紧急送进北京阜外医院。这是一家专治心血管疾病的医院，医生是位近五十的中年男人，也不知道他姓什么，脸色憔悴，匆匆过来给黎月明做检查。多年来，黎月明只知道自己有从娘胎带出的心脏疾病，并不清楚病因。如今治疗心脏病的专家近在眼前，专家，这个专家的精神似乎也不比病人好多少。听诊时露出的手臂满是伤痕，但他眼神平静，里面闪烁着某种悲天悯人的东西，让常娥对他生出了一股毫无条件的信赖。

要紧吗？常娥问。

好好休息，注意，不要激动。这是医生沉吟片刻，留给黎月明的处方。

黎月明和常娥面面相觑，不要激动？能不激动吗？还有六天，就能见到敬爱的周总理和很多国家领导人。如此盛典怎能错过？

不行，我要出院，立刻，马上。

清醒后的黎月明热血沸腾，把医生的告诫抛到脑后，一刻也不愿在医院滞留，最后靠一支"安定"才勉强入睡。

黎月明住院三天，换了三个不同的医生。常娥似乎感觉到什么，怀疑着什么，来时的热情莫名消退，直到万众瞩目的接见盛典，才又开始回升。

一个星期后，周总理接见文艺界代表的浩大盛典，如期在中央体育馆进行。因为怀孕，常娥被照顾站第一排，距离前排一米处就是车队跑道。那天的中体馆红旗招展，乐声齐鸣，数万名来自全国各地的文艺代表，心情激动地等待着最神圣最庄严的时刻。

常娥回头寻找黎月明。医生警告他不能激动，千万不能激动啊。黎月明早已被人海淹没。常娥不甘心，踮起脚尖张望，哪怕一个对视，也好提醒丈夫控制情绪。

来了，来了。

身边有人颤声叫,人群骚动,接着便是一阵又一阵山呼海啸般的狂呼:"毛主席万岁,毛主席万岁。"

第一辆检阅车徐徐开进跑道。车子到常娥面前,周总理一个转身,敬礼,正对常娥。

常娥的心脏刹那间停止了跳动,脑袋里只回旋着一句最热忱最炽烈的呼喊:"毛主席万岁,万岁,万万岁。"

她忽感腹部一阵悸动,是胎儿。孩子,你也感受到这股狂热,感受到来自周恩来总理亲切的凝视了吗?

第二十一章

　　北京大串联回来不久，隔壁扬剧团已率先解散，接着京剧团、锡剧团等也相继解散，一批又一批的演员被下放进工厂。东城剧团也不例外，解散在即，人心涣散，以前和谐的艺术氛围被一股病态疯狂的占有欲取代：舞台上下七零八落地倒了几只缺胳膊断腿的桌椅；人们进进出出疯抢道具和服装。好好的戏服被无情地剪开，当作窗帘、绸缎棉袄和被面等用。
　　大家抢疯了，连幕布都扯，好像世界末日一般。只有常娥和黎月明夫妇无动于衷。他俩一个仍在写剧本，另一个坚持练功吊嗓。吊嗓子时怕被人听见，常娥就对着水缸练，时间练久了，腰直不起来了。
　　一天，常娥吊完嗓，长时间伫立水缸前，一手轻抚微拱的腹部，两眼呆呆地盯着黑幽幽的缸底出神。肚子一天比一天大，再过阵子，弯腰困难，还怎么对水缸吊嗓？
　　孩子啊孩子，你真是生不逢时。
　　常娥明显感到胎儿的躁动不安。想想两个孩子的命运，生美辰那会春风得意，爱情事业双丰收。如今，前后不过几年，她即将被迫离开舞台。想不到她的艺术生涯如此短暂。她不甘心，她是真不甘心。可不甘心有什么用？

这个孩子生下来，将会有什么样的未来等待着她呢？常娥无法预知，心底的沉重压得她喘不过气来。她独自伤神之时，月明拿着剧本出来，见此情景，嘴唇动了动，想说话，又觉在这种情况下，任何言语都是多余。

　　这样的日子还要过多久？没人知道。再过一段时间，剧团彻底解散，他们的去向也将明朗。据说，柳惠鸣十有八九要进文化局。也有人给黎月明传递小道消息，说文化局指名要他去，但名额只有一个，在他和柳惠鸣之间挑选。

　　如真能去文化局继续剧本或文学创作倒也不错。他是搞创作的，只要没人剥夺他写作的权利，只要这个世界还有笔和纸的存在，去哪都一样。可常娥不同。常娥天生为舞台而生，正逢艺术生命的旺盛期。假如她被迫下放工厂或农村——

　　黎月明不寒而栗，无法想象离开舞台的常娥是否还能正常呼吸正常生活。

　　这样的日子恐怕才刚开头吧？常娥突然回头，神情凄然地凝视着丈夫。她渴望过正常的日子，至少不用为掩人耳目对着水缸练嗓。我听说……

　　听说什么？黎月明忙问。

　　听说我们最后都要去工厂的。常娥忧心忡忡地低下头，看了看白净纤细的双手，茫然道：去工厂我能干什么呢？

　　黎月明将她的手一把握住，揉搓着宽慰说：不会的，听说文化局指名要我去，如果他们真要我，我一定把你也争取过去。

　　文化局？

　　是啊，文化局。那可是最好的单位了。去文化局，虽不能像现在这样天天上舞台，但可以搞群众文化，给群众排演节目。我还可以继续写剧本。

　　常娥将信将疑地盯着他，似乎不相信这样的好运会降临到他们头上。黎月明被她盯得有点不安,想找话安慰,月圆拿着一件黑色戏服,风风火火跑进来叫:都什么时候了,你俩还躲在这里卿卿我我。

她抖开手中戏服说:看看,袖子被抢破了,就这样的还有人跟我抢,还说我没资格拿。我说我是替我弟妹拿的——

常娥从她手中夺过戏服,煞白脸生气道:要你多管闲事,谁让你拿了?我们不需要,去,你还回去。

还回去?还给谁?黎月明接过戏服,爱惜地拍了拍上面灰尘说:还回去了,还不是被糟蹋掉?留着吧,留着作个念想,毕竟你——

黎月明话未完,常娥用手捂着脸哭起来,边哭边哽咽道:现在来说作个念想,你早干嘛去了?早知道这个剧团横竖一个散字,我自有安排。

常娥的自有安排,指那套"古装嫦娥七夕仙女"演出戏服。如今这套戏服被黄鹂霸占,听说她前两天送进裁缝铺,要改做成一条旗袍裙。

你们那个团长夫人拿得最多,《泪洒相思地》里那套服装也被她抢去。月圆愤愤不平说:那套戏服怎么说也该分给你吧?你可是它的主人啊。

月圆话音刚落,杨红玉手里捧着《泪洒相思地》里的戏服,身子摇晃着进来了。常娥吃一惊:姆妈,你——?

杨红玉眼圈微红,问常娥道:你是这件衣服的主人,敢不敢再穿着它走上舞台?

它?舞台?常娥以为自己在做梦。

月明和月圆也被突然出现的杨红玉搞糊涂了。

出什么事了?月明敏感地问。

原来,柳惠鸣在这个节骨眼上被一封匿名信告发了——柳惠鸣和杨红玉分居不分家,离婚手续到现在没办。信中详细还原了他和黄鹂、杨红玉之间一夫多妻的腐化作风。这封信瞬间改变命运,上级当即批示，将他和杨红玉、黄鹂以及养女杨小玉下放到东城附近的农村进行劳动改造。

接到通知那天，黄鹂坚决不服，发誓揪出告发者：是谁？老娘做鬼也不会放过你的。她气急败坏地骂，一对哭得红肿的凤眼，看谁都像是陷害他们一家的罪魁祸首。等着，人在做天在看，终有一天，我会向你讨还这笔血债。

黄鹂叫嚷之际，柳惠鸣和杨红玉站在宿舍顶层，望着楼梯中间的缝隙，他想模仿扬剧团团长，用跳楼自杀来惩罚那些刽子手，好叫他们良心永受磨难。杨红玉却冷笑一声说：良心？你真以为那些人还有良心？

杨红玉每当关键时刻都格外镇静。她再次显示了指挥若定的巾帼气概，像当年在大世界率领戏班上演《穆桂英挂帅》一样。

既然要走就走个痛快，不如大家再过一次戏瘾怎么样？他们不让演，我们偏演，专演他们视为毒草的古装戏《泪洒相思地》。我倒要看看，这出戏是不是真的会把社会主义墙脚给挖了？

其他剧团解散前也有演出，大都为钱，演出一场七十元，比天天跳忠字舞喊语录实惠得多。但运气不好的话结果很惨，演员刚上台，造反派就冲过来，将舞台上下团团围住，用枪顶着他们不让演。

他们有枪，有枪啊。

有枪怕什么？柳惠鸣也豁出去了，一拍胸脯叫：要命一条，与其被下放凌迟而死，不如来个爽快。

《泪洒相思地》，这出戏似乎冥冥中暗示着什么。常娥和黎月明在这个舞台上喜结良缘；事隔数年，常娥再次登上舞台。布景上一轮皎洁圆月，月移花影，舞台左侧的荷花池尽显幽静之美。

常娥在丫鬟的一声喊中，颤声答：来……了……

她轻轻一甩水袖，还没开嗓，已泪水涟涟。一束追光罩住她，这一切的一切仿佛一场梦。曾无数次在梦里甩动水袖，只要一开嗓，人却随之清醒。

乐队前奏已经拉过,她没唱,乐队再重复前奏,后台有人小声提示:常娥,唱啊,唱啊。

她仍在无声地舞动水袖,如痴如醉,生怕梦境消失。

柳惠鸣站在后台,以为她忘台词,悄声提醒。一位在剧场门口把风的伙计,老远看到造反派身影,赶紧煞白着脸冲上台叫:快跑,造反派来了。

一听造反派,剧场顿时乱作一团,观众、演员、乐队纷纷夺路而逃。常娥独自站舞台上发呆,梦境又一次被无情搅乱了。黎月明将她一把拽住,从后台小门慌慌张张叫辆黄包车,也不知要去哪里,只是催促车夫快走,快走。

两人前脚离去,造反派一个个荷枪实弹将剧院团团包围,有人开枪了。空气里充满了火药味。黎月明将常娥紧紧搂在怀里,子弹呼啸着从头顶飞过。常娥闭上眼睛,父亲死于流弹,死在母亲怀里,那是战乱年代。难道她——也要像父亲那样,死于流弹吗?为什么?这一切到底是为什么?她,还有他们,只是想唱戏,有什么错?有什么错?如果她真以这种方式结束生命,她不甘心,不甘心。

常娥躲在黎月明怀里,内心翻江倒海,由最初的恐惧到不解和愤慨,甚至为自己的怯弱感到羞耻。为什么要逃?她没偷没抢没做亏心事,为什么要舍弃舞台?她属于舞台,这么多年来,她在台上欢笑流泪,在台上生台上死,舞台早已成为生命中的一部分。如今,她竟然因为害怕对方有枪,害怕对方的暴行独自逃命?命,没了舞台,即使苟活,又有何意义?

常娥心潮起伏之时,黎月明用手紧紧按住胸口。四周黑影幢幢,人影、动物的灰影,在地界横冲直撞,如一群嗜血野兽,伸长着猩红的舌头;它们四处狂嗅,寻找一切可能的目标。黎月明身子向前倾,他——中枪了吗?

黎月明恍惚看见父亲。月光似一束从天幕上打下的强光，又似一张无形的网，对准黎鸿飞紧追不舍。那像豹子般敏捷的身体突然抽搐，停住脚步，黎鸿飞一手捂住胸口，缓缓回头，月光清晰地照亮了他的脸，以及那一颗闪闪发光的生命之核。

　　人生自古谁无死？月明——

　　终于听到了父亲的呼喊。父亲深情地凝视他一眼，在被黑暗吞噬的刹那，仰头，纵声长啸。

第二十二章

　　黎月明心脏病再次复发，住进上海胸腔医院。病房里还有其他三位心脏病友，其中一位是刚从部队上退役的军人，妻子爱看戏，说来有缘，看过常娥主演的《嫦娥》。当常娥搀扶黎月明走进病室，正在给军人削苹果的她眼神一亮，惊喜地指着常娥叫：嫦娥——

　　两位年轻妻子很快成为好友。军人妻子陪常娥一块去买苹果买核桃，说有利于胎儿发育。常娥以为月明这次发病仍像在北京，过几天就可以出院的。她对军人妻子说：医生叫他别激动，别激动。他根本不听。周总理接见那会，比谁都激动，狂喊毛主席万岁，毛主席万岁。嗓子喊出了血，仍奇迹般挺立人潮，精神好得出奇。

　　常娥站在卖核桃的小商贩中间，说起周总理接见文艺界的盛典，情不自禁地模仿当时狂热场景，挥舞双臂喊毛主席万岁。

　　身边不知不觉围起一群观众，黎月明的发小胡清风过来了。

　　他手提一篮苹果，正准备进医院，一眼认出被人群包围的常娥，想喊，常娥回眸了。只见她眼神散发着光芒，轻飘飘地掠过他头顶，直视苍穹——似乎那里正屹立着毛主席伟岸的身躯。

　　毛主席万岁，万岁，万万岁。常娥的喉咙口再次有了热情狂呼后充血的腥味。她单纯明亮的眼睛恋恋不舍地盯着云端，从北京"金山"

上折射过来的光芒万丈，温暖她的同时也给她信心：月明的心脏不会衰竭，永远不会。

病房里，军人赤裸着上半身坐在病床上，背部的疤痕和枪伤清晰可见。月明身为烈士后代，对腥风血雨的生活始终停留在想象阶段。他手指颤抖，抚摸着军人身上的疤痕，似乎在和父亲对话。军人讲述伤疤来历的声音，已涤荡所有属于战争的血腥和残暴，带着一丝超越生死喧嚣和变迁的淡然。

夜幕渐渐降临了，晚霞的余光穿过窗棂，落在军人身上。他像座雕像般静默着，在即将来临的黑暗中感受最后的光明。

军人头发又长了，月明提议给他理发。

理发？军人微微一愣，随即灿烂一笑，那笑容，竟然让月明的心蓦然一恻。月明去取理发工具时，心脏怦怦乱跳，跳得那么有力那么慌乱。这是怎么啦？他用手摸了摸发烫的脸颊，身体不安地走动两步。

室内暮气沉沉，他的身影在余晖中晃动，长长的扁扁的，像一片单薄的纸，又像一根风中的羽毛。

自住院以来他很少照镜子，他有些茫然地瞪视自己的影子。

我看，你的头发更长，还是我来帮你理吧。军人起身，恰在那时，胡清风找了过来，接住军人的话说：我来，月明，我来给你理发。

胡清风对黎月明的身体一直是掉以轻心的，听说他住院，并不当回事，买了点水果，轻轻松松就来了，一见面，上去就是一拳。

清——风——？

这份惊喜来得实在突然。这对儿时的伙伴，成年后为前途各奔东西，光阴在他们分开的几年过得飞快，也过得惊天动地。期间他们很少见面，即使逢年过节回家，也阴差阳错擦肩而过了。

你怎么来了？你怎么会来？黎月明不断发问。

我去蒲县机械厂了。

蒲县机械厂？你，没留上海？你爸没帮你争取留在上海？

爸？胡清风苦涩一笑，避开月明那对充满疑问的眼睛。从小到大，大家都羡慕他有个在上海做工程师的父亲，却不知他父亲早将他们母子抛弃，在上海另立新家。母亲为了不影响他高考，一直隐瞒消息，直到他考上大学——

亲情。父亲当年若念半点亲情，便不会抛下他和多病的母亲移情别恋。这些年，母亲独自在黑夜中流下的眼泪有多长，他胡清风对父亲的恨就有多深。其实上海四年，胡父一直在竭力弥补，但因为现任妻子的小肚鸡肠，弥补总显得偷偷摸摸不敢光明正大。他老了，开始频繁在回忆和叹息中度日。人只有在衰老或对命运无能为力之时才会良心发现，才有追悔莫及的伤逝之感。胡清风却在父亲需要倾听、需要赎罪时决然离去，对他永远关闭了心灵之门。

大学毕业那年，胡父动用所有关系帮他争取留在上海。他却背其道而行之，选择了离家近的蒲县机械厂。

一起追随胡清风去蒲县的还有土生土长的上海同学刘励。大学四年，刘励追了他四年，如今，又放弃留在上海的机会跟他去蒲县。同学们早把他们看成一对，只有胡清风态度暧昧，对刘励始终以礼相待，直到，在医院门口看见常娥，才清楚地意识到了心底那份朦胧的期待和渴望。

你怎么会去蒲县机械厂？月明再问。胡清风就说：你难道不高兴我去？

黎月明说：为什么要我高兴？

胡清风笑道：还跟我装。你小子，来蒲县也不招呼一声。

我？这下轮到黎月明困惑了。

胡清风开心道：好了，别再装了。我已从厂里的新职工名单中看到你和常娥的名字了。什么时候报到？这下我们又在一起了。

黎月明并不知自己和常娥已被分去机械厂，得知消息，半晌回不过神，想迎合胡清风的兴奋，嘴唇咧了咧，却变成一个比哭还难看的苦笑。对命运对事业，他有股与生俱来的自信，突然间，脚底土地开始松动，裂出一个深幽幽的黑洞，他站在边缘，被一股力拽着，身不由己地坠入深渊坠入虚无。他似乎听到来自灵魂深处的呻吟，那么无助那么恐慌。一直暗存希望能去文化局的，如今连自己都保护不了，怎么保护常娥？保护他们的孩子？

黎月明身体晃了晃，刹那间脸色苍白得像个死人。

这是胡清风闪过脑海的印象。为甩掉这个不吉利的念头，他接过理发工具问：想理发？我就是一现成的理发师，大学四年别的没学会，理发手艺一流。如今的我呀，光靠这个都饿不死呐。

黎月明对胡清风的毛遂自荐恍若未闻。他被分配去向震惊了，眼前不断闪过常娥那双清白纤细的小手。我去工厂能做什么？能做什么？是啊，他们一无技能二无体能，去工厂能做什么？他该如何说服常娥接受这个安排？还有，在未来漫长的岁月中，他该如何帮助常娥度过那些没有舞台的日子？

月明，你怎么啦？不欢迎我吗？胡清风故作惊诧地问。军人咳嗽两声，起身，也开玩笑地摸了摸自己的头发说：看你现在这副梦游的样，幸好我这头发没被你理。

黎月明这才苦涩一笑，一屁股坐回原来军人坐的位置，自己围好围脖，眼睛直视着窗外的灌木丛说：来吧。

那一声"来吧"简短而苍凉，仿佛对命运发出决斗的邀请，又仿佛是对命运退缩后的顺从，里面交织着很多的不甘与无奈。胡清风心头莫名一颤，军人伫立窗前的背影也微微地一颤。

胡清风的理发技术的确娴熟，室内只闻剪刀双刃那轻微的窸窣声。黑发从头上无声飘落，不一会地上便落了薄薄一层。

黎月明紧抿着双唇一言不发，脸色似乎已恢复平静，只有从他起伏的胸腔可以看出那内心的波澜。

胡清风不时偷觑黎月明一眼，来时的热情有点受挫。他百思不得其解黎月明冷淡的原因，甚至怀疑黎月明洞悉了他心底对常娥隐秘的渴望。他手一抖，恰在那时，护士拿药进来，愉快地对黎月明叫：6床，吃药。

黎月明从护士手中接过药片。那是一枚普通的淡黄色药片，颜色和以往的略有偏差。他盯了盯问：这是我的药？

新进口的，朱医生让你吃一颗试试。

新进口的？

黎月明重复护士的话，脸色蓦地有了点生气，两眼放光地对胡清风和军人说：想不到我还有这殊荣，能吃上进口的新药。说着，正准备将药放进嘴里，和军人的眼神对上了，忙问：你没有吗？

军人笑了笑没回答。

黎月明不依不饶地问护士：哎，他怎么没有进口药？如果只有一颗，我不吃，我让给他。他为新中国出生入死，是大功臣，好的药应该留给他，给他。

快吃吧，他的病和你不同。护士柔声催促。

黎月明听此，意味深长地"噢"了一声，从胡清风手中接过白开水，把药夹在两片嘴唇间。喝水之前，还用征询的目光凝了胡清风、护士和军人一眼。

第二十三章

　　黎月明服药时，常娥和军人妻子各拎一袋核桃，边走边剥着吃。常娥身怀六甲，走路姿势依然轻盈，如果衣服再穿宽大点，根本看不出怀孕。她剥核桃的模样也可爱，翘着兰花指，那份毫不做作的娇俏不要说男性，就是女性见了也心动。军人妻子不时爱慕地偷觑她一眼。

　　想好了吗？给孩子取什么名？军人妻子问。

　　还没呢，说好由他爸取的。一说孩子，常娥停下脚步，凝神自语说：大女儿叫美辰，嗯……这个，我看干脆叫美景，男女都合适，你看呢？常娥来了灵感，眼神闪亮，兴奋地问军人妻子。

　　美景？良辰美景的景？

　　对，良辰美景的景。

　　军人妻子笑道：你们真是戏中之人，连给孩子取名也不例外。我猜，生大女儿那会，你正在演《西厢记》或《牡丹亭》吧？

　　常娥听此话，蓦地停住脚步，双手做了个甩水袖的动作，眼神迷蒙了。周遭的车水马龙、商贩的吆喝，一切属于人世的喧嚣，像大气中的浮尘一样飘散而去；只剩她，站在那一个个曾经塑造的鲜活的形象中间，茫然又带点惊喜地看他们对她做出各种喜怒哀怨。

"官啊人，你好比天上月——"

她轻声哼唱《盘夫索夫》，这个童年时代二妈教唱的第一部戏，一直无缘出演，却成为灵魂深处最持久最原始的源泉。它往往在不经意间闯入心头，伴随而至的，还有对童年故土的记忆。由这出戏，想起小时候为月明流下的第一滴眼泪；接着又想起住集体宿舍的新婚之夜，想起他炙热滚烫的吻，还有悬挂窗外的那一轮圆月。

常娥仰起脸，面对夕阳，如同沐浴清辉，心里只剩她和那个令她心醉神驰的世界。

从商店到医院的路并不远，这一路，常娥走走停停，嘴里的哼唱忽高忽低，如入无人之境。军人妻子加快两步，跟紧她，心里没来由地一个咯噔或一阵恐慌，生怕常娥会在倏忽间飘然而去。

常娥把马路当舞台自哼自唱时，黎月明正对胡清风和军人回忆最早去上海偷抄剧本的"光荣史"。刚服过进口药的他，心理作用，好像服了仙丹，浑身顿觉通畅无比。困扰他三十年的胸闷之症说没就没了。他脸色红润，嘴唇红润，眼神熠熠。

呼吸顺畅的感觉真好。他由衷感慨，又忽发奇想，对清风说：我现在能体会嫦娥偷吃灵丹后的飘飘欲仙了。那感觉真的很美，很妙，它让你整个身心都处在一种涤荡尘埃的境界中，物我两忘——

"忘"字刚完，只见他猛地用手抓住胸口，刚才还红润的脸，突然变得苍白无比。他大口大口地喘气，眼里盛满恐惧和不解。

胡清风和军人以为他演戏开玩笑，争相追问抄剧本之事：后来呢，那个曾毅知道你抄剧本，有没有告发你？

曾……毅……

黎月明在生命的最后一刻，艰难吐出的两字竟然是情敌曾毅的名字。

常娥此时恰好进门，一听曾毅，怔了怔，很快发觉丈夫的异常。他一手捂胸，身体摇晃着站在她面前，那模样似乎正在被一股阴郁蛮横的力强制着拽向深渊。

药有问题。胡清风狂叫一声,冲出病房找医生。

军人已见过太多的死亡和挣扎。黎月明是他才认识三天的病友,这个时候他应该镇静。他仍不相信会有事,再次端过那只装水的玻璃杯,送到黎月明面前说:兄弟,喝口水。

黎月明在他的声音中浑身激灵一抖。

玻璃杯摔了。军人只觉心脏被一枚锋利的碎片割裂,痛得他无力承受黎月明身体的重量。

黎月明的身体在军人怀里逐渐变冷变硬,他眼睛直直地朝常娥的方向凝望,眼里的光一点一滴地被黑暗吞噬了。

常娥手里的核桃撒落一地。

死亡?舞台上她演绎过无数次死亡——《泪洒相思地》里的王怜娟最后气绝身亡,她因入戏太深,倒在舞台上也以为自己死了,可幕布一拉,那口气又活过来了。

人活一口气。属于月明的这口气不会这么快从体内离去的,他跟她演戏呢。他曾无数次模仿死亡场景,开玩笑说,让他演肯定比她更逼真。

医生护士匆匆拿来氧气罐、呼吸器、按压泵进行最后的抢救。黎月明被压一次,就向空中弹跳一次,身体越来越僵硬,反弹回床的声音越来越沉闷,可他的眼皮仍张开着,不愿合拢。

医生无力地垂落双手。军人一把揪住他衣领,瞪大一双血红的眼叫:是你害死了他。人好好的,一颗药下去就成这样,你说,你到底给他吃的什么药?

医生既难受又困惑,一味重复说:药没问题,没问题啊……

他的视线落在黎月明睁开的眼睛上,刚想抬手帮他合拢,被常娥冲过来推开。她扑向病床,惊慌失措地喊:月明,你醒醒,你别吓我。你还没给孩子取名呢,你说等你回来给孩子取名的。你睁开眼说话,你说话呀。月明，你这是怎么啦？啊？

两滴清泪顺着黎月明的眼窝缓缓流淌。常娥一怔，飞快地擦了擦眼睛，小心翼翼地去蘸那泪，然后急切地对医生说：你看，你快看，这是他眼泪，是热的，他在流泪。他没死，他痛，快救救他，医生，求求你快救救他。

两名护士抽泣着，缓缓展开白床单，从黎月明脚下开始一寸寸往上移动，眼看白床单就要遮住脸容，常娥再次将丈夫抱住，心痛地揉搓他冰冷的双手，边揉边说：他太冷了，太冷了，你们来摸摸他的手，他的脚，这么冷，一条薄薄的床单怎么够？快，快去拿毯子，快去呀。

常娥，你别这样，你起来，你这样子月明他心里难受……

军人妻子流着泪搀扶着常娥。常娥哪听得进半句劝？她瑟瑟发抖，两手反复揉搓着月明的手臂。

妈妈——

月圆带着小美辰风尘仆仆地赶到了。美辰刚发出久别重逢的欢呼，便被病室凝重悲伤的气氛吓住。她屏息着，踮起脚尖，走到妈妈身边，又探头朝父亲低下头，接着，伸出食指，对母亲做了一个"嘘"的手势，轻声说：妈妈，爸爸在睡觉，不要吵他。

常娥眼里的泪大颗大颗滑落，将美辰一把搂在怀里，跪倒床边，泣声道：月明，美辰来了，你不是一直念叨美辰吗？快睁开眼看看她，她又长高长胖了。月明，月明……

军人在常娥一声声哽咽中呼吸急促，脸色青紫，他解开衣领的一颗纽扣，眼睛死死盯住黎月明，产生幻觉的耳膜，再次响起子弹的呼啸声。战友们的身体里喷涌着鲜血，一个又一个倒下了，他还活着，活着却备受煎熬。

军人捂住胸口步步后退，病室里所有人的注意力在刚刚去世的黎月明身上，没谁发觉他的异常，包括他妻子，她正跪在常娥母女身边，哀哀流泪。

军人的视线掠过妻子，最后落在那把泛着冰冷银光的理发剪刀上。他伸手摸了摸头发，嘴角一歪，走过去，一把拿起剪刀，在众人还没明白怎么回事之前，身子敏捷地冲向窗台，大叫：兄弟，我来了——

军人纵身一跳，从高空坠落时，对阴霾密布的天空发出他最后的声音。

为什么从窗口跳下去的是他，不是她？为什么她不跳下去？

常娥躺在病床上，不吃不喝，只靠输液维持生命。浑浑噩噩的梦境反复出现军人凌空一跃的黑色剪影，他回眸，对她伸出手，眼神诱惑她一块下去：来吧，来吧。

常娥被那声召唤折磨得焦灼不安，想追随他脚步，全身没一点力气；想叫他停留片刻，发不出一个声音。梦魇中她一直挣扎，试图追逐军人：别走，等等我。

军人的双手引领她穿越重重黑暗重重迷雾，终于，阳光从金碧辉煌的天庭里折射过来。恍惚中听到仙女的歌唱，声音汇聚成一股柔和甜美的召唤，输送进耳膜，只有两个字：来吧，来吧。

常娥猛地睁开眼，从病床起身。身边围满亲人：母亲、女儿、月圆还有她同母异父的弟妹们，还有胡清风。他们见她清醒，惊喜地扑向她。她的眼里却没有他们。

她出神地凝望窗外。那里，阳光灿烂，军人的手指在云影里忽隐忽现。常娥脸色迅速变化，掠过一道惊喜的光，还没等人明白怎么回事，疾速地扑向窗口。胡清风在众人的惊呼中，将她拦腰抱住。常娥用脚踹，用手推。无奈胡清风的双手像钳子，卡得她动弹不得。

常娥，你冷静点。何荷安慰道：月明已经走了，他可不希望看到你现在这个样子。

一听"走"字，常娥又剧烈挣扎：你放开，放开，让我去，月明在等我，他在等我。美辰站在姑姑身边，怯生生仰起头，略受惊吓地瞪着常娥。这个六岁的女孩,由月圆一手带大,对妈妈的印象似乎不比对"嫦娥"来得更清晰。很长一段时间,只要一看到月亮,她就会对小朋友说:那里是我妈妈住的地方。她很难将眼前这个披头散发要跳楼的女人,和心中飘飘欲仙的形象对上号。

妈妈。美辰被月圆轻轻一推,胆怯地叫了声。常娥在稚弱的呼喊中瞬间崩溃了,痛哭失声。

何荷哽咽道:哭吧,哭吧。孩子,哭过了,你就算跨过这道鬼门槛,以后的日子该怎么过怎么过,别忘了,你肚里还有一个孩子呢。

肚里还有一个。

那个她曾打算取名美景的孩子正用力踢她腹部,提醒她自身的存在。常娥这才感觉腹部的温暖,她有何权利停止她的呼吸?

美景?她凝视着窗外的阳光和云霓,苦涩一笑,自问自答:不,你生不逢时,叫雨辰,我看你还是叫雨辰吧。

三个月后,小雨辰在难产中辛苦降临。常娥生美辰那会没奶,这次更没奶。孩子哭,她跟着哭,整天以泪洗面。何荷说:我把雨辰抱走啦,你要舍不得,我可以留在这里帮你带两年。

常娥一言不发,只是望着窗外流泪。

何荷再问:那我带孩子走啦,真走啦。常娥还是不说话。何荷抱雨辰正要出门,雨辰脚一蹬,狂哭起来,一只小手朝常娥挥舞,似乎在呼喊妈妈。常娥坐在梳妆镜前,痴痴呆呆地盯着镜子,对孩子的哭声置若罔闻。

没见过你这么狠心的。何荷流着泪,临走又回头安慰说:你放心,孩子在我这里,亏待不了她。

走了。都走了。

何荷前脚出门,常娥起身,恍恍惚惚来到假山后那块高地。这里离月亮最近,在这里看月亮,似乎能看得清桂花枝叶的经纹脉络,闻得到从吴刚手中飘来的酒香。故事里的嫦娥偷吃了本该属于后羿的灵丹。生活中的常娥呢？她的后羿如今身在何方？

常娥闭上眼睛，月明最后吞下的那颗浅黄色药片，想象中和戏里的灵丹合二为一——

月明，我知道你在天上。天上有那么多仙女，还有桂花酒、小白兔，你一定不会寂寞的，只是，别忘了我呀……

第二十四章

　　剧团正式宣布解散了。散伙当天，常娥避开众人，独自去假山后面看月亮，剧团其他人则聚在宿舍楼下的院子吃散伙饭。大家先是悲叹黎月明的猝然离世，然后又强颜欢笑，给柳惠鸣一家饯行。柳惠鸣将带着生活作风腐化的罪名，和杨红玉、黄鹂以及养女杨小玉一块下放农村改造。黄鹂怀疑的目光再次在每个人脸上逡巡，冷笑着说：假如让我知道是谁写的那封匿名信，我会日夜诅咒，咒他断子绝孙，咒他祖宗十八代不得超生。

　　她咬牙切齿，眼神在曾经住同一宿舍的老范脸上多停留了片刻。这个老范呢，生性多疑，最近又屋漏偏逢连夜雨：在舞台上演了半辈子老生，临到老了，自己丢掉饭碗不说，还没能保护好女儿。那个五岁时即对黄鹂和柳惠鸣"夜晚打架"产生好奇的女孩，最近突然被人搞大肚子。问她是谁不肯说，整天拎一根裤腰带只想上吊，真是上辈子不知道造了什么孽。

　　老范有苦无处诉，散伙饭上一味喝闷酒，喝到八成醉，胸中已像埋了个雷，这时，黄鹂颇含警告的眼神以及刻薄诅咒，便成了引爆那颗闷雷的火星。他"啪"地摔了手中酒杯，摇摇晃晃起身，睁大一对血红的眼问：你咒谁断子绝孙呢？

黄鹂一愣，没料第一个跳出来的人是老范，一嗤鼻说：要你狗拿耗子多管什么闲事？老范已不屑跟她争吵，一转身，直接将矛头对准柳惠鸣，发泄道：我看这个剧团还是散了好。我呢，说实话，也早受够了你们的淫威。我，老范，跟你大半辈子，工资只拿你一个零头。你说，我不是人？我不需要养家糊口？我告诉你柳惠鸣，做人要凭良心。你也别怪我老范说话难听，我是真理在谁手上就帮谁说话。像你这种人，哼，早该接受劳动改造啦。说你生活作风腐化你还真别喊冤。你扪心自问，为入党为你头上那顶乌纱帽，你什么事情做不出来？你和黄鹂是怎么勾搭上的，别人不清楚，我不清楚？我告诉你，你们家就没一个好东西——

老范，酒疯发够没有？有人看不过去了。老范最后一句话把杨红玉也囊括其中。杨红玉既不反驳也不发怒，独自喝酒，望着外面漆黑的夜发呆。谁也不知道她在想什么，只有从她眼睛深处偶尔划过的一星两星亮光，看出她又沉浸在回忆中了。属于杨红玉的回忆实在太多，够她下辈子慢慢咀嚼的。她不在乎头上再多压几顶帽子或多加几个罪名，只要没人掠夺她回忆，没人阻止她怀想，身在何处、肉体受些罪又有何关系？

老范，你就落井下石吧。柳惠鸣嘿嘿冷笑两声。他已被厄运彻底打倒，满脸胡子拉碴，一副穷途末路的潦倒相，还有什么比劳改更可怕的侮辱？

黄鹂到底年轻气盛，见老范借酒撒泼，立刻火冒三丈，腾地跳起来叫：你个老不死的，给你脸不要，自己作死。老娘今天就不凭良心做事。说罢，转身冲上楼，人们还没明白怎么回事，老范家就传来乒乒乓乓摔东西的声音，接着是老范老婆杀猪般的号叫声。

老范一把掀翻桌子，怒吼一声：这日子没法过了。

人群飞快散开，不是劝架，而是各回各家，守护好属于自己的那点家产，生怕战火蔓延殃及无辜。

黄鹂一口气砸了老范家中唯一值钱的五斗橱；老范老婆急红眼，拿起剪刀冲进隔壁黄鹂家，不仅剪碎黄鹂的绫罗绸缎，还砸裂了黄鹂最心爱的梳妆镜。黄鹂和范老婆两人各自砸完摔完，很快扭打在一起不可开交。老范冲进来，举起手掌大喝一声，在黄鹂将头撞过来时，到底还是忍住要拧断她脖子的冲动，转身将老婆推进自己家门。

柳惠鸣和杨红玉坐在一地的杯盘狼藉间，相视苦笑，谁都没冲动起身。

闹吧，闹吧。

柳惠鸣长叹一声，看了杨红玉一眼，万千悔恨都包含在这无言的凝视中了。杨红玉心头一颤，明白了他眼里的涵意。柳惠鸣将手伸过去，握住她苍老冰冷的双手。

楼上，黄鹂因为梳妆镜被砸，气急败坏地在过道横冲直撞，试图寻找发泄渠道。但，家家户户关紧门窗，黄鹂心里那个气啊，一路骂骂咧咧，不觉已站在常娥家门前——

这是整个过道唯一一扇敞开的门扉，里面寂静无声，床上被子略显凌乱，似乎还留有主人的体温，似乎他们才刚刚离去很快又会回来。床对面是梳妆台，梳妆台玲珑别致，中间一面椭圆形镜子，四周镶嵌银色浮雕；底座家具则用的是上等红木，精雕细刻着一幅幅常娥钟爱的"奔月图"。这张梳妆台是常怀金留下的遗物，当年常娥结婚时，由二妈特意从上海给她运来。剧团正常演出那会儿，每开演一场新戏，常娥都会对着镜子和父亲说上一阵悄悄话，父亲在心里又活了似的，从未真正远离过她。

正是这张梳妆台，在黄鹂心里唤起过无数的羡慕和妒忌。她情不自禁地走到镜子前，镜子里照出的不是她眼前的狼狈，而是曾在舞台上饰演的一个又一个风骚泼辣的美丽形象。她舍不得她们啊，她将脸颊贴在镜面上，同时伸出双手轻轻一握，镜子动了，里面的形象也动了，和她合二为一了。

一阵凉风穿窗而过，床上那层薄如蝉翼的纱帐在风中轻轻飘舞。纱帐一角掠过黄鹂脸颊，她惊惧回头，见床头柜上供着黎月明的骨灰盒，黑色盒盖在月下泛出一丝冰冷的幽光。她吓了一跳，好像黎月明随时会从骨灰盒里伸出手，将她一把拽住。

月明，我是黄鹂，你，你别吓我啊。她紧紧抱住镜子，一步步后退，走到门边，再回头，似见月明正对她颔首微笑，那一颗扑腾乱跳的心渐渐平静了。月明，我知道你是最大方最大度的，你在时，我想要什么，想吃什么，只要问你要，你都会给我。这个梳妆台我喜欢很久了，一直没好意思开口——

她停顿片刻，好像已得到黎月明默许，脚步轻松地返回梳妆台，将镜子放平台面，开始往外挪移。挪了两步，又瞪着骨灰盒说：月明，我搬走啦，搬走啦。哎呦，这个梳妆台可真沉啊。

黄鹂吃力地将梳妆台拉回自己家时，常娥从假山那边回来了。月圆和胡清风送她到院子前，约好第二天一早帮她搬家。家？没了月明，还有家吗？明天就要离开这里了。明天会有什么在等待着她？蒲县？机械厂？她用力甩了甩头，不想让这些与她生命无关的东西扰乱心境，扰乱和丈夫在一起的最后一个夜晚。

她跨进院子，差点被地上的桌椅绊倒。坐在黑暗中的杨红玉提醒她说：当心脚下。常娥没来由地一阵心慌：出去前忘记关门，还忘记把骨灰盒装进套子里。她最怕莽撞无知的小孩，在玩笑和戏嬉中跑进屋摔了盒子。她越想越着急，恨不能一步上楼。

过道上，黄鹂已成功地将梳妆台搬出常娥房间，正一点点挪向自己家门，眼看大功告成，却被常娥逮个正着。她心虚地朝楼下叫：柳惠鸣，快来帮老娘一把。

常娥盯着梳妆台有点发懵，想不明白怎么回事：它——怎么会在这儿？常娥问，费力地思索，以为黄鹂做好事帮她搬家，忙解释说：我明天搬，明天月圆他们过来帮我一起搬。常娥伸手过去，黄鹂却紧紧护住梳妆镜说：你让开。月明答应送我了，这是我的，我的。

月明？常娥困惑地问：月明答应送你？他什么时候答应的？我怎么不知道？

他……老早就答应了的。不信你问他去。黄鹂正信口雌黄，老范开门出来戳穿说：常娥，别信她胡诌，她这是偷——

一个"偷"字刚出口，黄鹂怒火攻心，一甩手将镜子对准老范砸了过去，指着老范和常娥叫嚷：你，还有你，都听好了，别说一个小小的梳妆台，你们连人都是我们柳家的，我想要什么那是瞧得起你们。

镜子猛烈地撞击在墙上，接着一个反弹，摔碎在地。老范惊魂甫定，用力"呸"了一声，骂了句"疯子"，再次关紧房门。

黄鹂被老范一声"呸"刺激出更多谩骂：你们这些没良心的，吃里扒外的种，我就知道是你们妒忌老柳要去文化局，背地里乱嚼舌根，害得我们全家下放。现在满意了？你们满意了？黄鹂骂着骂着，最后声音变成呜咽，脸上已全是眼泪。

常娥在黄鹂的哭骂声中，颤抖地捧起一地碎玻璃。碎片划破了手指，她毫无知觉。无数的碎片里有她无数个被切割的面影，她不认识她，似乎也不明白发生的一切。到底为了什么？她蹲地上发了会呆，突然惊跳起来，跑回房间。

月明，月明。她将丈夫的骨灰盒紧紧搂在怀里，一颗吊紧的心这才放下，眼泪随之流出：除了你和孩子，他们要什么都可以……

常娥将脸贴在骨灰盒上，轻声啜泣着，诉说着。

中篇 误入尘网

第一章

　　蒲县机械厂是一家以冷热加工手段和测试设备的机械制造工厂，有铸工、金工、维修等多个车间。这几个车间中要数维修车间最热闹，热闹的原因是车间的老于爱在工作之余跟大伙说笑。

　　老于其实并不老，至多四十岁吧，满脸胡子拉碴，一咧嘴露出两排黄牙。他钱不多，一个月工资假如不是老婆管得紧，全部买烟都不够。老于除爱吸烟外，还爱讲黄色段子。他悠悠地吸口烟，眼角荡漾着一丝色眯眯的笑。常常，一个段子讲完，全身已经汗湿。坐他对面另一位干瘦的工人老孙，会阴阳怪气地来一句：老于，你要真干了，恐怕也就流那些汗吧？这话一出，车间又是一阵不可遏止的大笑。有其他车间的工人经过，听到笑声，也忍不住，边笑边摇头：这个维修车间啊，永远是机械厂最热闹的地方。

　　常娥去车间报到那天，正是午休时间，几位工人围着老于在打牌。常娥一袭朴素的蓝色工作服出现，黯淡的车间顿时有了光彩。老于拿牌的手微微一愣，上半身蓦地挺直，如泥塑木雕，一双眼睛瞪得滴溜滚圆。老孙见他这副呆样，又好气又好笑，弯下腰，在他面前晃动手指，手上的烟一缕一缕地在空中扩散。老于还没动静，眼底惊愕的光渐渐被一股不知所措的慌乱替代。

孙师傅不耐烦了，爆粗话说：妈的，昨晚被你家邱主任整呆了？你倒是说句话啊。我又不是她师傅，我忙活些什么呢我？

老孙，你狗嘴里吐不出象牙，滚一边去。老于这才将一口黄牙露出来，对常娥眯了眯眼睛问：是那个唱戏的吧？

常娥大大方方上前招呼：于师傅，您好。

老于摆手叫：哎，搞清楚了，你不用叫我师傅。你师傅是广播站的赵老师。

大家都知道常娥是被招来做广播员的，不过她做满两个月广播员就主动请求去车间。到车间去，学做一名有技术的工人，靠自己双手养活全家。她曾一再鼓动何荷走出家门，学一门生存技能。现在，她其实面临同样的问题：是选择做轻松的广播员？还是肮脏油腻的维修工？广播员体面舒服，但收入少，不稳定，哪天嗓子倒了，工作也没了，她拿什么养活两个孩子？维修工人不同，有技术有能耐，是社会主义的红人。

于师傅。她静静地站在这满是烟雾和喧嚣的房间，再次叫。老于搞清楚缘由，随即又咳嗽一声，对常娥严肃地招了招手：过来，你过来。

装什么蒜？还过来过来，叫她过来给你下跪磕头不成？老孙说话当口，其中一个工人大笑着起哄：于师傅，还不快起来，真要你徒弟行跪拜礼？

我这腰，哎哟……

老于慢慢地挪动身子，龇牙咧嘴地说：这腰昨晚闪着了。

老孙露出一脸坏笑说：怎么闪的？我猜得没错吧？被你家那只母老虎整得连腰都闪了。老孙这最后一句话把室内欢乐气氛推向高峰。大家笑得东倒西歪，老于也不恼，径直起身走到常娥身边，上下打量着她，突然回头，对陪同常娥前来的丁书记说：这个徒弟我不能收。

你脑子没进水吧？老孙问。

她就一摆设，来这里帮不上忙反添乱。老于在常娥不解失望的目光中，有些口吃地转向丁书记说：我怕我们车间供奉不起，再则，要让我家邱主任知道——

　　说曹操曹操到，邱主任因为倒垃圾把自己反锁门外，匆匆来车间找老于，正好接住他下半截话，警觉地问：怕我知道什么？

　　邱主任四十左右，身宽体胖，声音洪亮，目光犀利，在居委会做主任多年，擅长调解各类婚姻矛盾。用她的话说，任何狐媚勾搭别想逃得过她的火眼金睛。别看老于在车间油嘴滑舌一副无所不能的样子，见了他家邱主任那是典型的猫和老鼠的故事。

　　老于一见邱主任立刻口吃，头摇得跟泼浪鼓似的，结巴道：我……我……说罢快速瞟一眼常娥。邱主任微微一愣，随即脸上堆满笑，走过去，亲热地拉住常娥叫：哎呦，你就是那个下凡的嫦娥仙子啊？这些天老有戏迷跑我们居委会打听，以为分我们居委会了。听说你在广播站？工作还开心吗？有人欺负你没有？我知道你们广播站那个小青不是个东西，她如果欺负你们孤儿寡母，你跟我说，我——

　　邱主任一副知心热肺的模样，正说得来劲，丁书记不耐烦地打断她，问老于：老于，你想清楚了？

　　想清楚什么？邱主任瞬间回头，盯着老于问。

　　收常娥做徒弟。有个工人高声说。

　　真的？邱主任脸色微变。

　　老于忙转身对丁书记表态说：丁书记，非常感谢领导的信任，可惜我能力有限，怕带不好这个徒弟反给领导添乱。

　　邱主任扑哧一笑，拍一记老于后脑勺说：你就这点出息。她是洪水猛兽啊？能添什么乱？真是。领导给你任务那是瞧得上你，还不赶快谢过丁书记？她又将常娥的手拉住，亲热地说：常娥啊，现在你是我们家老于的徒弟，我就是你师娘，这个车间里呢都是些泼皮赖猴，谁今后敢欺负你，过来告诉你师娘。

老于扯了扯老婆衣袖，瞄丁书记一眼，示意她少说两句。邱主任随即话锋一转说：谁要欺负你，有我们领导做主，丁书记可是我们机械厂的包青天哪。

丁书记皱了皱眉，对老于说：那就这样定了，暂时先让常娥跟你学习一段时间。丁书记说完转身离去。邱主任也就恋恋不舍地松开常娥的手，临走一再要求常娥有空去师娘家玩。

老于的粗俗和邱主任的热情形成鲜明对比。常娥以前一直生活在剧团这个象牙塔里，整天才子佳人毫无半点辨别人事的能力。邱主任一口一个师娘还真感动了她，她用手抚摸着被"师娘"拉过的那只手，虽然表情平淡，心里已划过一道暖流。

常娥就这样成了老于的徒弟，维修车间因为她的加入改变了气氛。爱开玩笑的老于几次想闹腾过过嘴瘾，嘴巴张了张，视线落常娥身上，终究说不出口。面对常娥，好像面对家里挂着的仙女图，吹口气怕给吹化了。那娇滴滴的身子骨哪是做工人的料？

老于不挑头，别人也闹不起来，个个敛声屏气埋头工作，只有当常娥每隔两小时跑去托儿所给女儿喂奶粉的空隙，才直起腰吐口气。有些老烟枪，赶紧趁此机会点根烟过把瘾。

邱主任开始隔三差五过来查岗，来时也不空手，总带一两样点心，让常娥尝一尝，然后喂老于。老于结婚十多年哪受过这等待遇？

大家瞧老于那副受宠若惊的模样，心知肚明：邱主任这口醋坛子，别看现在密封得滴水不漏，哪天说不定炸个鸡飞狗跳。大家想看老于笑话的同时，又替常娥捏把汗。

老于呢，心里比谁都清楚：老婆这些小把戏管得了他身体管得了他油嘴滑舌的坏习惯，却管不住他内心。他心里想什么全由自己做主，由他一个人慢慢回味享受。

从见常娥第一眼起，他胸中便涌动起怜香惜玉的情怀来了。

第二章

常娥刚去蒲县机械厂上班那会，何荷过来帮忙带孩子，却有心无力。她最小的儿子比美辰还小一岁，因为是老小，一天到晚粘怀里，旁人怎么哄怎么劝都不听。雨辰六个月大，正是需要人手的时候，何荷却被自己儿子缠得天昏地暗。

美辰说是由姑姑月圆一手带大，对循规蹈矩的月圆不亲，只亲小时候吃过两口奶的外婆。祖孙俩那个缘分啊，不仅仅是隔代亲，更重要的是脾性相投。何荷自改嫁给汪先生，因为生活舒适，又因为一直生育，虽然被美辰叫着外婆，心里一点没有当外婆的概念，跟美辰在一起也从不要求什么规矩。

何荷，你过来，我还要再听一遍《狸猫换太子》的故事。

美辰直呼其名，何荷非但不恼反哈哈大笑。常娥听了烦躁道：你还笑，别把孩子带得跟你一样。

跟我一样有什么不好？我哪一点丢你脸现你眼了？

何荷在蒲县两个月，跟常娥没有哪天不抬杠不拌嘴。算命先生说她们八字相克天生命冲，所以何荷每次跟女儿吵过闹过，照样怡然自得地逗弄雨辰，像当年逗弄美辰一样，轻声问：对吗？我的小宝贝，你说外婆有哪一点不好？

雨辰在她怀里瞪大一双骨溜溜的圆眼睛，似在竭力辨认眼前这位丰腴年轻的外婆。常娥心里对母亲的现状充满了失望。大娘仍然活着，他们三个就这么堂而皇之地过着一夫两妻的生活。常娥奇怪，文化大革命破四旧怎么没破了他们这对婚姻？当然，没哪个女儿希望自己母亲婚姻破裂，可母亲小老婆的身份总像一根刺戳在胸口，时间一长虽然麻木，仍隐隐作痛。

何荷离去前一晚，常娥终于鼓足勇气要求母亲离婚，她说：你们可以在一起，但手续得办。要么你们离婚，要么他们离婚。

离婚？何荷扑哧一笑，手一挥说：吃饱了撑的，耗那工夫精神。我过我自己的生活，才不在乎别人怎么看呢。再说人要懂得知恩图报，如今你大娘和继父年纪大了，家里还有这么多孩子，你说我扔下谁好？谁来照顾他们？

何荷说罢，警觉地盯常娥一眼，问：你——不会去告发我们吧？你不会让你老娘胸口挂破鞋被人追着骂吧？

什么是破鞋？

喜欢听大人讲话的美辰，仰起小脸，好奇地问。

何荷抱起美辰，响亮地亲她一口，大声说：破鞋啊，就是指破了的鞋子。说完，又发出一声响亮的笑。这声笑常娥听来格外刺耳，美辰倒听得津津有味，忽闪一双大眼睛，似乎并不满意何荷的回答，想继续追问，又怕母亲不高兴。那副欲言又止的模样其实已经惹恼常娥，常娥推了她一把说：去，大人的事小人少掺和。

美辰立即抗议：我不是小人，是小孩。

美辰性格独立，活泼开朗。父亲骤然离世并没在她心灵上留下阴影。若有人问她想不想爸爸？她会说想，说完又蹦蹦跳跳跑开跟小朋友打成一片。常娥却从大女儿貌似活泼的性格中看出某种细腻、贴心等情感的缺失。美辰似乎对什么都无所谓，有时还表现出超越年龄的冷静和果断。有天，家里来了一只流浪猫，小猫病病怏怏，拖着虚弱的身子，倒在他们家门口的太阳底下，嘴里不时发出一两声无力的叫。美辰从外面玩得满身大汗回来，一见小猫，毫不犹豫地用脚踢，嘴里骂骂咧咧：滚开，你别死在我们家门口。

小猫被踢得毫无招架之力，可怜兮兮地发出几声惨叫，美辰仍不依不饶，非把小猫踢走才罢休。这一幕恰好被常娥看见，当时心里一个咯噔。美辰却在阳光中若无其事地对她笑着说：外婆说的，这些死猫死狗身上病菌最多，千万不能碰。

可它还没死。

外婆说的，就是这种要死不活的动物才最可怕。你不知道它得的什么病，传染了可不得了。美辰煞有介事地振振有词，随即用小手捏紧鼻子，用力拽常娥，要她赶快回去。

外婆，又是外婆。

美辰从小由月圆带大，只在刚出生时吃过外婆几天奶水。都说孩子出生时看见谁今后性格像谁。吃了外婆奶水的美辰和姑姑貌合神离，根本无法忍受晨钟暮鼓般的单调生活。她唯一得到月圆真传的是勤快，从小会帮忙做家务，人还没灶台高就能踩着小板凳煮饭。除此，月圆说东她答西。父亲去世，只戴了两天黑袖套和小白花，就以难看作借口，自作主张地把它们从头发和手臂上扯下了。

这个没心肝的，一点都不想她爸。月圆对常娥嘀咕。这话被美辰听到，她又仰起一张可爱的小脸，天真地指了指头顶说：爸爸在天上，天上有很多仙女和小白兔，我想爸爸带我一起到天上去。

这句要和爸爸一块到天上去的话，又惹出常娥很多眼泪。她将美辰抱在怀里，把孩子的"没心肝"归结为从小没跟父母同住。

好了，美辰，我的小宝贝。今后再苦再累妈妈都会陪着你和妹妹。妈妈会教你怎样做好那个大写的人字，怎样爱护小动物，怎样保护妹妹，怎样去关心帮助比自己更小的弱者。我们母女仨就在这远离尘嚣的蒲县，安安静静地过好日子。

蒲县。如果说蒲县半数以上居民都是机械厂职工,那这半数以上居民大都看过常娥演出的经典剧目。当年常娥和黄鹂分别饰演《嫦娥》组 A、B 角,在蒲县演出时,看过常娥版的蒲县人民,拒绝再看黄鹂版,并且将一张大字报贴进剧场,指责团长柳惠鸣不顾民众呼吁仍让黄鹂出演等等。

蒲县人民对常娥的喜爱是发自内心的,常娥无论扮相还是唱功,符合他们心目中娟娟佳人的美好形象。如今这位佳人独自带两个孩子来到机械厂,人们便争相以各自的方式对她伸出援助之手。

何荷回老家后,美辰上小学一年级,六个月大的雨辰送厂办托儿所。美辰手脚麻利嘴巴也甜,除做好学校功课,还积极地帮忙做家务带妹妹。人们经常见美辰坐门口洗妹妹的尿布,一双小手被洗得发了白。有些勤快的阿姨提出帮她洗,她也不推辞,嘴巴甜甜地说一声谢谢阿姨,自己跑一边跳牛皮筋玩耍;还有些买了菜回来的阿姨,顺手从篮里拎两根胡萝卜之类的菜蔬给她,她一概来之不拒,又知道母亲不喜欢,于是,这些能当水果生吃的菜蔬类,都被她在母亲下班之前快速消灭掉。

某天,常娥下班被邻居张阿姨拦住,张阿姨热情地告诉她苤蓝不仅可以当水果,还可以用来炒土豆丝炒辣椒,问她是生吃还是熟炒,味道怎么样?

苤蓝?常娥一头雾水地反问:什么苤蓝?

就是我给你们家美辰的那个扁圆形的、像水果一样的东西啊。

常娥这才知道,馋嘴巴的美辰瞒着她吃了很多白来食。

我又没偷没抢,是他们主动给我的,为什么不能拿?美辰睁大一双无辜的大眼睛,振振有词。

第三章

　　胡清风是蒲县机械厂年轻的技术员，从常娥坚持下车间做工人那一刻起，他的心就没安宁过。他嘘寒问暖，想在生活和工作上照顾她、帮助她，但均遭拒绝。谢谢，我不需要。我自己来。我能行。这是常娥和他说的最多的话。

　　车间内一台台庞大油腻的机器，一摸一手黑，一天工作下来，连腰都直不起。常娥毫无怨言，集中精神学习新技能。除和于师傅有些工作交流，她大部分时间闷头干活。老于有天把常娥带到一个直线形工作台前，指着那里面不断旋转的刀头，强调安全的重要性。他说不开玩笑，这里出过好几起工伤事故呢。

　　常娥却盯着机器陷入回忆。还是演《工潮》那会，为把工人形象演得生动逼真，黎月明主动要求带她下工厂体验生活。他们去了东城一家机械厂，也是站在一台类似的机床前，身边围一群工人，好奇地盯着他们的一举一动。常娥嘴里轻声哼唱，用手模拟机器转动的形状，突然，于势一低，黎月明惊得脸色煞白，身子冲过来将她一把护住。

　　如今，机器还在那样转动，稍有不慎就会出工伤。那个保护她的人呢？常娥在师傅喋喋不休的叮咛中怔怔出神。

　　她面对机器流露的伤感恰好被胡清风进来看到，他的心随之恻然，产生了一股强烈的要保护她的冲动。他不顾周围异样的目光，大步过去，提醒她说：小心——

他说的话和当年黎月明说的一样，常娥浑身一颤，眼睛不知不觉已经模糊。这以后，胡清风经常找各种借口往车间跑，有时常娥工作晚，来不及去食堂，他会替她打来一盆香喷喷热乎乎的饭菜。开始，为避嫌疑，常娥拒绝照顾，任由饭菜冷了也不动筷。她倔他更倔，她不吃他也不吃，两人一块饿肚子。

胡清风来的时间一长，老于嫉妒了，又苦于不好发作。谁都没想到平时怕老婆的老于会在沉默中爆发，将满腔怨气借邱主任送来的饭菜发泄：吃，就知道吃。有事没事跑过来坐半天。你是我们车间人吗？你懂什么？你说你懂什么？一天到晚泡我们这儿，别以为没人知道你心里想什么。告诉你，我就知道你想什么。你别一边吃着碗里一边看着锅里。我早受够了。你走，走，这里没人欢迎你。

那天老于真是吃了熊心豹子胆，把老婆送到嘴边的红烧肉往地上一扔，脸红脖子粗地一通乱骂。邱主任先被他骂得莫名其妙，很快从他愤激的言辞中听出弦外之音，再一看胡清风和常娥面前的饭菜，顿时心明如镜。老公对这个戏子害了单相思，难怪这段时间在床上如狼似虎。以前全凭她呼风唤雨，现在他却果断勇猛，让她陌生的同时，也唤醒一部分属于女性的柔弱。昨晚她还躺在他怀里抽泣，诉说工作上的种种辛劳。这些小女人作态她以前是最深恶痛绝的。

原来，他的雄性他的强硬统统跟她无关，她不知不觉做了他意淫的工具。邱主任潜意识里一直担心的事终于发生了。

胡清风也听出老于指桑骂槐，起身想论理，被常娥伸手止住。常娥那双白嫩修长的手指曾在老于梦中舞动万千旖旎，如今正紧紧抓住胡清风的胳膊。老于不假思索地冲上前，对胡清风呵斥道：你放开她。

常娥随即松手，却被老于一把抓住说：你是我徒弟，我有责任提醒你，小心某些人别有用心。说句难听话是，寡妇门前是非多，你——

邱主任冷笑着过来，意味深长地盯着老于的手说：你也知道寡妇门前是非多啊。

老于对邱主任暴风雨来临前的冷静视而不见，继续用警告的眼神对胡清风横眉冷对，继续握住常娥的手不放，转身问整个车间：常娥是我们车间的工人，是我老于的徒弟。她如果有什么困难，有我们大家伙在，轮不到一个外来人插手。你们说是不是？

工人们看着邱主任的脸色因羞辱涨成猪肝色，讪讪地哼哈两声，各自低头吃饭。只有老孙答非所问：你真敢在太岁头上动土？

"太岁"当然指邱主任，老孙这句调笑无疑火上浇油，不给当事人台阶。老于已经摔了邱主任送来的红烧肉，不可能再捡起来吃；邱主任呢，这些年作威作福成家常便饭，还没碰到像今天这样的下马威。她鼻子呼呼直喘粗气，正准备有所态度，只见胡清风朝常娥使了个眼色，常娥便用力抽回被老于拉住的那只手，一言不发，转身跟胡清风走了。

老于措手不及：哎，你们——

他快走两步，眼看再次抓住常娥，邱主任猛地跳起，一个耳光扇过去，比闪电还快。老于身子一趔趄，回头见一对怒火中烧的眸子，呆了呆，还没反应过来怎么回事，就听邱主任嘴里发出一声号叫——接着，出乎所有人意料，她迅速转移目标，横着身子直接撞向常娥。

你这个臭不要脸的戏子，你个社会主义大毒草，自己男人死了来勾引别人家男人，你就不怕你那个死鬼丈夫在看着你吗？

那一记正中常娥胸口，常娥被撞得眼前直冒金星。胡清风快速将她护在怀里，以防邱主任进一步进攻。

老于一见两人搂抱在一起，对胡清风梗着脖子大叫"放开她"，试图再冲过去，脸上又是一记耳光。

邱主任呵斥：丢人现眼够了没有？她是你徒弟不是你小老婆。

常娥难以置信地盯着邱主任：这个自称她师娘的女人，这个口口声声说要保护她的女人，前两天还在热情地给她夹菜，现在突然像被魔鬼附了身，咬牙切齿地瞪着她。她到底怎么得罪她了？

她被胡清风护着出了车间。身边的人朝他们投去异样的目光，有句议论传进她耳朵：女人太漂亮，就是麻烦多。

她木然地一笑：漂亮。这个世界的罪名真多。在舞台上她专心演戏，被骂要挖社会主义墙脚。如今又多出一项太漂亮的罪。因为这漂亮，莫名其妙被泼一身脏水。原来，她是把人间想得太单纯太简单了。她眼前开始晃动起于师傅那对似要剥去她衣服的色眯眯的眼睛，于师傅借工作之便紧挨她的身躯，不由一阵恶心，大口大口地干呕起来。

吐完，脸色恢复平静，一仰头，接触到胡清风那对满溢着关心和痛楚的眸子，心里微微一动，说：不好意思，差点连你一块跟着挨打。说完，用手捂住胸口。胡清风将她扶住问：你怎么样？要紧吗？要不我陪你去医院看看。

常娥摇头说：你今后别再去找我了。人言可畏，你还没结婚，你的名誉重要，我不希望因为我的缘故——

胡清风打断她说：我不在乎别人怎么看怎么想。你是月明的妻子，我是月明的兄弟。我有责任照顾你和孩子们。常娥，我每天都在心里和月明对话，我要让你快乐，让孩子们快乐。月明听了很高兴。他高兴，你知道吗，常娥。

常娥被胡清风那句"我是月明的兄弟"打动，眼泪夺眶而出，一回头，却见柳树后躲着一个身影——那是技术员刘励，她就是于师傅指责胡清风"吃着碗里看着锅里"的那一个。

可是——

常娥还想说什么，被胡清风阻止：我不属于任何人，我是自由的。胡清风似乎也知道刘励在跟踪，像故意说给她听，提高声音激动地说：我是自由的，常娥你听见了吗？我有权选择我交往的朋友。我想帮你，除了你曾是我好哥们的妻子；更重要的是，我觉得我们两个意气相投，和你在一起，我感觉特别开心。

胡清风这番表白，常娥只能装傻。她还没准备好接纳一段新感情。

胡清风并不气馁，开始利用业余时间积极学拉二胡。有人爆料说某天经过常娥宿舍，听到里面传来悠扬的胡琴声，一看，原来是胡清风在拉二胡给常娥吊嗓。

那段时间，于师傅已被迫调离维修车间，邱主任再也不来寻衅滋事。渐渐地，人们发觉常娥的脸上有了笑容。美辰呢，只要一见胡清风，会嘴里叫着叔叔，冲上去用力掰开他紧捏的两个拳头，里面总有惊喜：两粒小白兔奶糖或三颗上海奶油话梅。

雨辰开口说话了，她叫的第一声除妈妈之外就是叔叔。

雨辰把叔叔两字发音成"树树"，胡清风亲雨辰一口，仿佛自语，又像说给常娥听，他说：叔叔倒真希望成为那棵能为你们遮风避雨的大树呢。

常娥却避开他投过来的灼热的眸子。

第四章

　　蒲县城不大，人口也不多，机械厂有点事，瞬间满城风雨。三年前两位技术员胡清风和刘励的到来，一时成为蒲县谈资。人们争相猜测能否好事成真，不期半路飘来个丧偶独居的"嫦娥仙子"。

　　刘励自从常娥来到机械厂就没一天顺心过。她吃醋跟踪，经常为一点小事对工人发火。厂里再傻再笨的人都知道刘励喜欢胡清风。

　　胡清风将在刘励和常娥之间如何选择呢？他们三人的关系，在蒲县人心里，俨然已成现实版《早春二月》。开始有一帮小孩追着胡清风唱顺口溜："芙蓉芙蓉二月开，一个技师外乡来。两眼顾盼好风流，内有一副花心肠。左手想抱美嫦娥，右手还想牵师妹。"

　　电影中的萧涧秋是因为想帮助文嫂，才放弃和陶岚之间的爱情。现实中的胡清风却痴心地爱着常娥。他和刘励的关系远比人们的猜测简单。两人大学同学四年，再加几年同事，他对她从未产生过逾越界限的想法。

　　刘励却不同：她选择蒲县纯粹为她自以为是的"爱情"。从学校到单位，她把所有心思放胡清风身上，还经常以胡清风女友身份，去老家探望胡母。

　　胡母年事已高，她年纪轻轻离异，儿子是她的命根子。

刘励第一次登门拜访，手上拎两大袋从上海买来的营养滋补品。刘励不是美女，不要说走在上海被当成外地来的"小瘪三"，就连走在蒲县小城的青石板路上，也会被叫做"乡下丫头"。她其实五官端正并不难看，就是皮肤黑点身材矮点；还有人看出她眼里流露的光没那么温柔，硬了点等，这里缺一点那里缺一点，刘励的形象在公众眼里便大打折扣。因为她走出去代表的是大上海，蒲县人对乡下人横挑鼻子竖挑眼，对上海的一切却抱着毫无条件的崇拜和迷恋。所以说刘励是上海人，似乎是对上海的极大讽刺。

胡母也以为刘励是蒲县人，刘励并不戳穿，专挑胡母喜欢的话说，一来二去胡母有点离不开刘励了。长年独居的人最怕被打扰，因为，他们知道自己内心虚弱，看似固若金汤实际只需一点点糖衣炮弹，便分崩离析。

胡母的生活重心开始发生变化，天天倚门盼刘励，好不容易等到人来，又拉住对方的手不让走：快给我生个大胖孙子。胡母已经等不及，哪知刘励全是一厢情愿。最后一再盘问，才从断断续续抽抽噎噎的叙述中，知道儿子迷上了一个戏子，这戏子还是带着两孩子的寡妇。

胡母在撮合儿子和刘励的婚事上，聪明地套用了故事里用烂的小伎俩：先假装生病将儿子骗回老家，苦口婆心劝说无效，再来一哭二闹三上吊。这一招在孤儿寡母身上最管用。单亲家庭长大的儿子，对寡母唯命是从，不敢有半点违逆，更不用说眼睁睁看母亲一头撞死或一根白绫吊了脖子。其实心里也知道母亲作，未必真有这个狠心寻死。但无论是戏台上还是故事里，我们很少看到有儿子敢打这个赌，他们通常在母亲虚张声势寻死觅活之前，便急着冲卜前拦腰将老母抱住，然后在对方含泪颤声的逼问中，做出违心的选择。

胡清风就这么被母亲骗回家，被迫答应和常娥断绝一切来往。他嘴上答应，心里另有主张。又哪知他道高一尺胡母会魔高一丈？胡母要的不是口头答应，而是切切实实的实际行动。

他稀里糊涂地被母亲反锁进卧室，发觉一切都晚了——卧室张灯结彩，布置成新房模样，床上坐着他的同学加同事刘励。他吓了一大跳，亦步亦趋上前看，真是刘励。

对方一袭红色丝绒旗袍裙，大腿两边开着高叉，如此装束比平时更添几分性感。她在他目瞪口呆的直视里，像《红楼梦》中李代桃僵的薛宝钗，羞涩并略显不安地低下头。

胡清风那一刻心情难以用语言形容，这简直太荒唐了，什么年代啊？他难道穿越了？

真没料刘励在这件事上会成为母亲的同谋。印象中她话不很多，以为是个聪明人，明白他的心事不会死缠烂打。谁知她比那些死缠烂打的女人更绝，要玩就来真格的，而且独断独行毫不犹豫。

"不要脸"三个字到底还是顾忌她脸面没说出口。他仍心存一丝侥幸，以为能凭三寸不烂之舌，劝对方自动撤退。

刘励，你也是被我妈逼的，并不是真心要骗我，对吗？我们都是受过高等教育的人，知道爱情来不得半点勉强。如果我今天违心跟你结合，那是对你不负责任。你怎么来的怎么走。我们同学一场，我不想跟你撕破脸皮。今天，你走出我家门，明天我们还是同事。

同事？刘励冷笑一声说：谁稀罕做你同事？你口口声声说爱情来不得半点勉强，你有没有拿镜子照一照自己？知不知道大家在背后是怎么议论你的？连三岁小孩都拿顺口溜嘲笑你。你说，你又比我高尚多少？胡清风你清醒一下吧，她心里根本没有你——可是我的心，这么多年，你难道不知道？她声音哽咽了，一语勾起心酸，想起这些年一往情深的付出，越想越委屈，抽噎着，身体瑟瑟发抖。

胡清风最怕女人流眼泪，小时候几乎是被母亲的眼泪浸泡大的，长大了一见女人流泪，便会忍不住鼻腔酸楚。刘励的眼泪很快消融唇枪舌剑引起的紧张气氛。他从茶几上端过一杯胡母早准备在那里的饮料，喝两口，声音软和下来说：你的心我当然知道，也很感激，但是我……我……

别说了，只要你知道就好。刘励扑上去将他一把搂住，急切地说：如果我早一点跟你表白，在学校那会，我们去郊游，我脚崴了你背我那会，如果那时表白，你就会答应的？对吗？可那时我不敢。她懊恼地说着，眼泪再次滑落：是我太傻，我知道你对我不是没一点感情的。所以清风，原谅我在这件事上欺骗你。因为我知道，假如我不这样做，我会永远失去你，那还不如一刀杀了我。

刘励雨点般的吻落在他的眼睛、鼻子和唇上。胡清风躲闪着她的吻，用力推开她。刘励被他一推，似乎已不胜酒力，径直倒在大红床单上。只听"啪——"一声绸缎拉扯的声音，旗袍的两个扣子裂了，露出半截丰满的胸。

胡清风想夺门而逃，门已被母亲反锁住。他用力捶拍几下，大声叫母亲开门，叫了两声就觉头晕目眩，便停住手，反身靠着门背喘息。

室内突然安静了。胡清风不光头晕，还唇干舌燥，嘴里的喘息也越发急促。他再次从茶几上端过饮料，一饮而尽。喝完，非但没解渴，反觉浑身燥热难当。他动手解衣服纽扣，摇摇晃晃地走到床边。迷幻中，刘励缓缓升起的身体，变成常娥模样。常娥脸上挂满一颗颗眼泪，它们在黑暗中闪亮，诱惑着他炙热的双唇，去吸吮去亲吻。

胡清风在迷药的蛊惑中一步步跨入陷阱时，远在蒲县的常娥睡得也并不踏实，那个夜晚，她再次在梦中和丈夫相遇，他们亲吻了。一个熟悉的声音在耳边响起：常娥，对不起。

她猛然抬头，月光下清晰地浮动着胡清风的脸。丈夫呢？她慌乱地用手摸着嘴唇。这么说刚才是她和他亲吻？

他们亲吻了。他为什么要说对不起？

常娥在这声柔肠百转的叹息中睁开眼，心擂鼓般跳动，两颊发烫，嘴唇却滋润地半张，似乎仍在等待着什么。她将枕头抱在怀里，真是日有所思夜有所梦，胡清风离开蒲县不过两天，潜意识里已有她不愿正视的期盼和思念。

第五章

　　这已是胡清风回老家的第五天,还没半点音讯。隔夜,美辰在外面和小朋友打架,摔得鼻青眼肿,回家躲门背后捂着脸抽泣。常娥正在煤球炉子前烧菜,忙得满头是汗,听到开门声,用衣袖抹一下额头,头也不回地问:是美辰吗?快看一下妹妹,当心她摔跤。

　　蹒跚学步的小雨辰一个人蹲门口捡石子玩,听到妈妈声音,摇摇晃晃走向美辰,伸出一双小手,试图接住姐姐流下的泪,嘴里发出几声呢喃。常娥正低头尝咸淡,这是一顿颇为丰盛的红烧剥皮鱼,共有三条,是她一大清早排队买来的。以前只舍得买一条,让两个女儿吃,自己就用吃剩下的汁水泡饭。今天起个大早,又恰好碰上削价,咬咬牙买三条,想让孩子们吃个够。美辰正是长身体的阶段,最爱吃鱼,她三两筷一下,盘子里只剩骨头不见肉。

　　常娥端着刚出锅的鱼,似见女儿狼吞虎咽的吃相,开心地招呼:宝贝,快来,看妈妈给你们烧了什么。她一转身,见美辰用手捂着半边脸在哭,忙把鱼放桌上,问:怎么啦?哎,你的脸怎么啦?

　　美辰在母亲这声关切的问候中"哇"地哭出声,将憋住的所有委屈和疼痛发泄出来:妈妈,为什么我没有爸爸?我要爸爸。他们骂我,问我为什么没有爸爸,还说……说……叔叔是我的野爸爸。

常娥在美辰最后一句话中脸色变得十分难看。她咬了咬嘴唇，心痛地看着孩子青紫淤血的脸颊。美辰个性强，活泼好动。每次开开心心上学都会憋一肚子气回家，不是因为这个人一句话，就是和那个人发生肢体冲突。这次竟然把胡清风牵扯进来，由此可见，人家不定在背后怎么议论她和胡清风的关系呢。

雨辰见姐姐哭，张开双臂向妈妈求助，身体一个摇晃，一屁股跌坐水泥地上，雨辰蹬起小腿尖声哭叫。美辰见妹妹哭，也更卖力地哭。常娥抱起雨辰，再把美辰搂在怀里，心里的酸楚被勾起了。

三条剥皮鱼静静地躺在面前。这是她们幻想了许久的美餐，浓郁的香味和热气却在泪水中一点点飘散，逐渐冷却。

第二天，常娥强打精神上班，眼前不时晃动着美辰脸上的淤青，郁闷地想着应该去学校反映情况，或找家长沟通。她不善跟人打交道，可为了孩子……

她心里反复理论，正独自出神，眼皮下出现两颗用透明金纸包的喜糖。

常娥一抬头，正碰上孙师傅那对笑眯眯的眼睛。他把喜糖递给她说：这是胡清风的喜糖。孙师傅在"胡清风"三个字上加重语气。常娥茫然，既不拿喜糖也没任何表示。

听说胡清风这次回老家是和刘技术员结婚去了。孙师傅轻微叹口气，再次把糖给她：尝一颗吧，正宗的上海奶糖。甜着呢。

躺在孙师傅掌心的奶糖，一颗颗用金纸包裹。小时候她最爱吃的正是这种奶糖，吃完奶糖喜欢收集糖纸。她会把糖纸上的皱褶一点点抹平，然后蒙在眼睛上——透过朦胧的黄色，世界上很多冰冷的、没有生命的物体，仿佛也有了温度和触感。

她机械地拿起一颗，剥开糖纸，勉强笑着，一口囫囵吞了下去。她清晰地感觉奶糖卡在喉咙和胸腔之间的那股不畅和阻碍。

机器在快速运转，发出一阵阵单调沉闷的声音。一股机油味直入心肺,这味她早已习惯,这天却异常刺鼻,似要把五脏六腑搅翻一遍,让她涌起一阵阵恶心呕吐的感觉。

他……这么快就结婚了。

机器沉闷的转动声中,混合着来自心底失落的叹息。金纸上的皱褶已被她一点点抹平了。她应该替他高兴。她如此宽慰自己,试图振作精神,眼泪却不争气地蒙住眼眶。她用力吸了口气,甩了甩头,正准备将零件放刀头下打磨,托儿所的阿姨却在这个时候,抱着尖哭不止的雨辰,慌慌张张冲进来叫:常娥,常娥,雨辰从桌子上摔下来了。

常娥被阿姨这声叫慌了神,食指一歪,正中刀头——

孙师傅眼睛惊恐地瞪圆,嘴里一声狂叫,还没等常娥明白过来怎么回事,她已在瞬间被痛晕过去。

车间顿时一片混乱,有人尖叫:常娥,常娥手伤了,快送医院。孙师傅快速切断电源。不一会,整个工厂都知道了,里三层外三层将维修车间围得水泄不通。

让开,让开。医护室几位医生推一辆担架过来。紧跟担架后的是老于,他痛苦愤怒得几乎发疯,一看到孙师傅拍胸顿足叫嚷:要我在,决不会伤到她一根头发。你们这帮只会嚼舌根的家伙,该断手指的是你们,是你们。

常娥被抬上担架,迷迷糊糊的意识又有点清醒,竭力想从嘈杂的人声中辨别女儿的声音:雨辰……

她嘴唇吃力地翕动。四周全是人,她不知道发生了什么事。他们围着她干什么?朦朦胧胧,好像看清楚一张脸——胡清风,他终于回来了。

胡清风整个人看上去像生了场大病,从汽车站到工厂这段路,走走停停,似乎永无止境。街上尘土飞扬,他努力咽着口水,食道里似乎还残留着迷药的味道。常娥,常娥,你一定要听我解释。胡清风浑身一抖,好像突然又有了力气,急速向前走去。

厂门口停了一辆救护车，大家陷在一种极度惊慌的气氛中，七嘴八舌指指点点。胡清风瞟一眼救护车，身边一个工人冲过来问：胡技术员，你怎么才回来？

胡清风茫然地点一下头，继续往维修车间走。

常娥出工伤了。工人在他身后叫。

胡清风身体一晃，一把将他拽住问：你说什么？

工人朝救护车一指，说：常娥的手指——

救护车红灯闪烁，呼啸着驶出工厂。胡清风猛地甩开工人，追在救护车后面，大叫：常娥——

胡清风这声撕心裂肺的叫，在常娥即将坠入无边的黑暗之前，和黎月明的呼声合二为一：他回来了……他来带我离开这里了……

两行泪默默地顺着常娥的脸颊滑落，滑落。

第六章

　　常娥被紧急转往上海第六人民医院。手术室内一切准备就绪。医生从厂医手中接过药瓶，满怀期待地打开层层包裹的纱布，却惊见断指被浸泡在盐水中，厉声质问：谁？是谁让你们把手指浸在盐水里的？

　　常娥断掉的右手食指，事发后如果仅用干纱布包裹，二十四小时之内还有希望接上，却被厂里庸医好心帮倒忙，彻底毁掉这唯一的机会。

　　常娥成了"九指嫦娥"，那双纤细玲珑的手再也舞不出古典迷人的兰花指了。她出院即被二妈接回上海家中。在上海疗伤期间，断绝一切外界联系，只见了当时已调回东城机械厂的丁书记。

　　丁书记在蒲县对她照顾有加，得知她出工伤，非常痛惜，利用出差上海之便前去探望，对她说：还是回东城吧。

　　蒲县人最后一次看到常娥，是她工伤一年之后：原来束在工作帽里的那头青丝烫成长波浪，松散地顺着两颊蜿蜒而下；一条白底印兰花的上海旗袍，外搭灰色披肩，披肩长及腰部，正好把手遮住。

　　常娥以一袭摩登上海女装走进蒲县城内，站在那间她们母女仨短暂栖息的小屋门前，迟迟没有进去。邻居们从她身边来来往往，一时没把眼前穿旗袍、烫长波浪的女人，和穿蓝色工作服的常娥联系起来。

自常娥出事,两个孩子被外婆接到江县,这间小屋虽然空着,但经常有戏迷闻风而来。他们在窗口踮起脚尖朝里张望,似乎希望从室内的布置装饰,寻觅到一丝传说中有关嫦娥的影子。

常娥的出现,邻居以为又是哪个戏迷。爱管闲事的张阿姨,从她身边过去,再折回来,叹息一声。

常娥在这声叹息中,轻轻一抿嘴,推开一屋灰尘。张阿姨见她进门,想阻止,嘴巴张了张,蓦然醒悟,眼前的女人正是吃过她苤蓝的常娥,惊喜大叫:常娥?你是常娥?

很快,家门口被围得水泄不通。常娥脸色淡淡的,眼神飘渺,对来自左邻右舍的问候仅点一点头,说了两个字:"谢谢。"

人们在她关门的瞬间,不由自主地将目光投向那只残疾的右手。暴露在蒲县人视线中的那手,带一只神秘精致的黑色软羊皮手套。眼尖的张阿姨,在常娥离开蒲县的很长一段时间里,仍和邻居猜测,那根包裹在黑色羊皮手套里过于僵硬的食指,到底会是用什么材料做成的呢?

常娥离开蒲县重返东城那天,得知消息的胡清风匆匆赶到江边,只见到渡船上常娥的一个背影。

常娥——

常娥的背影微微一颤,她没有回头。

胡清风顺着码头追出数步,那个让他望眼欲穿的身影回来了,然而只留给他惊鸿一瞥。这次离去够彻底的,断了他一切念想。常娥,你怎么可以如此绝情?你难道不想听一听我的解释?我真的就没有机会了吗?

胡清风蹲在码头,怔怔盯着渡船离去的方向出神。一年不见,他胡子拉碴至少苍老十岁。没有常娥的生活如行尸走肉。每次提出离婚,胡母就以死相逼。母亲不近道理的威胁,刘励深藏不露的心机,如一股波涛汹涌的浑浊洪流,对他张开深不可测的大口,只要他一不小心,便会被吞噬淹没。

和刘励的婚姻在他清醒时形同虚设,但一男一女生活在一个屋檐下,稍一麻痹就让对方有机可乘。她像一条章鱼,专门在黑暗中伸展所有触须,趁他不备之时快速出击,吸吮他身体的精髓。

刘励怀孕了。刘励挺着六个月的身孕过来,对蹲在江边的丈夫说:你看看我肚子,孩子在动呢,是你的种。你如果真爱她,怎么可能让我怀孕?胡清风,你醒醒吧,你爱的只是这个女人的外表,其实,你真正离不开的人是我,是我。

你滚开。

胡清风厌恶地推她,毫不顾忌她怀孕的身体。他粗鲁的举动终于惹火刘励。一年多来,她强忍着钻心的妒忌和痛苦,忍受着他的冷淡或粗暴。婆婆说只要有孩子就好。没怀孕之前,她放下所有矜持或骄傲,抓住一切能够怀孕的机会。终于如愿以偿地怀上了他的孩子,那根绷紧的神经也随之松弛,以为他会看在她怀孕的分上,对她温柔些,谁知,这个女人一回来又把他的魂给勾走了。

胡清风,你听着,你不用这么讨厌我。如果你不在乎你妈的死活,你要离婚,你离。这个孩子你不要我也不稀罕。

离婚。母亲。

刘励一番气话却对胡清风敞开另一扇希望之窗。让母亲同意他们离婚?天方夜谭。胡清风再天真也不会去做这个无谓的尝试。那母亲不同意,就没其他办法?难道下半辈子注定要和刘励捆绑在一起?不,不不,他真正爱的女人是常娥。也许,从陪月明考剧团那天起就爱上了这个女孩。

只要一回想那蓦然心动的滋味,那蓦然回首时的惊喜和感动,便觉心情激荡,热泪盈眶。是的,他爱她,早在月明之前。

他要让她知道这份爱,他要大声地告诉她,他爱她。

他又想起年少时和月明对于爱情的遐想,月明曾嘲笑他在择偶上会听从母亲安排。月明，仿佛早有先见之明，预见他日后的身不由己。可是月明，我不会一错再错让你和常娥失望。我一定会努力争取属于我的幸福。

是，母亲给予我生命，她能左右我的命运，却左右不了我的心和灵魂——这两样最宝贵的东西，我只愿奉献给我的爱神，我的挚爱——常娥。

第七章

　　像在蒲县机械厂引起的轰动一样，常娥新调回的单位——东城机械厂，也以同样的热情和好奇，迎接着这位以前剧团的当家花旦。

　　机械厂计划成立一家化验室，主要用来化验白铁、热铁、生铁等成分是否达标。丁书记大胆启用常娥作为实验室创办人。这个决定瞬间引起很多质疑：让一个唱戏的做化验员？她搞得懂什么？真是开国际玩笑。

　　都以为丁书记开玩笑，连常娥也以为他开玩笑。她？去化验室？对一个毫无化学基础，连最基本的、决定铁硬度的五个元素都没概念的她来说，这不是玩笑是什么？

　　丁书记，这个从部队上退役下来的军人，刚毅的外表下其实有一副最细致最温柔的心肠，之所以费尽周折让常娥回东城机械厂，并让她在他能照顾到的地方工作，一是胡清风已结婚，他不希望常娥再卷入这场有始无终的三角情感中惹人非议；二，常娥工伤后身心遭受严重创伤，还能继续留在蒲县、每天面对那台沾染她鲜血的机器吗？所以，他替常娥在人生最关键的时刻，做出一个重要大胆的决定：调回东城，让她成为东城化验室的创办人；让她在不断汲取新知识中忘却不幸，重新振作精神。

我能吗？常娥问。

你能，我相信你能。丁书记说。

人世间还有什么比信任更有力的鞭策？常娥就此一头扎进化学实验和分析这个陌生的世界。她去其他单位学习，学习之余忙于筹备仪器。从一根试管两只玻璃瓶开始，慢慢地，化验室有了分析器、天秤、管式炉等其他仪器；半年后，实验室初具规模。

如今的她，一席白大褂，工人经过她身边会叫她"常师傅"，传到耳边的窃窃私语却是：她——真是那个唱戏的？

是啊，她还是那个只会唱戏的她吗？那双曾经倾倒无数戏迷的手，现在整天和试管玻璃瓶打交道。这样也好，这些仪器虽然外表冰冷，至少不会嫌弃她那根残疾食指的丑陋。某天，正专注盯着显微镜的她，思维渐渐偏离铁的断面组织，在不断延伸的镜头里，心蓦然抽痛。到底有多久没开嗓，没练功，没甩水袖了？

她情不自禁离开工作台，脱掉工作服，在室内舞动双手，舞着舞着，嘴巴一张，想唱，视线落在食指上——那里的空缺给了她重重一击。她呆怔片刻，又颓丧坐下。

常师傅。有个工人过来送样品。

常师傅三个字清晰地传进耳膜，提醒她的处境和身份。常师傅，她是常师傅，不是常娥。自此，她更加严格地要求自己，杜绝任何有关唱戏的非分之想。实验室渐渐走上正轨后，两个孩子也从江县接回身边了。

单位暂时没房子，孩子来了只能在实验室打地铺。雨辰正是活泼好动的年龄，实验室到处是试管玻璃瓶，一不小心就出状况。一天，常娥正在汇报工作，美辰吃力地拽着妹妹，哭哭啼啼跑进来叫：妈妈，妹妹手割破了。

雨辰右手食指被玻璃碎片割破，鲜血滴滴答答，染红了白衬衫。常娥惊恐地瞪着那根手指，生怕悲剧在女儿身上重演。这事件不久，母女俩终于在厂附近的北沿河街，拥有了一小间属于她们的白房子。

北沿河是东城老区下只角的一条街名。这里是城市的死角地带，毗邻化肥厂、机械厂、啤酒厂和洋钉厂。居民除一些小商小贩，大部分是来自这四家工厂的职工和家属。这里空气混浊，从工厂排出的废气污气还有毒气，无一例外汇聚上空。街上永远氤氲着一条烟状的雾霾。雾霾带给居民的不仅是不干净的空气质量，还有对人体有害的化学成分，所以那一带肺炎发病率远远超出其他居住区。人们习惯在开口骂人或招呼时先咳上几声，咳嗽声又似这条街喧闹的伴奏或副歌，哪天少了它，开骂的人不过瘾；讲玩笑或说荤话的人也心神不宁，东张西望地总觉得有点异样。

常娥家左邻是一对人近中年的裁缝夫妻，家里挂满布料和新做好的衣服。一台老掉牙的收音机，定时播放新闻和评书。夫妻俩膝下无子，安静本分，从不掺和邻里矛盾。裁缝家再过去是个"台湾婆"。台湾婆并不老，三十多岁，丈夫在外地工作，只身带五岁的女儿芬芳度日。她们不管走到哪，身后总有小孩扔石子。芬芳时刻像一只受惊的小鸟，在母亲的保护中，胆战心惊地露出半张苍白的小脸。

台湾婆家对面是掌管半条街水源的刘公公。这位原化肥厂退休职工，六十上下，孤身一人，其实是个女的，不知为何喜欢被叫"公公"。退休后的她，大部分时间坐镇门口，守着水龙头和一片红红绿绿的塑料桶塑料盆。两分钱一桶水。红色塑料桶用白石灰划好界限，一旦水超过界位，买水者必须自动把多余的水倒进绿色盆内，否则就是偷。台湾婆每次买水，都因心急慌忙出错，由此也获得更多骂名和石子。

常娥家右邻是一家小杂货铺。店主夫妻俩年轻时是洋钉厂职工，退休后靠做些小生意养家糊口。大女儿名叫香绣。香绣名字秀气，性格却叛逆，初中毕业就交男朋友，还跟着一块打群架，外面打完回来再挨母亲打。香绣妈打女儿时喜欢脱下脚底布鞋，高举在手，从北沿河这头追到另一头。母女俩一个闷头跑一个嗷嗷追,逮着了狠抽几下。香绣既不哭闹也不讨饶,只用手抱住头左躲右闪,得空再跑。刚开始还有邻居劝架,时间一长,人也都疲了,再听香绣妈杀猪似的号叫,只端着饭碗,懒洋洋地朝外面瞥一眼,说:香绣妈又抽风了。

常娥搬家那天先碰上台湾婆拎着水桶,在小孩和石子的追逐以及刘公公的粗声训斥中慌慌张张离去。台湾婆头垂得很低,一大绺头发从白毛巾下掉出来,遮住大半张脸,从她水桶里晃出的水湿了常娥的裤管。常娥倒退一步,不期正撞上从屋里追出来的香绣妈。

香绣妈眼睛有疾,右眼是在洋钉厂做工时出意外戳瞎的,她在街上横冲直撞都要别人让她。常娥初来乍到,还没摸清形势,就被结结实实撞了一记,香绣已从身边一阵风似的跑开。香绣妈把鞋子往地上狠狠一甩,头一仰,刚要骂,愣住了,那只没受伤的眼睛异常湿润炯亮,呆呆盯着常娥,缓不过神。

雨辰见妈妈被撞,放声大哭。美辰搂过妹妹,生气地瞪香绣妈一眼说:你眼瞎啦。

香绣妈一听,比吃补药还来劲,露出一口残缺不全的蛀牙,弯腰凑近美辰,伸手去摸她脸,美辰飞快闪开。美辰越生气她越高兴,哈哈笑着用手一指右眼说:你看,你说得一点没错,我真是眼瞎。说罢遮住那只瞎眼,再逗美辰说:不过这只眼是亮的,没瞎,能看清你妈是个大天仙,你呢——她又忍不住去摸美辰脸颊说:你是个小天仙。美辰这下没闪开,被摸了脸心里别扭,一个劲地用手擦脸,往母亲身后躲。

本来对香绣妈不再感兴趣的刘公公等邻居,因为常娥母女的出现来了精神。有些刚吃过饭的,顺手拿了根牙签,一边剔牙一边看热闹;有正吃饭的,端着饭碗就出来了。

另一户住常娥家后面,夫妻俩也都是洋钉厂职工。女主姓焦,长得牛高马大,酒量惊人,人称焦师傅,家里事事由她作主;男主则三拳打不出个闷屁。夫妻俩带三个儿子,大儿子叫大有,和香绣同年,成绩非常好，也是全家的骄傲；二儿子绰号大头；三儿子壁虎，腿有残疾。

这边美辰直往母亲身后躲，不期大头在后面，两人撞一起，美辰回头，见大头嘴角流口水，鼻子拖两条黄龙，正对她傻笑，吓得大叫一声。雨辰被姐姐的惊叫一吓，一个趔趄，跌到壁虎身上。姐妹俩在众人的拍手叫好中又哭又跳。有人对焦师傅起哄：哎呦，焦师傅，天上掉下两个美娇娇，看来你家傻儿有傻福呢。

香绣妈一听此话，用力"呸"了一声，再次脱下脚底布鞋，对调笑的邻居骂道：闭上你的乌鸦嘴。我告你们啊，今后这条街，只要有我在，谁想欺负这对玉娃娃，我和他没完。

焦师傅冷哼一声说：你这是动的哪门子膀胱气？噢，对了。她家儿子不傻，她家门前有棵梧桐树，等着招金凤凰呢。

我家儿子是不傻，但也就是包米秸子喂牲口，天生的粗料，哪招得来金凤凰？香绣妈反唇相讥说。

焦师傅和香绣妈这一对冤家，年轻时在洋钉厂就是死对头，争吵打架是家常便饭。香绣妈经常指着那只瞎眼说，罪魁祸首是焦师傅。那天，喜欢小偷小摸的焦师傅从工厂偷了块铁皮，藏破棉袄里准备带回家，不料被香绣妈逮个正着。焦师傅拼死抵赖，香绣妈不依不饶，两人很快纠缠一起，最后，焦师傅耍了个心眼，骗她说：你松手，我把铁皮给你。谁知香绣妈一松手，焦师傅将腿一伸，绊了香绣妈一脚。香绣妈毫无思想准备，一头栽下，右眼正中倒竖在地上的一根铁钉，从此，两家水火不容。只要焦师傅稍有动静，香绣妈决不善罢甘休。

我再说一遍，今后谁敢欺负——

香绣妈对焦师傅义正词严，话没训完，有人小声嘀咕说：三少爷来了。

三少爷三个字，使充满火药味的空气霎时凝固。众人个个敛声屏气，倒退数步，让出一条路来。

第八章

　　北沿河一带据说解放前是一位大资本家的私人财产。解放后财产充公，只留给资本家一间带庭院的四合院。四合院坐落沿河街正中位置，庭院前一条幽深逼仄的走廊，走廊终日静悄悄的，听不到一丝声音，也看不见一个人影。街上有些调皮的小孩，吵吵闹闹到这里，会踮起脚尖走路；胆大点的，朝门洞偷看一眼，赶紧捂住嘴巴跑开，跑出数十米远才敢吐下舌头说：我看见三少爷了，真的，不骗你，我真看见三少爷了。三少爷在打拳。

　　三少爷共有兄弟姐妹七人，四合院人丁兴旺时，每间屋住满人。后来，死了三个，走了两个，嫁了一个。也不知从哪天起，三少爷一梦醒来，发觉自己头发已经花白，仍孑然一身地守着祖上这点家产。

　　他就出生在四合院，童年记忆里全是有关北沿河最辉煌的篇章。那时，街前街后有高高的拱形围墙，墙上挂着"高宅"两个金光闪烁的大字。一般平头百姓到这里要绕道走，哪是随便什么人能进出的呢？三少爷上大学之前，私塾老师教他和几个兄妹琴棋书画。他们衣来伸手饭来张口，不用知道围墙外面的世界，直到出去读了大学，直到围墙倒塌，市民像潮水般占据北沿河，他才不得不感慨：世道变了，真的变了。

三少爷退休前是一家电机厂工程师,早上七点准时离家。他夏天一件干净白衬衫,冬天一袭黑呢大衣,一顶黑礼帽,手里夹一只方形的黑色公文包;白净的脸上戴一副上海老牌的吴良材眼镜,斯斯文文走出那条幽深逼仄的过道,走上北沿街时,充斥街道的喧闹和争吵会戛然而止。

常娥搬家这天,三少爷手里拄一根拐杖,迈着不紧不慢的步子走过来了。拐杖是他退休后的助手。拐杖敲击青石板路发出的笃笃声,似乎更具某种权威。它远远传来,也会让人心晃悠一下。

三少爷好。香绣妈搓了搓手招呼。香绣妈是这条街唯一敢和三少爷套近乎的人,一是性格使然,二是三少爷曾弯腰替她捡过一包掉地上的香烟。这包被三少爷捡起的香烟,至今供奉在杂货铺最亮眼处,没人敢动。

三少爷经过香绣妈时,视线落在常娥母女身上。他对常娥轻轻一点头,不等香绣妈介绍,穿过人群走了。

他是三少爷。

香绣妈对常娥介绍说,原来这里的整条街都是他家的。香绣妈这句开场白,调动了人们的议论欲望,大家七嘴八舌,争相把有关三少爷家的陈年家世翻个底朝天。

你们说三少爷睡过女人没?有人突然发出这么一个粗俗的假设。大家一阵哄笑,心里觉得这么议论是对三少爷的亵渎和不尊敬,嘴上却说得格外来劲。常娥在他们的调笑声中,带女儿走进属于她们的家。她前脚还没进屋,身后又传来一声惊天动地的呼叫:嫦娥——

还没等大家明白怎么回事,只见香绣妈推开众人,对常娥拼命用手指着自己那只瞎眼,涨红脸语无伦次地说:嫦娥,我记起来了,你是嫦娥。我这只眼睛没瞎前,跑后台找过你。我说,我也喜欢唱戏,哪怕一辈子给你唱丫鬟都开心。你记得吗?你还记得吗?

香绣妈是个戏迷。有次卖香烟,因为隔夜刚学一段戏文,唱得太投入，钱没收把烟给了人，懊悔得自抽两个大嘴巴，发誓再不唱戏。当然，她这种发誓等于放屁，一转身又自得其乐地哼唱起来，所以，香绣妈在北沿河一带除打女儿出名，还有她的"蛤蟆派"唱腔。

每次只要香绣妈一开嗓，焦师傅会对身边的人努嘴说：那只蛤蟆又叫了。大家听了都觉形象，因为，从她嘴里出来的戏，听起来的确像池塘里的癞蛤蟆，粗哑难听，一叫起来还没个完。

焦师傅和身边的人挤眉弄眼，一起过来看热闹。香绣妈见常娥神情淡淡没有反应，忙掏出块皱巴巴的红手绢，层层打开，里面几张同样皱巴巴的钞票和一张黑白小照。照片上是年轻的香绣妈：圆脸大眼睛，两根粗黑油亮的辫子垂落胸前。

你看，这是我右眼没瞎之前拍的，漂亮吧？你们剧团那个团长，我还记得他姓柳，他说我有前途——

香绣妈话没完，大家开始哄笑。

真的。香绣妈左眼睛瞪得又圆又亮，对常娥诅咒发誓道：柳团长真这么说，说我有前途，能演好小丑。

一听小丑两字，常娥也忍禁不住。只有身边的美辰没笑，她紧紧盯着香绣妈那只眨巴个不停的瞎眼，小鼻子皱了皱，脸上流露出厌烦的表情。

第九章

　　自从调进东城机械厂化验室，常娥每天一袭白大褂，埋首在试管和玻璃瓶之间忘了时间。那将近一年晨昏颠倒的日子，常娥专注的脑海被一连串化学名称填满，喜怒哀乐也被一个又一个实验的成败控制。以为自己这辈子就此脱胎换骨成化验室的常师傅了，然而，香绣妈的"蛤蟆腔"，很轻易地唤醒了沉睡心底的迷梦。

　　某天傍晚，常娥弯腰在煤球炉子前炒菜，情不自禁哼唱《嫦娥奔月》，等在身边做下手的美辰听得出神。常娥把菜装好盘子，递给她，她也不接，两眼放光地盯着常娥。

　　怎么啦？常娥问。

　　你接着唱，我喜欢听。美辰从母亲手里接过菜盘子，放在桌子上，转身回到常娥身边，向往道：妈，我想学唱戏。

　　常娥心里一动，仔细端详起女儿。美辰刚过十岁，一张小脸蛋眉清目秀，活脱脱一个花旦坯子。她想起自己的学艺经历，想起启蒙老师二妈。二妈和杨红卞都说她是一个天生的花旦坯子，不唱戏可惜了。

　　妈，你能教我唱《嫦娥奔月》吗？

　　常娥在美辰期待的目光中，冲动地说：跟我来，给你看一样东西。

　　好像为弥补这些年忽视女儿的缺憾，常娥从床底下拖出一只纸箱。

箱子用麻绳捆住，一道道打开，上面铺着厚厚的牛皮纸；再一层层翻开牛皮纸，一只标有上海朱古力夹心饼干的盒子映入眼帘。美辰以为是妈妈藏给她的私食，双手急不可耐地伸出去。

常娥一拍她小手，嗔道：就知道吃。

她小心翼翼地拂去灰尘，饼干盒子打开了，展现在美辰面前的不是她渴望的夹心饼干，而是一张又一张陈旧的照片。她一噘嘴，刚想跑开，视线落在一张照片上，眼里的失望顿时被惊愕替代。那是常娥出演《奔月》时的剧照，剧中的她比想象中的仙女还要美。美辰用手轻轻碰触"嫦娥"的眉毛、眼睛、鼻子，似乎想试一下，这到底是不是真的。

常娥被她逗笑，再找出一张，指着上面一个古装打扮的小女孩问：不认识她了？照片上的女孩头戴美丽珠花，面对镜头翘起兰花指，那双清澈的眼眸里全是向往和憧憬。

她？心中那个影影绰绰的形象活了。那年她被临时送上台充当群众演员。只记得舞台上的灯光灼热难当，她一动不敢动，好不容易熬到下场，已经尿湿裤子。这次舞台经验对她来说是一场噩梦一次羞辱，每次惊醒，都是尿裤子时又羞又慌的傻样。

常娥详细回忆当时演出的种种细节，讲她在舞台上可爱的模样，美辰听得出神，听得忘了时间。这以后，看照片听妈妈讲照片里的人和故事，成为美辰一天中最重要的日子，它远比学校的任何文体活动都有趣。从看照片，自然过渡到学唱戏。一个教得起劲另一个学得认真。

妈妈，你说我能成角儿吗？

美辰陶醉在母亲描述的鲜花和掌声中，把"角儿"两字咬得字正腔圆。常娥忍不住亲她一口说：角儿嘛，只要你想，当然能。不过，妈妈可不希望你是因为掌声和鲜花才想当角儿的。

门外传来香绣妈的叫声：常师傅，常师傅在家吗？

美辰眼里闪动不耐烦的光，阻止妈妈起身说：别理她，她难看死了。

香绣妈知道常娥身份后隔三差五要来学戏，都被美辰以各种借口挡在外面。香绣妈不死心，这天专门端一碗菜肉馄饨过来。

门"吱呀"一声打开，雨辰手里捏着一张常娥的剧照，兴高采烈地扑向香绣妈，把照片递给她，骄傲地说：我妈妈。

美辰却板着一张脸出来，抢走照片，吓唬雨辰说：什么时候偷走的照片？当心打断你的手。

小美辰，你就这么照顾你妹妹的啊？香绣妈笑呵呵地把馄饨送过去说：快和妹妹趁热吃，青菜肉馅。这肉啊，是我早上四点钟起来排队买的，鲜得直掉眉毛呐。说罢，扭头朝房里问：你妈不在家？

美辰一见馄饨，脸上表情便没那么凶了。常娥从房里出来了，雨辰忙扑过去告状说：妈妈，姐姐又馋人家东西。

我没有。美辰转向妹妹，举起手恐吓：你再瞎说，你再瞎说。姐妹俩尖叫着在屋里追打，不一会便大汗淋漓。香绣妈把馄饨放桌上，抱起雨辰，嘴里啧啧叹息：看，跑了这一头的汗。

香绣妈帮雨辰擦汗时，突然想起什么，径直走进里屋，盯着那堵糊满旧报纸的墙，不可思议地问：这里窗户还没给开哪？这个毒心肠的女人，我早说过，她那心就不是块血肉疙瘩。

住常娥屋后的焦师傅一家，当初分房时，因为家庭成分好，夫妻俩又是双职工，响当当的工人阶级，分到一套带小庭院的独立小屋。

据说最早时光，这些还是三少爷的家产，庭院种满了桂花和栀子花，一年四季有三季花开，香气四溢馥郁扑鼻。等这间庭院轮到焦师傅一家入住，院里的花树早没了，整体格局也遭破坏。焦师傅是个闲不住的人，手里抓一把洋钉转来转去，硬是和一家老小在院里整出一个铁皮杂货间。杂货间堆满从单位偷捡回来的破铜烂铁。常娥家唯一的一扇小窗，正对庭院，也被铁皮间堵死了。

常娥搬来之前，这屋先后住过三四个单身职工，都曾就开窗事件和焦师傅一家发生吵闹。闹到最后，焦师傅全家总动员齐上，骂阵的骂阵，负责守卫的守卫，再加大头在暗处扔石子打弹弓，小儿子"壁虎"也会出其不意抱住对方大腿乱咬一气。事情很快变成一出闹剧。一年年过去，窗户依然紧闭。

香绣妈被热得心急火燎，眼睛朝窗户方向使劲眨巴着说：这个毒心肠的女人。她没见你有两个孩子？这么大热天，小孩身子骨怎么受得了？看看把孩子捂得全是痱子。

她爱打不平的脾气上来了，伸手擦汗时摸到那只被铁钉戳瞎的眼，决定不再姑息养奸，新仇旧恨一起清算。哼，我今天倒要做回雷公公，震它一震，我还偏不信这个邪呢我。香绣妈说干就干，卷起衣袖，转身从家里找出一把斧子，腾腾腾出门。常娥见她拿斧子，追过去问：你干什么？你别冲动，好好说。

好好说个屁。香绣妈啐一口道：你不知道他们一家，都是属蚂蚱的，不按着不拉屎，必须采取强制手段。哼，跟他们只能来这个。香绣妈晃了晃手中的斧子，直奔焦师傅家去。

焦师傅正坐门前洗衣服，壁虎和大头在身边吹肥皂泡玩。见香绣妈杀气腾腾过来，焦师傅警觉地一皱眉，心里转念：这疤癞眼儿又跑来照镜子，自找什么难堪？

也即一转念功夫，香绣妈已直闯铁皮间，大刀阔斧一阵乱扫，等焦师傅一家回过神，各就各位准备迎战，铁皮间已摇摇欲坠，里面的破铜烂铁、煤球、旧报纸旧塑料瓶等垃圾噼噼啪啪全被扔了出来。香绣妈边扔边说：这些垃圾早该清理，你没空，我帮你，白干活不收钱。

你疯了。焦师傅大叫一声，准备扑上去，常娥追了过来。焦师傅瞬间明白导致香绣妈发疯的真正原因。她两眼血红地瞪着常娥，二话不说，从地上捡起一把煤球灰，用力朝常娥扔去，破口大骂：从你踏进北沿河第一天起，我就知道，你这坟地里的夜猫子不是什么好鸟。

你活该倒霉。你想知道你男人是怎么死的吗？是被你克死的。

美辰一见母亲受辱，冲到壁虎跟前，用力一脚，对准壁虎的手狠狠踩了下去。壁虎直着脖子号哭。大头盯着美辰那张被愤怒扭曲的小脸，那张脸，即便如此，也是他见过的最美的一张脸。他呆呆地瞪着，嘴里流出口水，忘了保护弟弟，更忘了去拿弹弓。

我踩死你。美辰狠狠地说，又是一脚下去。焦师傅见美辰欺负壁虎，怒不可遏，随即像一只狂怒的老鹰，张开双手，扑向美辰。美辰桀骜不驯，非但不跑，反越斗越勇，跟焦师傅玩起老鹰捉小鸡。她头一低，让焦师傅扑了个空。焦师傅气得咬牙切齿，狂叫乱骂：上梁不正下梁歪，你这个有人生没人养的野种。

闭嘴！

三少爷不知何时已站在围观人群中，对焦师傅呵斥。他声音不大，但有足够的威力。换作平时，焦师傅早噤若寒蝉。这天她真被气疯了，气得目中无人，气得把平时只敢想不敢说的话全倒出来了——

你有什么权力叫我闭嘴？现在是新中国，我们工人阶级当家作主。你这个大剥削家臭老九，滚一边去，这里没你说话的份。说罢，手一挥，差点打掉三少爷鼻梁上的眼镜。

你……你……

我怎么啦？

一看三少爷被气成这样，焦师傅双眼在三少爷和常娥脸上来回转个圈，干脆一不做二不休地叫：我倒要奉劝你一句，寡妇门前是非多。你别被这么一个女人，弄得晚节不保。

三少爷哪参与过这类争吵，气得再说不出一个字。香绣妈随即冲过来助阵：你这胳肢窝专门生疮的毒女人，你的心就不是肉长的。你咒谁呢？你害我瞎了一只眼还不死心？还想再闷死她们三个？你看看这两孩子，身上全是痱子。早叫你拆拆拆，你仗着你们家人多势众，硬是占着茅坑不拉屎……

常娥在香绣妈和焦师傅的对骂中,摇摇晃晃地退出人群。她独自站在街上,太阳照得她睁不开眼,耳边嗡嗡直响。她弯下腰大口大口喘气,额角上的汗粘着煤屑,顺脸颊流淌下来。

台湾婆正拎一桶水慌慌张张回家,见她这副模样,脚步迟疑片刻,放下水桶,从屋里拿一只碗,舀了半碗水,递给她。

清澈的水面上,倒映着那张淌满肮脏黑水的脸。这一道道污浊的水,自从丈夫去世,便不断有人在她心上泼洒,而今,堂而皇之泼到脸上。她四肢无力,胸口一阵阵抽搐。为什么?为什么总有人要拿她寡妇的身份去伤害她?伤害无辜的孩子?

先洗把脸。台湾婆轻声说。

常娥一仰脸,将水倒在脸上,眼里的泪随之"哗"地流了下来。

常娥——

耳边突然响起一声窒息般的低语。声音如此熟悉,仿佛来自灵魂深处的某个部分。

她又一次恍惚看到了月明,进入天国的人应该都是这么金光熠熠的吧?眼前站着的却是风尘仆仆的胡清风。

常娥,我离婚了。我自由了。我终于找到你了。

呼喊声越来越近,她的双手被一把抓住。随着这声喊,某种全新的、奇特的情感,也随之闯入心扉。她的泪再次汹涌而出。

第十章

　　1977年冬的第一场雪，在深夜、人们熟睡之际，一片，两片，天女散花似的，从深邃的苍穹，飘落进东城大街小巷。黑夜缓慢地在天地间移动，苍苍茫茫的夜色，因为雪花莽撞而温柔的探索，比以往少了份肃穆和沉寂，也尽情地舒展双臂，拥抱这久违的纯洁和神圣。

　　常娥和胡清风依依不舍地徘徊在这无尽的夜中。两人都不说话，偶尔朝对方温柔地瞥一眼。常娥仰起脸，视线追逐雪花的方向，似乎想看清它们到底从何而来，又将坠落何方。大部分雪花是盲目的，随风逐舞；有些飘飘悠悠，似乎在寻找方向，不期一头扎进带刺的灌木枝干上。那尖利的刺似直接戳进常娥肌肤，她浑身一哆嗦，更深地依偎进胡清风的怀抱。

　　五年了，每个星期的某天晚上，胡清风会裹挟着满身风尘，出现在她和孩子面前。来时口袋装一些让孩子惊喜的小零嘴，等孩子睡着后，他跟常娥告辞，去码头等第二天一早的轮船。他骗她说码头附近有朋友可以借宿，后来被发觉，原来他每次都是蜷缩在简陋的售票大厅过夜的。

　　从北沿河到码头这条小路，见证了他们短暂相聚的浓烈和临别的依恋。五年来，因为母亲，还有一些难以启齿的原因，不能给常娥婚姻，胡清风心中满是愧疚。这晚，轻柔的飞雪在身边舞蹈。雪花融进他们吻合的嘴唇里，那种带着清凉和温柔的触摸，使他们各自的身体，开始朝对方释放出柔和而强大的诱惑力。胡清风带着惭愧和内疚嗫嚅：我……也许永远给不了你婚姻。

常娥以为是他母亲反对他们在一起；从老人的角度看完全能理解的。

我不在乎。她将他的手放在心脏跳动的地方说：我只在乎你的心。是你的心让它又一次发出这么有力的跳动声。

雪越下越多。远处货轮靠岸时发出的鸣笛声，在这奇异的雪夜听来，像是给他们奏出的最动人的乐章。常娥陶醉地闭上眼睛，片刻后，轻笑一声，提议说：要不我去跟领导说说，把你也调来东城机械厂？

胡清风一怔：我？东城机械厂？

对呀。难道你不愿意跟我在一起？

没……胡清风支支吾吾地避开常娥的眼睛说：我……我是怕……

怕什么？

怕我妈起疑心。胡清风一阵慌乱，低头看了看手表，声音含糊道：轮船马上要来了。

一听轮船要来，这才发觉雪夜竟在不知不觉中溜走，东方已开始发白。雪停了，树枝上的积雪，在清晨第一缕白光的照耀下，反射出水晶样清冷的闪亮。短暂相聚之后又是别离，她的脸色忧郁起来

胡清风以为刚才的话让她起疑心，心虚愧疚地将她拥住，痛苦地问：你怎么啦？是我的话惹你不开心了吗？我……我……

我不希望你走。我要你再多停留一天。每次都这么匆匆忙忙的几个小时，连顿像样的饭菜都吃不好。我想去买几样小菜，让你尝一下我的手艺，可以吗？

这是他们交往以来，常娥对他提出的唯一的要求。胡清风纵有一千一万个顾虑和难言之隐，怎忍心拒绝？

轮船渡口附近有家新开张的照相馆，胡清风牵着她的手经过时，看着橱窗内一对对年轻情侣的照片，心蓦然一动，放慢脚步说：我们也去拍个合影吧。

那天常娥穿一件薄薄的花棉袄，棉袄裁剪得十分贴身，把她苗条的身体包裹得朴素动人。胡清风望着她的身影，在心里发誓：常娥，相信我，我一定不会让你失望。

两人拍完照，又去菜市场转了一圈。常娥准备为这次难得的午餐好好露一手。他们一前一后走进北沿河，街上正逐渐恢复白天的忙碌和嘈杂。台湾婆瑟缩着身子出来倒痰盂，匆匆瞥常娥一眼，再朝后面的胡清风张望片刻，闪身回屋了。

常娥眼眸闪亮，脸带一丝微笑，似乎对谁都微笑，却又谁都没看见。胡清风，胡清风，她反复吟诵这三个字，嘴里发出两声唱，身子轻盈地朝家走去。

家门前正徘徊着一位似曾相识的中年男子：他头戴一顶风雪帽，脸上架一副眼镜，手里拎一把二胡。他眼睛热烈地盯着她，可是很快，看到了后面的胡清风，眼里流露出令常娥熟悉的妒忌。

陶醉？常娥脱口叫：陶醉，真的是你？

在常娥兴奋惊愕的叫声中，陶醉脱掉风雪帽，再次满怀戒备地盯一眼胡清风。一时嗫嚅，不知道说什么好。常娥忙介绍说：他是……是月明的拜把子兄弟，也曾经是我同事。

同事，拜把子兄弟，似乎都和情侣无关。

胡清风激荡的心瞬间被堵了一下。他把东西放桌上就告辞出门了。常娥以为他是暂时回避，也没在意，谁知自那天起胡清风就此真的返回蒲县。多年后，她常回想起他们三人的相遇。她和清风——到底是有缘无分啊。

第十一章

　　陶醉当年离开东城，名义上是去找翠莺，实则为逃避常娥。十多年来他东游西荡，文革前从这个剧团跑到那个剧团，客串两天武生再做两天舞台灯光等杂活。他没找翠莺也不关心她的行踪，两人却在一家戏院不期而遇。翠莺已更名崔莺，发誓从此不唱老生。那天，她在《孟丽君》里客串一个小丫头，刚卸妆，乌黑的长发扎一条粉红绸丝巾，丝巾在右脑门处打个漂亮的蝴蝶结，把她的脸衬托得如出水芙蓉。她依偎在一个西装革履的上海小开怀里，出来时一眼瞥见陶醉。

　　陶醉。她叫他，手并没从小开臂弯里抽出来。陶醉无论如何没想到，眼前这个漂亮时髦的上海女人，是做了他几天老婆、还给他生了个儿子的假小子翠莺。两人虽没感情，分开也不想，但毕竟有过肌肤之亲，毕竟是他孩子的妈，是他法律上名正言顺的女人——而她竟如此堂而皇之地给他戴绿帽，叫他男性的尊严如何受得了？

　　翠莺见他吃醋，往上海男人怀里更紧地依偎过去，目光挑衅地望着他。陶醉二话不说，冲上前，一拳将小开打倒在地，抓住翠莺就跑。以为男人会追来报复，他不顾翠莺的尖叫和怒骂，拼命跑，跑得气喘吁吁，回头一望，哪有上海男人的身影？

　　这就是你喜欢的孬种？是不是？是不是？

陶醉把翠莺逼进墙角，翠莺上前一个耳光骂道：你死一边去。我的事不用你管。翠莺举起手再打，被陶醉一把握住，接下来，两人动作又回到最初状态，打着打着便不分彼此不知真假。

那晚，翠莺在陶醉宿舍留宿。分开多年再在一起，仍需以拳脚相加拉开交欢序幕，等真正进入状况，身上冲动已过。两人看着对方的傻样，知道是该结束他们这段错缘的时候了。

你心里只有常娥，我不想做她替身。孩子拜托你母亲好好照料，我这辈子不配做他娘，也无脸见他。这是翠莺留给他最后的话。

翠莺从他生命中绝迹后，另一个翠莺努力想成为的崔莺，并未凭借小开捧场拔得头筹，只从四五等丫头唱到三等而已，文革期间她也没能逃脱去工厂的命运。不过，脱胎换骨的崔莺，身上的女人味到三十岁才开始浓郁芬芳，听说，厂子里一位政工干部经不住诱惑，和她乱搞男女关系，结果被群众揭发，干部以生活作风腐化罪被判刑三年。

这个翠莺啊，如今终于等来机会，要在林县的红花越剧团挑头牌唱《鲁迅在广州》里的许广平。

陶醉想不到和常娥久别重逢，讲的竟全是关于翠莺的事。

许广平？她唱许广平？

是啊，没想到吧？十年动乱，毁了多少人才？现在剧团都在纷纷重建，百废待兴，需要人，太需要人了。常娥，这几年我一直在找你。你天生是为舞台生的，回去吧，舞台需要你。

印象中从没见陶醉这副说客的形象。他似乎仍不太擅长，在常娥略带惊愕又略带调笑的目光中，不时伸手扶一下鼻梁上的眼镜。

陶醉，这些年都去哪了？我以为你早跑美国去了。

我？瞎混呗。陶醉苦涩一笑说：美国？去美国应该是我们俩的旅程。我十岁那年答应过你，要带你去美国，怎么可以一个人走？我现在东城附近的红旗越剧团做舞台美术，已经跟我们团长推荐你。他以前也知道你。常娥，去我们团继续做你的嫦娥，好吗？

陶醉期待地凝视着她，仍不死心，仍希望两人的时光能回到从前：她演嫦娥，他为她调灯光，设计音响效果；可能的话，再客串一下白兔或武生。那样的时光多好，远离尘世的干扰，即使没有承诺，也能厮守也能相望。

我？常娥屏息地问，两眼放光。陶醉也不说话，拎起身边的二胡准备调弦。常娥再次惊愕地瞪着他问：二胡？你什么时候学的二胡？

这是我这十多年来唯一的收获，在农场挤牛奶时无师自通，自学的。当然不能跟专业的比，你听听，调对不对。说罢，拉起常娥熟悉的《奔月》。时光在音乐声中倒流，蓬荜顿时流光溢彩，常娥宛转蛾眉，轻声吟唱。

她轻盈地做出甩水袖的动作，甩完水袖，兰花指要从水袖里露出来了。常娥那双手如冰雕玉琢般精致，她轻轻一点兰花指，台下男人的骨头全酥了。陶醉是男人，而且是和她从小一块长大的男人。她的兰花指经常在他脑门似嗔似喜地那么一戳，心头便悄然泛起一阵涟漪。

如今，突然有什么东西残暴地打断了这一切美的联想，他日思夜想的兰花指呢？陶醉手里的琴弦"啪"地绷断，发出尖锐的、似要割裂人神经的噪音。常娥不知所措地停住，神情像舞台上突发故障时的迷惑，思维却仍停留戏里，直到陶醉苍白着脸站起来，浑身哆嗦着，将她的手一把抓住，才猛然回到现实。她有何资格再舞水袖？再翘兰花指？

陶醉捧住她残缺的手，号啕大哭：常娥，常娥。这一切都是为什么啊。

那天，他们边哭边喝，吃光了准备跟胡清风用来聚餐的所有酒菜。两人哭过后又笑。常娥把那只手高高举在摇晃的灯光下，问：你说，我还是嫦娥吗？是吗？

陶醉捂着脸再次痛哭。常娥冷笑一声问：你还想跟你团长推荐我吗？剧团再没人，他们也不会要一个残废去做主演。

残字使她的心一阵抽搐。她听着陶醉的哽咽声，哀怨地推他一把说：都是你，本来我生活得好好的，一门心思做我的化验员。你来干什么？干什么？第二个"干什么"一出口，眼泪不争气地流了下来。我这辈子和舞台的缘分就那么几年，你走吧，去找别的人吧。她把陶醉往门外推。陶醉也不坚持，被她推得步步后退，在常娥关门的瞬间，他说：常娥，你等着，我一定要让你远离工厂。哪怕不上舞台，也要让你做和戏曲有关的工作。你等着。我会回来找你的。

　　常娥流着泪把陶醉推出去，将门反锁，身子软软地倒在门后。没想到，和陶醉久别重逢，竟会在如此伤感郁闷的心情中结束。她哭了片刻，飞快跑回卧室，从床底下捧出那只饼干盒，一张张剧照看了又看。照片中的人和景都是模糊的。其实不用看，一幕幕场景早在心底生了根。想起文革初期，剧团停演，她每天坚持对着水缸练嗓，那时的她虽在形体上失去了舞台，心里却没有，而且坚信总有一天她会迎来属于她的艺术春天。

　　艺术春天。她再次审视那只残缺的手，如今，艺术的春天终于等来，却没她一席之地。这就是命，认命吧。

　　常娥强迫自己接受命运；被赶出门外的陶醉，已决定为常娥的第二次艺术生命寻找机会。他离开北沿河时，恰和美辰擦肩而过。美辰背着书包，在几个女孩的陪伴下，边走边唱着越剧——

　　我家有个小九妹，

　　聪明伶俐人敬佩，

　　描龙绣凤称能手，

　　琴棋书画件件会……

　　美辰的唱腔清柔婉转，她将兰花指翘在空中，比划着，太阳似在她的指尖跳跃旋转。陶醉出神地盯着那张酷似常娥的小脸，年少时的记忆再次闯入心头，眼泪蒙住了眼眶。

第十二章

美辰正处于升高中的关键时刻，心思却不在学习上，一心想唱戏。常娥支持她唱戏，但要先考戏校，把基本功打扎实。还有一个前提是不能影响读书，考上戏校之前，决不能因为唱戏荒废学业。

戏校？急于求成的美辰，恨不能立刻登台成角，哪有耐心等戏校招生？再说，越剧在她眼里，只要嗓子好，能模仿，能唱，会甩两甩水袖，翘个兰花指，走几下台步就成了的，进戏校纯属浪费时间。现在机会多好啊，到处在招人。美辰虽急于求成，也只好听凭母亲安排。假如不是跟她一块学戏的好朋友许屏，前两个月突然被剧团招走——

许屏当初喜欢唱越剧还是受她影响，之后天天缠着她。这次去考剧团，事先也不通知，只等考上才告诉。许屏说：美辰，现在机会太好了，到处在招人，我同时被两个剧团录取呢。

这个叛徒，还有脸来说。美辰恨得咬牙切齿，这以后，她也开始背着母亲，旷课逃课，踏上了考剧团之路。

母亲曾是东城名角，简历里记载着很多辉煌过去。在美辰眼里，母亲就是一个越剧界前辈人物，说出去应该谁都知道。她爱炫耀，开唱之前，总先提常娥大名，每次都被一声阴阳怪气的反问触一鼻子灰，嫦娥？在天上吧？问过后，对方还挤眉弄眼，再加一阵嘲讽轻笑。美辰心高气傲，哪受得了这番讽刺？所以，每次满怀期待去考剧团，还没开嗓就受一肚子气回来。

这天，美辰又对老师谎称家里有事，课上一半，背着书包急匆匆去了人民剧院，本来雨辰也吵闹着要去，走出两步，颇有顾虑地停住说：姐，马上要期中考试了……

美辰一眼看穿她心思，略带不悦道：那你回去复习吧，反正也不是你的事。雨辰仍然不走，踟蹰片刻说：姐，上次你同学，那个叫辣皮的跟我说，说你数学没及格——

雨辰偷偷睨一眼美辰。美辰无所谓道：这有什么大惊小怪的？我反正也不喜欢读书，不想考大学。

可是……

可是什么？你不陪我去也就罢了，别再浪费我时间。

可是辣皮说要你做好思想准备，说数学老师要对上次测验没及格的同学进行家访呢。当心点，别让妈知道。雨辰说完掉头跑回学校。美辰怔了片刻。妈妈两字使她有所顾忌，如果家访，让她知道自己数学考试挂红灯笼，还有旷课逃课——

美辰站在街中心，正犹豫不决，早年被香绣妈追着打骂的香绣，挺个大肚子回娘家来了。她远远见美辰，招手笑问：大明星，还没进剧团呢？

香绣随便一问，听来却极像讽刺，美辰飞快地瞪她一眼，朝人民剧院跑去。后台照例拥挤了很多想演戏的年轻女孩。团长姓范，头发掉得所剩无几，一见美辰，挥了挥手说她走错门了。美辰莫名其妙地说：我没走错，我来找您，我——

范团长接话说：我知道你来考剧团。不过呢……他上下打量一番美辰说：哎，我怎么觉得，觉得……

美辰满怀期待地凝视着他，以为他会说她像当年的常娥。谁知他却说：我觉得你进滑稽剧团似乎更合适。

滑稽剧团？美辰莫名其妙地问：去干什么？

演小丑啊。范团长的话刚完，身边爆发出一阵笑声。笑声中，范团长的头一颤一颤，没头发的部分一闪一闪，分外刺眼。

演小丑？

这个范秃头竟用小丑两字侮辱她，再联想起香绣妈也被说过适合演小丑。美辰瞬间像受了奇耻大辱，一头冲出剧院。她边跑边从口袋掏出小圆镜子，左照右看，怎么也无法把自己的脸和小丑联系起来。

哼，你说我只能演小丑，我偏要演花旦，而且成名成角，我会让你后悔的。

美辰气呼呼地想，这次考试经历，更加坚定她进剧团的决心，而且，越快越好。

一个月后，机会来了。翠莺所在的林县红花越剧团来东城演出，美辰照例盛装前往，照例用她的开场白介绍常娥，这次，团长有了反应，激动地对正在卸妆的翠莺叫：崔莺，崔莺，你娘家来人了。

就在美辰对崔莺演唱常娥当年的成名作《奔月》时，数学老师正在家访。数学老师对常娥说：去年一中有个三好生，德智体全面发展，临到中考，身体出问题，边考试边打吊滴，最后成绩出来只够进职业高中。你看看一中学生都有一落千丈的时候。你想想吧。数学老师焦虑地强调说：一个真正的好学生必须全面发展。如果美辰再不抓紧数理化，就目前成绩而言，想进戏校都难，因为，戏校也是要看文化分的呀。

数学老师前脚刚走，美辰神采飞扬地从人民剧院回来了。果然，只要她一开金口，没有不被录取的道理。那个女主崔莺当场拍板收她做徒弟，她恐怕以前还是妈妈的戏迷，盯着她问长问短，全是有关妈妈的事，临走神秘兮兮地叮嘱，不要对妈妈提她名字。真是怪事。

美辰一路陶醉在大功告成的喜悦中，还没进门，雨辰神色慌张地给她打小报告说数学家访了刚走，妈妈非常生气。美辰的心悠悠一荡，滑到嘴边准备报告给大家的好消息，被快速吞咽回去。

她在门口徘徊。怎么办？妈妈本来不赞成她考剧团，早有言在先说即使考上也不准她去。难道，放弃来之不易的机会，乖乖回学校补习数理化？还不如要她命。美辰从小独立，做事任性而为，不计后果。她对着太阳眯了眯眼，一个计划迅速在心里形成。

第十三章

美辰瞒着母亲，成功考入红花剧团，她也像当年常娥追随杨红玉一样，留了一张纸条，不辞而别。

以为进剧团即能登台，谁知入团不久，被推荐去戏校。早知横竖进戏校，又何必让妈妈伤心？一心想唱戏的美辰，对别人求之不得的学习机会毫不珍惜，几次求团长换人，翠莺说：美辰，你别再任性。你妈妈多骄傲一个人啊，为你进戏校的事，瞒着你来求我说情。我替你争取这个名额容易吗？

翠莺这番话，才让美辰知道了妈妈的良苦用心。戏校就在东城。美辰离家出走六个月后再次返回，发觉妈妈仿佛一下老了，头上飘出一两根白发。她心痛地拔去白发。常娥含泪欣慰道：好了，这下好了，你不用再瞒着妈妈去唱戏，妈妈支持你。有不懂不会的地方，妈妈教，只要肯学，不怕苦，凭你这嗓子这扮相，回到剧团，很快能登台演唱的。别急，千万别急，懂了？

美辰在戏校两年，常娥隔三差五探望，给女儿开小灶。两年后，美辰以优异成绩毕业返回红花剧团，常娥也在陶醉的撮合下被戏校挖去做了老师。

胡清风仍每隔一两个星期回一次东城，匆匆来匆匆去。两情缱绻时，胡清风会昏乱地低语：常娥，我们结婚吧。可他终究没有要和她结婚的实质性措施。月明说：一颗真正动了爱情的心，哪会轻言放弃？它一定带着破釜沉舟的勇气去争取，哪怕拼个你死我活。胡清风身上缺乏的正是这种破釜沉舟的勇气。当初被母亲骗回家，竟就此屈从，和一个自己不爱的女人同床共枕。如今又以母亲为借口不愿调回东城。这样的男人，真是她要坚守等候的吗？他骨子里某种优柔寡断的禀赋，使常娥隐隐感到失落。当然，这些情感上的缺憾，很快从工作中得以弥补。进戏校当老师虽然无法跟在剧团同日而语，但十多年被压抑的激情，能以另外一种方式呈现，也算不幸中的幸运了。

上世纪八十年代初的东城戏校设有昆曲、京剧、越剧、锡剧、扬剧五个戏曲表演班。能安心留校教书的，除以前几位老教师，还有就是像常娥那样在文革中受到各种不同程度摧残的演员。

戏校学生大致分两类：一批是从社会上公开招生来的，年龄十二三岁左右，普遍偏小；另一批直接来自剧团，属于定向培训，年龄则参差不齐。杨红玉当年领养的养女杨小玉，被所在红旗剧团送来戏校培训了。

杨小玉受家庭影响对唱戏情有独钟，小时候，也有一副百灵鸟般婉转的嗓子，姆妈还亲口说她能成角儿。到底从哪一天开始发觉声音不对劲了呢？杨小玉陪养父母去农场劳动期间，在杨红玉持续不断的咳嗽声中，回顾在东城越剧团度过的青葱岁月：年幼时常被养母差遣去买白粉，后来，养母不再吸了，她的手却控制不住，朝想象中的白粉那么轻轻一蘸，舌尖随之伸出，双唇贪婪而急切地吸吮住手指。这个神经性动作就此成为常态，到时间不那么来一下便焦躁不安。因此她从来不留指甲，指尖处的皮肤，被口水常年滋润得发白起皱；嗓子也变成了沙哑难听的公鸭嗓。这样一来，她在剧团的命运便和风流倜傥的小生无缘，只能客串一些"河伯"之类的反派男配角。

但杨小玉知道舞台上下的区别：舞台上她是小丑、恶霸或薄情寡义之徒；舞台下，即以最快速度还原女儿风情。卸妆后的她任由一头青丝垂及腰际，走路略带夸张地扭动臀部。那头乌黑油亮的直发，在臀部上活泼撩人地晃荡，把团里为数不多的几个男生晃得唇干舌燥。

陶醉在红旗剧团做舞美设计，这些年经历了文革和生活的双重动荡，他人如其名，越发离不开酒。反正光棍一个，工作做完，大部分时间捧个酒瓶，喝得天昏地暗，剧团美女看到他要绕道而行。有次，小玉从澡堂出来，一头湿漉漉的长发用毛巾包住，高高盘在脑后。他醉眼蒙眬，以为翠莺，走过去，连打两个饱嗝，一把拉住她说：老爷子来信了，要我带儿子去美国。他也是你儿子……

上世纪八十年代的中国，家里有"海外关系"的纷纷以各种渠道出国。陶醉酒后泄露父亲在美国，其他女孩尚未有反应之时，杨小玉已捷足先登。她一听美国就多了个心眼，好奇地问：美国？老爷子？

陶醉松开她，独自嘿嘿笑出两声，抬头望天，喃喃说：如果真去美国，也不是带儿子。我说过，我十岁那年就答应你，要带你去看美国的月亮。

陶醉这番痴语，小玉知道是一个害了多年相思的老光棍的火热表白，对象不是她，是常娥。换作平时，会认为奇耻大辱，但现在社会形势不同了，有了"海外关系"这层光环，他的不着调非但不成缺点，反变作气质，成了"范儿"。

她重新打量这个和她家有着千丝万缕关系的中年单身汉：他衣着邋遢，浑身酒味，一对浮肿的眼睑；眼皮似睁非睁，眼神似醒非醒。他还是那个不着调的他，她却蓦地升起一股想亲近的欲望，同时沾沾自喜地回味他刚才拉她手，说有关带儿子去美国的那番话。剧团那么多女演员，他偏拦住她说那番话……

她偷觑一眼陶醉，都说中老年单身汉一旦爱上，会像老房子着火，烧得没完没了。她仿佛已被想象中的火焰燎痛皮肤，退缩一步，又一咬牙，正当她准备带着为"海外关系"献身的冲动，勇敢迎火而上时，她却被送去戏校进修了。

第十四章

杨小玉去戏校报到那天，常娥正带领专科班女孩在练习形体。常娥依然那么漂亮，她腰肢柔软，好像没有经历过任何风吹雨打。

杨小玉一眼认出了当年的"常娥姐姐"，心里却满是怨恨和妒忌。那段下放的日子真是不堪回首啊，她小小年纪跟着一块受尽白眼和欺负。养父柳惠鸣劳改期间摔断一条腿，瘸了；养母杨红玉奄奄一息，废了；小妈黄鹂当初多要强的一个人，如今造化弄人，整天陪着一个瘸子一个废人。前段时间小妈得知红花剧团的头牌花旦竟是翠莺，亲自带剧本过去，一把鼻涕一把泪地哭诉他们在文革中的遭遇，哀求翠莺说：让我也来你们剧团吧。你看，我是带剧本来的，《救风尘》，还记得这个剧吗？这次你演见义勇为的赵盼儿，我还演风骚的宋引章，好不好？

就这样，小妈进入红花越剧团，但让她做翠莺配角，心情到底是不甘的。翠莺一直是大家眼里不争气的假小子，如今倒成了红花剧团的头牌，接下来的古装戏里还要唱崔莺莺、薛宝钗、严兰贞等闺阁旦。她黄鹂呢，这么多年没唱戏，身体已经发胖，嗓子也哑了，去红花剧团简直是自取其辱啊。

可这一切到底是谁的错？追根究底又要回到那封匿名信上，

它——才是把她和他们一家害惨的罪魁祸首。

小玉，知道我们为何会沦落到这般地步吗？本来你爸可以进文化局的，都是——

黄鹂曾发誓，哪怕挖地三尺也要揪出告发者。她在农场这段漫长灰暗的岁月里终于理清思路：匿名信对柳惠鸣脚踏两只船的腐化作风了如指掌。而那天——恰恰是常娥在宿舍撞见了他们风流苟合……

怀疑一旦开头，又有很多新假设，比如：黎月明不止一次流露要去文化局的愿望，但名额只有一个。会不会是这对夫妻利欲熏心，想进文化局，然后拿他们私生活作文章、写匿名信告发呢？黎月明那根笔杆子，写个揭发信还不是易如反掌？她越想这个可能性越大，就此把怀疑对象锁定常娥夫妇，隔三差五地咒骂。

杨小玉本来对常娥印象非常好，记得小时候还吃过她烧的红扁豆菜饭。那顿菜饭是杨小玉印象中最香的一顿大伙饭。扁豆的颜色那么鲜艳，在常娥姐姐雪白的手指间来回穿梭，把她看痴看呆了。常听姆妈讲湖里有一种鱼叫银鱼，来自一个叫孟姜女身上的细皮白肉。在她眼里，常娥姐姐的手指就是一条条晶莹雪白的银鱼——可不知从哪天开始，这些白嫩的银鱼身上翘起了硬刺，把最疼爱她的亲人伤得鲜血淋漓。

那天，她站在草地上发呆，师妹贾琴走过来，指着专科班的女孩问她说：小玉，不会让我们跟她们一块上课吧？那可太丢脸了。哎——她又指着常娥说：我看她年纪也不大，气质真好，哪个剧团的？走，找她问问去。

小玉甩开贾琴，眼里闪动一丝神经质的光说：她啊，就是我小妈嘴里说的那种头上插扇子、爱出风头的货。哼，她爱出风头，我偏让她变成铁匠铺里的料，挨敲打的货。看我的吧。

散布谣言，是杨小玉决定报复常娥的第一个手段。

常娥主带专科班，很少插手培训班。杨小玉进戏校数月，常娥一直蒙在鼓里，但有关她和黎月明在剧团的闲言碎语，却被一件件夸张变形，悄悄传播起来，成为师生们饭桌上的谈资。

俗话说：明枪易躲暗箭难防。流言，在常娥毫无防备之时，像一张网，从空中兜头而落。身边一些不明真相的教师开始疏远她；连平时对她赞赏有加校长书记，也流露戒备之色。某次上课，有位学员练习鹞子翻身，腰闪猛了，本来很正常的一起练功扭伤事件，硬被说成是常娥看不惯这位学员，耍心眼报复。一心专注教学的她，这才发觉不知从何时起，自己已四面楚歌。

暑假前，培训班学员将在礼堂举行一场汇报演出。因为后台服装道具等方面人手不够，常娥被临时抽去管理演出服装。

学员演出的大都是折子戏，有《祥林嫂》《红色种子》《梁祝》和《红楼梦》等片段，杨小玉将和贾琴合演《黄老虎抢亲》。演出当晚，观众席上坐着东城文化单位的一些领导，陶醉因与戏校王书记有患难之交，也被邀请前来观看。正在后台试穿衣服的贾琴，不时撩开幕布朝观众席张望，招手叫杨小玉：小玉，快来，你的酒神也在。

一听小玉，常娥觉得耳熟，眼前闪过小玉小时候的样子。她循声而望，见已经上装的杨小玉，扮成黄老虎模样，一脸霸气痞气，听贾琴叫酒神，手拎一件戏服横冲直撞过来，嘴里问：在哪呢？在哪呢？说话间，撞向常娥。常娥躲闪不及，身子被撞个趔趄。杨小玉只当没看见，手一松，戏服掉落在地。她脚踩戏服而去，高声问贾琴：我的酒神在哪呢？

贾琴说：就他？老得快做你大叔，还不死心，真想跟他去美国啊？小玉朝她"嘘"一声说：就你多嘴。举起手想打，贾琴提醒她说：别闹了，快去换装吧，马上轮到我们上场了。

杨小玉这才转身，指着地上的戏服，对常娥命令说：把我戏服捡起来。

贾琴吓一跳，悄声提醒说：你现在是杨小玉，还不是黄老虎呢。

杨小玉横她一眼说：我现在就是黄老虎。台上两分钟台下十年功，老师要我们认真琢磨角色，把角色带到生活中去，我哪点做错了？是吗老师？杨小玉专门对常娥加重语气问。贾琴掩嘴"扑哧"一笑，做了个礼让的动作。

常娥在杨小玉一声"是吗"中，认出了当年的小女孩。原来是她。这里面一定是有什么误会吧？她微微一笑说：请不要歪曲理解台下十年功的真正含义。去，把戏服捡起来，穿上，准备上台。她声音不大，但字字透露威严。

杨小玉眼皮快速朝上一翻，对聚在身边看热闹的同学说：真是笑话，我拣衣服？那要她来干什么？她不就是来给我们拣衣服叠衣服的？对吗？你们说对吗？

常娥举起双手说：是，我今天是来给你们准备服装的，隔夜，我专门剪好指甲，生怕不小心勾了缎面上的真丝。

她又微微一笑，从地上拣起戏服，心痛地拍了拍上面的灰尘说：多么漂亮的戏服啊，比我们那时的演出服漂亮多了，你们应该好好珍惜才对。你们来自各个剧团，已经有一定的演出经验，应该知道，戏比天大这个道理。作为一个演员，不管在什么时候什么情况，必须像农民爱惜粮食那样，爱惜你们的行头和服装。而且，每一场演出，都必须是最完美的呈现。只有这样才对得起那些观众。

她大步过去，撩开后台布景，指着台下黑压压的观众说：昨晚我经过剧场门口，看见卖票处人山人海。有观众带着铺盖行李通宵排队，就为买到一张你们演的戏票。而你们竟以如此轻率的态度对待演出，你们——对得起他们的热情付出吗？

常娥说到这里激动了，眼里闪烁着泪光。戏大于天，在她这样一个老演员眼里，演出不分场次，不分大小，只要一听到熟悉的音乐，一看见熟悉的舞台灯光和布景，就会以最神圣的心态投入到最神圣的演出中。可是他们，这些年轻学员，真是身在福中不知福。她的视线落到杨小玉身上，走过去，把戏服递给她，平静地问：小玉，你爸爸妈妈都好吗？他们也来看戏了？

她这句问话不光大家愕然，也让小玉措手不及。这么说她早知道她是谁？她可隐藏得真深。难怪黄鹂妈妈说她假清高，两面派，喜欢背后捅人刀子。你看，她刚才振振有词，把同学说得一愣一愣，好像真把舞台看得比天还大。哼，这种女人最恶心。你装，你再装，我偏要揭发。

杨小玉恼羞成怒，一把夺过戏服，再次扔地上，挑衅道：它漂亮吗？它神圣吗？既然它漂亮它神圣，你又怎忍心剪掉它们？你隔夜剪指甲的那把剪刀呢，为什么不带来，让大家见识一下你文革剪戏服的好手艺？

剪戏服？小玉胡言乱语什么？同学一听此话，困惑地窃窃私语。常娥脸色发白，也在瞬间明白了那些流言蜚语的来源。这个黄鹂，当初她把戏服改成旗袍，反在一个孩子面前瞎三话四，挑拨离间。

杨小玉一看常娥语塞，来劲了：就是她，文革期间，第一个拿起剪刀，把嫦娥奔月里的那套戏服剪了改做成旗袍。她还把头发烫成长波浪，勾引有妇之夫——

不许胡闹。

陶醉掀开帘子走进后台，高声呵斥。

第十五章

陶醉被调来戏校做武生指导了。戏校恢复招生后，师资力量严重缺乏，往往一个老师顶好几出空缺。陶醉本来对教学不感兴趣，但经不住戏校王书记"三顾茅庐"，再加王书记曾在文革中帮过他，算还一个人情吧。他以如此轻松随意的口吻，对常娥解释来戏校任教的初衷。

杨小玉则一厢情愿地把陶醉来戏校，当成一个老男人追求她的处心积虑，培训结束即动用关系，也留校任教了。两人曾同一个剧团，打打闹闹成家常便饭。陶醉又喜欢喝酒，酒后，对主动投怀的小玉，既不推拒也不迎合，就这么带三分酒话七分清醒，真真假假，雾里看花。

常娥有些吃惊小玉的单相思，这个世界恐怕没有比她更清楚陶醉。如果小玉爱上的仅仅是那层海外关系，这个愿望注定要落空的。杨小玉却不这么想，她觉得男女之间的关系，一旦有了质的飞跃，其他都不成问题。

那次服装事件后，杨小玉一心扑在陶醉身上，又嫉恨常娥和陶醉暧昧不清的过往，把常娥当成假想情敌，新仇旧恨一起上，继续寻衅滋事，还找人放话，让常娥远离陶醉，不然白刀子进红刀子出。这些小儿科的威胁当然吓不了常娥，但心结还需心药医，常娥决定主动找杨小玉谈心,杨小玉根本没心思听她解释:你们上一代的恩怨你们自己了去,但陶醉是我的,我警告你,别再跟他玩暧昧。

常娥和陶醉的关系不要说小玉妒忌,就是胡清风也妒忌。他无法忘记,正是这个一身酒气的"武生"冲撞了他和常娥的好事,无意中替代本应是他喝交杯酒的位置。

陶醉怎么也在戏校?他虽满腹疑问,又有何资格过问?他无法给自己心爱的女人一个完整的家,无法成为她名正言顺可以依靠的男人。这么多年,他定期出现在从蒲县到东城轮船码头上,天明来夜半去,是美辰和雨辰眼里的"胡叔叔",也是北沿河一带居民眼中心照不宣的"远房表弟"。有次,香绣妈莫名其妙地感叹一句说:她表弟,我看你真累啊。胡清风以为指"偷情",脸一热,正不知如何回答,香绣妈那只被烟熏黄的手指,自说自话地戳到他垂落额角的一缕白发,啧啧两声说:你才多大点年纪就长白头发?我还记得你第一次来时那个神气,用我外甥女的话叫帅呆了。

香绣妈一路笑着离去,摇头晃脑哼两句京戏:我家的表叔数不清……

胡清风听着香绣妈嘴里的戏文,仿佛第一次理解了常娥的处境,心里五味杂陈。这十年来,他对常娥撒了一个弥天大谎。一直以为自己有决心斩断乱麻,这一天却被无限推迟,他的激情也在一天天推迟中消耗。终于,他衰老了,时常感到精力不济,有时,等着轮渡就能睡着,被人推醒后,心底油然而生一种悲观。他喜欢长时间追随河水,朝水的尽头望去。极远处,河流白茫茫一片,和隐隐的水草相连。水草在风中起舞,以往曼妙柔媚的姿态变得十分张狂,好像妻子刘励生气时一头张牙舞爪、鬼气阴森的乱发。这就是他的宿命。他和常娥的幸福注定要被长期束缚在刘励那一堆乱发里。

很多次,他趁常娥熟睡之时起身,想就这么悄悄离去,不再复返。第二个星期一到又焦灼不安,匆匆来到渡口。

可是，常娥不再需要他了。

我们分手吧。这次见面，常娥送他到轮渡口，果断地推开他，神情冷静声音清晰地说：我们分手吧。胡清风首先想到陶醉，妒火中烧地问：是不是因为他？

谁？常娥茫然地问。

还能有谁？当然是那个能带你去美国看月亮的人了。

陶醉？你怀疑我和陶醉？常娥失望地苦笑：这么说，我这十年的付出，全是自作多情？

胡清风混乱了，不是陶醉，那是谁？为什么突然提出分手？难道……她知道了真相？这个可怕的假设如一道闪电，倏地从心头划过，却看到伫立在不远处、跟踪他而来的刘励母子。

胡清风以为噩梦，闭了闭眼再睁开，见儿子小天被刘励轻轻一推，朝他迟疑地迈动脚步。爸爸，小天胆怯地叫。他对这个父亲一直是胆怯加陌生的。

小天声音不大，胡清风听来却如炸雷，脑子嗡的一声被炸蒙。他呆怔原地，看着儿子朝他一点点走近。

爸爸，她是谁？

小天一头乌黑微卷的头发紧贴圆滚滚脑门，那一对总爱探询的眼眸，看什么都似带着少年老成的意味。他站在常娥和胡清风中间，仰起脸，一会望着胡清风，一会又望着常娥。

常娥出乎意料地镇静，她情不自禁地弯下腰，对小天伸过手去。

你想干什么？刘励冲过来一把推开她，快速将小天搂进怀里。母子俩紧紧依偎在一起，将敌视的目光射向她。常娥一眼认出刘励。时间，对相貌平庸的女人，在她们中老年这段岁月似乎格外开恩，放慢了辗转的痕迹。

常娥，我已经给了你们足够的岁月，现在请你放开他。你看他，头发过早花白了，背也驼了。你就高抬贵手，把他留给我们母子，让我们完整地拥有他几年，好吗？

刘励竭力使声音平静。其实，胡清风每次编造借口来东城，她都知道怎么回事。刚开始，妒忌使她发疯，她用头撞墙，用指甲抓自己皮肤，恨不能一步跨到东城，把这对狗男女逮个正着，让世人的口水将他们淹没。第一次，是孩子的哭声留住了脚步；第二次被婆婆拦住，婆婆以一个过来人点化道：你傻呀，他瞒着你悄悄去，说明心里还有你们母子。不像清风他父亲，那个挨千刀的陈世美，一门心思在他上海女人身上，为离婚，什么做不出来？杀我的心都有。所以孩子，别着急。让他去，总有他累的时候吧？

这一让就是十多年，年轻时抓心的嫉妒和痛苦，随着时间的流逝，也逐渐被脑子里某种无意识的愈合进程修复了。此刻站在常娥和胡清风面前的刘励，已是苦心修炼了多年的刘励。

现在轮到常娥震惊和慌乱了。她不明白刘励这些话到底什么意思。放开他？他不是早已离婚自由了吗？为何要她放开？

难道……他们并没离婚？清风骗了她？这是她最不愿正视的结果。

常娥第一次在刘励平静审判的目光中感到无地自容，感到羞耻。她真该死，怎么可以这样？怎么可以这样？不，不对，她亲眼见过那张离婚证。清风不会骗她，决不可能骗她。

她转过脸找胡清风，希望他申辩，还她清白。胡清风仿佛已经昏厥，牙齿打着战，一个字也吐不出来。

常娥努力咽回所有喷涌而出的责问。恍惚中，见刘励鼻子两侧深深的纹路荡漾起一丝得意的笑。这是她们两个情敌之间的第一次交锋，她不战自降，被轻而易举地打败了。

她多么希望胡清风能勇敢地站在她身边，保护她，替她辩护。他什么都没做，只沉浸在刘励母子突然出现的震惊中，忘了常娥的存在，忘了他的誓言，甚至忘了他的谎话。

常娥不知道自己是如何离开他们一家的。是，他们才是真正的一家。常娥离开时,胡清风身体一晃,似乎也想追随,被儿子用力抱住后,就不再移动。他目送她离去,眼里滑出两道清泪。

刘励一眼看穿他的心思,冷笑道:她早已走远。我们也该回去了。走吧。

刘励和小天一边一只胳膊拉他:走吧,爸爸,像个男子汉那样,别让我瞧不起你。小天扬起那张酷似刘励的脸,用一种老气横秋的语调说。

常娥一路走走停停,眼前闪现胡清风一家三口的身影,那身影像块烙铁,痛得她心脏衰竭。她本来已经提出分手,为什么不痛痛快快走掉?为什么要知道这丑陋的一切?

陶醉正好迎面过来,常娥对他流着泪问:为什么?为什么你们男人都不爱说真话?

陶醉一怔,最近一段时间,他的海外关系让他成为年轻女孩趋之若鹜的对象。他也总借三分酒醉,跟她们调调情,嘴上占点便宜。女人们开始为他争风吃醋,杨小玉最主动,好几次陪他喝酒,喝着喝着将一张香喷喷的脸依偎过来。前两天,她陪他在宿舍喝酒,喝了就躺沙发上睡一晚上。

一定是小玉出去乱说,风言风语传进常娥耳朵,让她生气了。她竟然生气吃醋了,这么说她心里是有他的。陶醉随之掀起一股惊喜,将常娥搂进怀里。两人相识近三十年,第一次依偎得这么亲密。陶醉这次真的醉了。这一刻,他等了三十年。

你走开。

常娥用力将他一推,流着泪叫:你走,别再让我瞧不起你。你这么做,把我当成什么啦?你,你真让我恶心。

常娥扶住墙角干呕两声,陶醉见她如此痛苦,再次冲上前抱住她,对天发誓说:常娥,你千万别当真,我那都是逢场作戏,我是故意做给你看的,就是想刺激你。我没料你会这么痛苦。早知道你这么痛苦,打死我也不拈花惹草。我爱你，我只爱你，我从十岁那年就爱上你了。我从没勇气当面向你表白，你在听我说吗？我爱你，爱你——

陶醉一低头，将常娥吻住。

常娥身体一僵，蓦地被陶醉嘴里的酒味激醒。她用力推，陶醉纹丝不动，他积攒了三十年的激情，正以毁灭一切的力量吞噬着她，吞噬了她所有的挣扎和呐喊。

常娥眼里流出两行泪来，接着，更多的泪汹涌而出。泪水顺着她的脸颊，蜿蜒进陶醉热吻的嘴里，他吓了一跳，忙松开她问：你怎么啦，怎么啦？

常娥将他推开，带着哭声叫：你离我远点。

第十六章

陶醉以最快速度和杨小玉结婚了。他们的婚礼常娥没去参加,独自在家喝酒。月下,她高高举着酒杯,想起李白的"举杯邀明月",苦涩一笑,对月亮仰起脸,心想:自己这辈子,恐怕注定是要孤独到老的。不过还好,有月亮,有自己的影子,也可效仿李白,在"无相亲"的情况下"对影成三人"。

如果说尘世是她暂时得以偷生的地方,广寒宫便是她灵魂永久的居所,她迟早要追随月明而去。想到这一点,身体轻飘飘地有了腾飞之感。她将酒一饮而尽,穿上戏服,在月下甩动水袖,边舞边唱:"我歌月徘徊,我舞影零乱。"第一次哼唱古典诗词,琢磨其中意境,竟也如痴如醉,如梦如幻,仿佛和月亮、自身的影子融为一体了。

门外响起敲门声。常娥置之不理,沉醉在诗词带给她的慰藉中,翩翩起舞。雨辰掀开被窝起身。床上一只手电筒,一本张恨水的《啼笑因缘》;书上搁一面拳头大的小圆镜子,镜上全是裂痕,照出的人影也有裂痕和变形。不过,爱美的女孩总有她的办法,右下角不是有块指甲大小的镜面完好无损吗?雨辰就借这一小块宝镜,把自己的五官拆开来揉过去,一个眼睛一个牙齿地照,直到满意为止。

妈,我好像听见有人敲门。雨辰边说话,边对着镜子努嘴唇,见母亲照唱不误，又将被子兜头盖住，打开手电筒，如痴如醉地看了起来。与其说看书，不如说看镜子里的自己。这本小说已不知看过多少遍，重要情节对话能倒背如流。看自己的过程，实际是和想象中那个"他"对话。她一遍遍回想樊家树和沈凤喜初次相遇的场景，那是在类似北沿河地带的下只角"天桥"。樊家树一见她，就被她的"清媚态度"吸引住，猜她是个"聪明女郎"。

"清媚"含清秀妩媚之意，这两点她黎雨辰也都具备啊。有次，她袅袅婷婷走在北沿河的碎石小街上，回味《黛玉悲秋》里的句子："孤孤单单的林姑娘，她在窗下暗心想，有谁知道女儿家这时候的心肠？"迎面过来一个戴眼镜男生，男生书卷气十足，气质和相貌不属于沿河街，也不属于他们那个中学。他是谁？她情不自禁停下脚步，回眸，那男生也恰好回眸，她心跳一阵异样。此后一整天，她都沉浸在快乐中，把回眸的瞬间颠来倒去在心里回放。

雨辰十六岁了，到了怀春的年龄。更何况，这个十六岁的高中女生，身材苗条，仔细端详，也是一张白净的脸皮，一头乌黑的头发，一双乌黑的眼睛，一个削尖的小下巴，到哪都惹来一大群男孩追逐。可惜，那些追逐她的男生全是她不屑一顾的"鼻涕虫"，她才懒得理他们。戴眼镜男生的出现，无疑是照进灰暗现实的一缕阳光，给她的青春岁月带去无穷的遐想和猜测。

雨辰一直生活在母亲和姐姐的保护伞下，貌似胆小听话，实则有她自己的判断和主意。她大部分时间是随和的，从不为一点鸡零狗碎的小便宜跟人起争执。吃亏是福，外婆这样说。可对于她根本不在乎的事情，又何来吃亏？那么，她到底在乎什么？这个问题，常娥和美辰从不费心思考。总以为她还是坐在蒲县门槛上捏泥巴的小女孩；总以为她在自己眼皮下乖着呢，从不逾矩；总以为还有另外一个十六年，等着雨辰慢慢生长。

妈——

这次是门外的美辰在叫,声音中透露着不耐烦。雨辰再次掀开被窝,一骨碌起身,动作干净利落地藏好书和手电,脸蛋红扑扑地叫:妈,是姐回来了。我去开门。雨辰蹦蹦跳跳跑去开门,仍在回味樊家树的缠绵情话,一句句都像是对她说的,嘴里情不自禁地哼唱着《四季相思》。

雨辰歌喉甜润缠绵,这么好的嗓子条件,却天生排斥越剧。小时候美辰跟录音机勤学苦练,雨辰在一边做作业,嘴里含着粽子糖,眼皮都不爱抬一下。好几次,美辰求她道:雨辰,你嗓子那么好,不唱可惜了。唱一个,快唱一个。雨辰听此,把嘴里的粽子糖吐手绢里,小心翼翼地包好,起身唱了。唱的却不是戏,而是周旋、邓丽君的歌曲。她学着邓丽君腰一扭,手指一戳,用半是嗔半是恼的神情唱"路边的野花,你不要采","采"字尾音咬得过于夸张,美辰和常娥被逗笑了。

常娥听着《四季相思》,不知为何,想起那个"采"调,心里咯噔一跳,好像一夜间,发现女儿长大了。她的小雨辰,再也不是任由她摆布的小雨辰。她知道走路扭屁股,知道对妈妈和姐姐提出考戏校的建议说"不"。

老土,我才不要唱戏。她也到了美辰当年考剧团的年龄,却对此嗤之以鼻。那你要做什么?常娥问。

我?干什么?雨辰支吾半天,红着脸说:我……我就想……

想什么?常娥期待地问。

就想找个好丈夫。雨辰一鼓作气道,常娥又是惊讶又是好笑。这个被宠爱的小女儿,一天到晚,脑袋瓜里到底在想什么呀?这件事常娥只当笑话,并没太在意,对这个生下来就没父爱的女儿,常娥给自己太多溺爱她的理由。

雨辰跑过去开门,常娥目光留恋地凝视着窗外的明月,像与丈夫对视,轻声说:月明,我们的小女儿雨辰已经十六岁了。最近一天到晚读书,眼睛都近视了。不过,你不用着急,是假性的,150度,度数也不深。上次去眼镜店给她配眼镜,她单挑老式的那种玳瑁边框,你说年轻女孩谁戴这个?她偏不听……

妈,快来看,姐带男朋友回来了。

别瞎说,是朋友,不是男朋友。

美辰烫一头长波浪,穿一条红色喇叭裤,嘴里嚼着泡泡糖,身边站一个颇有文艺范的长发青年。她旋即张开双臂,将妹妹搂住,用力亲她一口,还像小时候一样,把这个"跟屁虫"在朋友间当"宝贝"展示,问青年:我妹妹漂亮吧?雨辰躲闪不及,红着脸,别扭地用手擦脸上的口水,偷觑一眼青年。

青年手抱一把吉他,不时拨两下琴弦,发出几声清音,又低头和美辰耳语几句,颇含深意地瞟一眼雨辰。雨辰被盯得不好意思,嘴里叫着妈,一扭身,飞快跑进屋,不期和正走出来的常娥撞个满怀。

快睡觉去,明天一早还要上学呢。常娥轻声呵斥,即以最快速度恢复常态,迎接久别重逢的大女儿和她朋友。

妈,饿死了,有什么东西吃吗?美辰一见母亲,也不介绍青年,做出一副又累又饿的表情,一屁股瘫在椅子上,喘了口气说:我们马上得走,明天沙县三场演出,要去汽车站搭头班车,不然来不及了。

三场演出?怎么一天有三场演出?

美辰支吾起来,把母亲拉到一边,从口袋掏出一卷钞票。

哪来这么多钱?常娥吃惊地问。

美辰"扑哧"一声笑道:妈,看把你吓得。就这点钱算多啊?他,美辰用手指了指青年,悄声报告说:我这点只够他零头。他是我们团的主唱,唱摇滚的,嗨翻全场。

摇滚?常娥心一沉,最近社会上悄然刮起一股"走穴"潮,大批年轻歌手相继加入走穴行列。有些戏曲演员,凭借一副好嗓子,转唱流行歌曲。这股风不知何时刮进校园,常娥带的专科班学员年龄偏小,受影响程度相对较小;培训班学员正值青春,人心浮躁。她们把省吃俭用下来的钱买录音机、盒带,一遍遍跟唱,模仿港台歌星。上次开会,杨小玉诉苦说班上十几位学员,已经跑掉一半。因为在外面一个月挣的钱比在剧团唱一年都多。剧团很多唱戏的不再安心唱戏,改唱流行歌曲,还有改拍电影的。反正,年轻女孩没谁能拒绝这种挣钱快出名快的旁门左道,说完,似带某种暗示地睨她一眼。那一眼,让常娥胸口堵了一下,果然,散会后,陶醉过来提醒她说:听翠莺讲,美辰对唱戏不像以前那么专注了。经常隔三差五请假,说家有急事。一走一个星期,最长一走一个月。大家心知肚明,知道她"走穴",也不戳穿,就等她把谎再撒大一点,一脚踹开。常娥啊,市场经济的力量如洪水猛兽,年轻人阻挡不了,但你要给她敲下警钟,让她收收心,别去那鱼龙混杂的地方……

陶醉这番话常娥似信非信,知女莫如母,美辰从小胆大叛逆,敢想敢做。想当年,为考剧团吃那么多苦,终于如愿以偿唱上青年主角,怎可能为钱去学唱她根本不擅长或不屑的流行歌曲?美辰也在电话里坚决否认,说团里的人给她穿小鞋故意造谣。可现在,她,摇滚歌手,他们的一天三场演出,什么意思?

妈。

说,到底怎么回事?

我……我们……

美辰不敢与母亲对视,低头盯着钱嘟哝。她知道,再充足的理由在母亲这边都不是理由。

姐,你不会也去唱歌了吧?雨辰从房里探出半个脑袋,大眼睛在摇滚青年和姐姐的脸上忽闪片刻,恍然醒悟道。

你闭嘴。美辰凶神恶煞地瞪妹妹一眼。

常娥的心一下跌入低谷,这是她最不愿正视的现实。美辰见母亲不说话,再次鼓足勇气把钱递过去:妈,这些钱你拿着。常娥将手一挥,气得说不出话来。心里只回旋着一个声音:美辰不再演戏,不再演戏了。

她，本是她梦想的延续，是她希望的寄托。戏校毕业，送她回红花剧团，以为女儿终于找到生命的支点，从此，可以将那股与生俱来的崇拜和热情全身心融入，好好演戏，让"角色"在一次又一次的新生命中突破禁锢，就像她演的《嫦娥奔月》里的嫦娥、《泪洒相思地》中的王怜娟一样，成为观众心目中的经典和永恒。

室内空气凝滞，摇滚青年弯腰捡起钞票，用手指轻轻一弹票面，试图对常娥解释：阿姨，唱歌也是艺术，观众对我们很狂热的。哪天你去看场演唱会，就知道歌声的魅力，我们——

常娥冷笑一声：艺术？对你而言，也许是，但不是美辰应该追求的。

妈，其实，开始受你影响我也排斥其他艺术。我总觉得，只要把戏唱好就行。可剧团里那些人，他们，他们容得下我吗？美辰终于倒出心底委屈说：尤其是黄鹂，杨小玉在戏校对你耍阴招；她那个小妈，就在团里跟我唱对台戏，得了便宜还卖乖，到处煽风点火，说你和爸的坏话。妈，我恨她。我讨厌待在那里。我不相信，除了红花剧团，这社会就没有我黎美辰的容身之地。

你说什么？黄鹂也去了红花剧团？你为什么不早说？是不是翠莺帮她进去的？

常娥太了解黄鹂了。这个女人习惯信口雌黄，唯恐天下不乱。有她在，美辰怎可能安心唱戏？

美辰见母亲态度缓和，接着做思想工作说：妈，你放心吧。我有我的奋斗目标。你刚才说对了，唱歌它的确不是我追求的艺术目标，我——

她激动地凑过脸，附在常娥耳边，眼睛熠熠闪着光说：我想拍电影，想做电影明星。

第十七章

美辰做着她的明星梦时,雨辰终于在十八岁那年,遇见了她的真命天子阮晓树。阮晓树喜欢弹吉他,那时候喜欢弹吉他的男孩都有一头长发,阮晓树却没有。阮晓树理平头,戴副眼镜,不弹琴时书卷气十足;弹起琴来摇头晃脑,完全变了个人。他的嗓音有点沙哑,唱歌并不好听。女孩一听他唱,会皱眉,嘲笑他乌鸦叫,还悄悄给他起了个绰号"乌鸦树"。正是这个"乌鸦树"在雨辰心目中成了"樊家树"和"摇滚青年"的复合体,举手投足给她带去无限联想。

阮晓树是北沿河三少爷家的远方表亲,家境富裕,父母都是工程师,两年前曾随父母来探望过三少爷。他接近雨辰,亮出他名符其实的"小少爷"身份:我见过你,忘了?你真忘了?他颇觉失望地提醒说:那天我去我表舅家,我们在街上见过。我们擦肩而过,你回头,我也回头,忘了?

那天,她怎么会忘呢?那天的北沿河街,因为有他的出现,有他的回眸,角角落落像涂了层蜜,恨不得凑过嘴去,亲上一口。然少女的心思又是最变化多端的,知道意中人在眼前,偏要搭点架子,装作无所谓,眼睛眉梢荡漾的又全是掩藏不住的喜悦。这份快乐,连母亲都觉得有点异样,这个傻小子仍在为被冷落而发愁。

雨辰晚上夜自修回家，独自走近北沿河，见阮晓树手捧吉他，坐在高高的桥墩上。桥上一轮明月，又圆又亮，挂在天幕，他仿佛也成这幅画中的一部分。知道他在等她，她的心擂鼓般跳动，脑子里急切搜寻《啼笑姻缘》里两个情侣初见时的开场白，又觉不妥，那是旧社会的一套。他们现在是改革开放的年代，应该更浪漫更有情调。那么琼瑶阿姨的小说怎么样？她最近迷上港台言情和武侠，书包里除正常课本，还有《几度夕阳红》和《我是一片云》等。到底该模仿细致柔和的"丁晓彤"？还是任性活泼的"段宛露"？黎雨辰一时犹豫，桥头吉他声已在夜空中轻柔地荡漾开来。

动了感情的阮晓树，对自己心仪的女生弹起《爱的罗曼史》。优美的旋律在夜幕中缓缓流淌，一股柔和浪漫的气息弥漫四周。雨辰脑袋一片空白，所有假设的场景和对白，被琴声催眠了。她像个傻子，一动不动地伫立，听他弹琴，听来自他心底的表白。这下，轮到他骄傲了。像不知道她在眼前，他弹得如痴如醉，灵魂出窍；只偶尔，将一双烫人的目光，火焰般伸出一小簇火舌。她似被这火舌吻住，眼睛猛地闭上，心头一阵紧缩，脚步前进两步。对方急促的呼吸清晰可闻，吉他仍在弹，已不成调。终于，他腾身而起；她却在他动作前，心慌意乱地跑开了。

这以后，两人开始偷递情书。当其他同学为迎战高考殚思竭虑，他们则巧妙地拿高考做挡箭牌，躲在自己的角落奋笔疾书。一个用原创歌词抒发对爱的渴望和对恋人的赞美；另一个则从各种情爱小说里抄录经典表白。这样用情话朝对方轰炸过一段时间，便迎来了高考。他们参加考试，纯为走过场，为给父母和学校一个交代，结果自然不言而喻。两人双双名落孙山，被附近一家搪瓷厂招进去做学徒工。

报到第一天，他们提前半小时进厂。这工厂小时候经常来捡旧瓶子，雨辰对此熟门熟路。她一声不吭，悄悄把阮晓树领到一间废弃的仓库附近，腰身轻盈一扭，不知怎么就落进对方怀抱。他们都是初恋，没有经验,闭着眼在对方脸上啁来啁去。两个年轻火热的身体第一次亲密拥抱,只知道用力搂对方。

他们被分去车间洗瓶子,坐在一群高考落榜者中间,其他个个像被霜打了的茄子,只有他们,表面默不作声,私底下不放过任何一个能让身体接触的机会,哪怕小小地那么碰撞一下,也是甜蜜。一天,两人在洗瓶子,趁其他人不注意,双手在水底悄悄地摸到一块,以为缠绕片刻即能快速分开,阮晓树却不松手,雨辰用力往回抽,他还是抓住她手不放。雨辰假装恼怒地抬头,刚要瞪眼睛,被他眼底灼热的情欲击中。

雨辰起身时双腿打战,他们一声不吭,同时请假上厕所,走出车间立刻加快脚步去了老地方。他不给她任何抵抗的机会,把她直接带进仓库。仓库里堆满破瓶子,没有任何插脚的地方,那天阮晓树却像变魔术般腾出一小块空间,地上还铺了张旧塑料纸。

雨辰根本无暇寻思这一小片空地和塑料纸如何从天而降,就被阮晓树压倒。两人发疯地吻过一阵,阮晓树的手伸进她毛衣,他们都吓了一跳,身体一僵,随之掠过一阵从未体验过的骨酥体软的快感。如果不是仓库外突然传来咳嗽声,他们的第一次恐怕要在那张肮脏的塑料纸上完成。那声咳嗽不知是谁发出的,反正他们被吓着了,没敢轻举妄动。以后也不敢溜去仓库,便把约会地点改在了公园和电影院。

第一次去公园,第一次在光天化日之下约会,似乎假山后、树丛里到处是一双双窥伺的眼睛。两人手刚接触,身前身后传来咳嗽声吐痰声,吓得雨辰赶紧离开。他们已是一对亲密恋人,恨不能抓紧每分每秒钟亲热,如今,眼巴巴看对方近在眼前,可望不可及,心里的焦躁沸腾到极点。

我们去看电影吧,阮晓树提议。新华电影院正在放映《少年犯》,售票处排着长龙,大都是学生。两人站末尾,跟随队伍缓缓蠕动。《少年犯》并不是雨辰感兴趣的电影,她有点打退堂鼓。自从和阮晓树好上，经常以加班为由晚回家，已多久没和妈一起吃晚饭了？面对《少年犯》巨幅广告，雨辰心里没来由地一阵慌乱，她可一直是妈妈的乖乖女啊。假如让妈知道，她在高考这么重要的人生阶段，即假借复习之名和阮晓树约会……

雨辰不敢往下深想，自姐姐美辰走穴唱歌，妈妈的话少了许多，她把更多的时间和精力投入在培养学生上。学生中有个女孩叫袁小菲，十四岁，扮相美嗓子好，尤其难得的是，她对唱戏的痴迷和不怕苦。妈妈教了这几年戏校，总算挖到一棵好苗子，多少能弥补姐姐半途而废的遗憾。所以，再听有人问起美辰，她就说：女孩子人大心也大。我也想穿了，只要她开心，由她折腾去吧。说到"开心"两字，雨辰明显感到妈妈话里的失落和担忧。姐姐走穴后，回家次数越来越少。每次打电话，也是匆匆几句话，电话背景嘈杂混乱，真不知跟哪些人混在一起。

唉，只要她洁身自爱、平安就好。妈妈接完电话，会这么忧心忡忡地自语。

雨辰想起妈妈的话，情不自禁叹了口气，眼睛在人流中东张西望，这一望，见电影院对面的马路上，浩浩荡荡过来一行自行车队，全是装扮各异的俊哥美女，美女一律坐后座，手里提着服装道具等东西。

那些人干什么的？演员吧？真漂亮。在人群的议论声中，其中一位长波浪美女潇洒回头，飞快睨一眼《少年犯》广告画。她——竟是美辰。

姐姐？雨辰使劲闭了闭眼，再睁开，车队已开过电影院。雨辰骑上自行车就追。正排队的阮晓树见她离去，不知发生什么事情，大叫两声，也骑上自行车追赶雨辰。

雨辰尾随美辰一行，穿街走巷，来到一间废弃的旧楼房前。楼房原是茶楼，因年久失修一直空着，后来听说茶楼半夜闹鬼，把一对外地来的流浪情侣吓得慌不择路，双双跳楼身亡。从此，这幢楼在人们眼里成了阴森恐怖的鬼楼,没人敢靠近半步。雨辰小时候听人讲鬼怪故事的场景大都从这鬼楼开始。

雨辰远远见美辰他们进了"鬼楼",目瞪口呆。阮晓树从身后一拍她肩膀,雨辰顿时吓得头皮发麻,脖子僵硬;阮晓树见她这样,故意模仿鬼怪声音吓唬她。雨辰拔腿便跑,听到阮晓树笑声才停步,煞白着脸瞪他一眼,急切地问:刚才,刚才你也看见了,对吗?我姐和那些人,他们……是从这里进去的,你看见了,对吗?

你姐?阮晓树困惑道:你姐是谁我不认识,我看你跑,也跟着追来,没见什么帅哥美女啊。雨辰一听,顿觉四周阴气弥漫,耳畔好似传来那对情侣的叹息。她用手揉了揉眼睛,再睁开,楼房四周静悄悄的,哪有半个人影?

你不会大白天撞上鬼了吧?阮晓树问。

呸,你才撞上鬼了呢,我明明看见我姐了。雨辰表现出很勇敢的样子,冲向鬼楼,被阮晓树一把拦住:我去,我先去看看,你在这等。阮晓树跑过去,踮起脚尖,从窗口偷觑,只瞟一眼,回头朝雨辰猛烈挥手,轻声报告:有人,里面真有人,好像在拍什么东西。

只见美辰站在屋子中央,一扇黑漆的道具木门把美辰和另一个男生隔开。美辰呆呆地望着黑门,神情凄然。她朝前走两步,突然扑过去,嘴里喃喃地诉说着什么。

停。

一位年龄稍长的男子,走过去对摄影师做一暂停手势。雨辰清晰地看到了美辰眼里的泪花,感觉她表演很到位,也很有激情。她的眼睛也不由润湿了。

她出神地盯着姐姐,姐姐浑身上下流动的艺术的气质,在她眼里是多么的与众不同啊。姐姐说要演电影,她这是在拍电影吗?可她,为了她的明星梦,倒也狠得下心过家门而不入,还跑来这幢鬼楼排练,他们也真不怕晦气。

雨辰又仔细盯着那个对姐姐叫"停"的男子。这位男子明显不是唱摇滚的长发青年，大概三十岁左右，一张马脸，厚嘴唇，脸上架副眼镜。

他——是谁？

第十八章

余火是东城一家毛巾厂职工。二十六岁那年,将生命中体验过的痛和遗憾,化为创作源泉,一气呵成,写了一个三集的电视剧《残梦》。故事情节,按今天标准看,类似《血疑》的爱情故事。这类题材在上世纪八十年代很风靡。一位电视台编辑看过剧本,放下话说:如果你能拉到赞助,电视剧就能立项拍摄。编辑的话给余火极大鼓励,他积极利用推销毛巾之便,双管齐下,寻找投资商。正当他为投资焦头烂额之际,朋友小聪提醒他说:你不还有前女友那间老屋吗?

余火前女友,即北沿河街"台湾婆"的女儿林芬芳。芬芳小时候因为"台湾特务"子女身份备受嘲笑欺负。文革结束,一家苦尽甘来,她也被招进毛巾厂。余火因为写得一手粉笔字,被抽调到宣传科负责黑板报;又因为身体内的文艺细胞蠢蠢欲动,不安心本职工作,业余时间邀林芬芳一起排小品、拍摄影小说。

从来不认为自己有艺术天赋,再加从小到大在歧视中长大,第一次有人对她如此重视,并发出真诚邀请,林分芳受宠若惊之余,硬着头皮答应试试。

当时的余火,身边开始聚集起一帮志趣相投的文艺爱好者,他们大都来自社会底层,怀揣明星梦,渴望有朝一日,能在追梦这条道上挤进成功行列。

余火写剧本，拍摄影小说，他还考过中戏、上戏以及北京电影学院等。北漂时住过最糟糕的地下室；还参演过几部电视剧拍摄，写满五大本笔记，每本笔记扉页上都有当红明星和导演的签名留言。如此经历，使他在东城年轻的艺术爱好者中间声誉鹊起。

林芬芳是他相中的第N位女主角，摄影小说里有一场吻戏，要求男女主演做拥抱接吻状，余火不满意光做个样子。他推开男主演，没等林芬芳回过神，双唇已被吻住。余火之前已经阅女无数，很快又和林芬芳假戏真做，陷入热恋。陷入热恋的余火，摄影小说女主角无一例外，全是林芬芳。

两人的恋情只持续了六个月，之后，芬芳突然随母亲赴台湾定居。他们为何分手？众说纷纭。有人说余火不肯跟芬芳去台湾；也有人爆料余火脚踩三只船，一角多恋伤害了芬芳。他们之间到底发生过什么？余火守口如瓶，哪怕烂醉如泥，嘴里叫的也不是芬芳的名字。他身边从来不缺女人。都说芬芳痴情，为这么一个花心大萝卜掏心挖肺，临走还把北沿河街的老屋托给余火管理。

何谓"管理"？朋友小聪的理解是：叫他留意房价，该出手时就出手。小聪这句话如醍醐灌顶，余火快速抛售老屋，并自立借条。资金如数到手后，电视剧《残梦》顺利开拍了。不久，余火的编剧大名赫然出现在电视屏幕，一时成为东城文艺界骄傲。他也凭借这部剧成功转型，从毛巾厂借调到市电视台，负责编导工作。

那年他二十八岁，风华正茂。林芬芳，这个死心塌地爱过他的女人，分手四年后，手上拿着一纸去美国留学的录取通知，从台湾转道东城，又回来了。

老屋早已变卖，借条仍在，还有一盒电视剧录像带。钱？搞艺术都是赔本生意，电视剧能够顺利拍摄、播出，并得到老百姓鼓掌，就是一大成功。这样的成功怎可用钱衡量？所以，钱，暂时是还不了的。

不过还好，他余火仍然单身，仍在悔恨中痴心等待林芬芳。

余火用他三寸不烂之舌，再度俘虏芬芳，两人很快闪婚。结婚不过数月，新娘只身奔赴美国留学；余火留守，只等老婆学业稳定，把他办去美国好莱坞发展。

余火留守期间，创作了他的第二部电视剧，这部名为《秦女离魂》的现代版聊斋，剧情前半段发生于蒲松龄时代，后半段还魂当今社会。穿越剧在上世纪八十年代末尚属首创，电视台上下一片质疑，从立项到拍摄风波不断。美辰就在这个时候，被一个叫阿钢的电影演员推荐进剧组，出演秦女身边的小丫头倩儿。

美辰这几年在外闯荡，从南到北，先后参加过数十个"走穴团"，并和几位"穴友"发生了一些真真假假的小恋曲，那都是比露水还短暂的暧昧，每段维持仅三到六个月不等。阿钢是电影演员，要红不红，利用拍片空隙走穴挣外快。他和美辰在演出中对上眼，即以学唱歌为借口，频频接近美辰。美辰也对他演员身份感兴趣，一来二去擦出火花。美辰心甘情愿为他"扒带子"，寻找适合他声音和风格的港台流行歌曲。阿钢模仿能力强，再凭借电影中积攒的人气，很快在穴友中唱出名，被其他实力强的"走穴团"挖走。

临走，阿钢把美辰推荐给《秦女离魂》剧组，算是对她这几个月相伴的报答。美辰有点依依不舍，阿钢却装聋作哑，连一个通信地址都不给，只敷衍说：去了给你写信。美辰到底没等到阿钢来信，《秦女离魂》剧组却向她发出了邀请函。和美辰同时试镜的，还有女一号"秦女"杨碧瑶。试镜当天，美辰比杨碧瑶提前五分钟进化妆室。余火正和两位化妆师闲聊，见美辰披一件草绿色军大衣，撩开厚重的门帘进来，不由多瞄她两眼。美辰不知道他是编导，第一感觉是：谁啊，长这么丑？

化妆师张冠李戴，把她当成杨碧瑶，热情迎上前，问：试演秦女？我……

美辰在剧团是青年主演，知道配角和主演的待遇区别，忍不住心想：假如他们知道，她是通过关系才争取到倩儿这么个只有几句台词的丫头角色，还会如此热情吗？这样一迟疑，有点口吃，既不回答是，也不回答不是。

你是饰演秦女的杨碧瑶？

化妆师再次问，美辰尴尬地张了张嘴，想鼓足勇气否定，正巧杨碧瑶来了。化妆师和余火面面相觑，眼前这个来自东城歌舞团的青年舞蹈演员，个头不高，皮肤黝黑，与照片上"美目盼兮、巧笑倩兮"的古典美人简直是天壤之别。

我是杨碧瑶。杨碧瑶自报家门，嘴角微微上翘，挂一丝若有似无的笑。自改行拍古装剧，见过太多这样怀疑和不信任的眼神。这些眼神，在她上妆后，又无一例外地化作难以置信的惊羡：真美，太上镜了，和没化妆前简直判若两人。

杨碧瑶版的"秦女"定妆初露端倪，即引来啧啧赞叹。化妆师感觉自己是魔术师，手中的胭脂粉盒能让西施起死回生。他们顿时来了精神，妆化好，这个又给杨碧瑶插一支钗头凤，那个又帮杨碧瑶补一下唇膏。服装师也赶来凑热闹，一齐围上帮忙束腰带，帮忙穿特制的厚高跟绣花鞋。杨碧瑶很快被人群和赞美声淹没。

美辰孤单地站在外围，望着备宠爱的杨碧瑶，既羡慕又不甘心，希望那个被人群和赞美声淹没的人是她。她抬头看墙上挂钟，距离试镜时间只有十分钟，没人在意她这么个小角色。她咬了咬嘴唇，落寞地转身。一直暗中观察她的余火，发出一声咳嗽走上前说：等等，我想起来了，你是阿钢介绍来的"倩儿"。说罢，上下打量美辰。不过，我倒突然觉得，你……似乎更适合演"秦女"。

余火声音不响，但把大家吓了一跳。围观杨碧瑶的服装师和化妆师们，忙回头观察，十几道目光将美辰团团围住。杨碧瑶受到威胁，花容失色，盛装之下难掩焦虑：余导——

余导？他原来是阿钢嘴里才华横溢的余导？这声"余导"瞬间使他粗俗的相貌，焕发睿智光芒。美辰自觉渺小，自惭形秽起来了。我……她嗫嗫嚅嚅，愕然反问：我演秦女？

确切地说，演下半段现代版"秦女"，我觉得你比杨碧瑶合适。

余导一锤定音，穿越剧《秦女离魂》古、今两版"秦女"分别由杨碧瑶和黎美辰饰演。机遇从来只青睐有准备的头脑。黎美辰渴望做影星，是冲那层闪耀的光环而去，像她走穴唱歌是为拓展人脉多挣钱一样的道理。她所有的"准备"早给了唱戏，如果没有黄鹂……

当然，如果没有黄鹂，她迟早还是会离开红花剧团。不仅因为小地方小剧团的闭塞让她压抑，而是她内心对这门一招一式皆有模式的程序化表演，开始失去尊敬，并产生抵触或厌倦的心情。说到底，她和母亲不一样：母亲心灵本身充满音乐和唱词，离开它们，生命会变得苍白；她不同，虽从小会唱、会演，却不愿认真细心地分析人物和剧情。她的灵魂和角色始终是分离的，哪怕演母亲成名作《泪洒相思地》，在王怜娟气绝身亡那一刻，仍一心二用，屏息谛听观众反应。所以，她塑造的角色，总计人感觉缺了点"魂"，好比摄影和油画的区别——同样一幅画，摄影的构图色彩等拍得再好，也缺乏油画中细腻的质感和立体感。

那么，她——是否正是余导寻觅已久的秦女呢？所有看过试镜的人都怀疑，甚至包括美辰自己。只有余火对她信心十足：别急，离正式开拍还有两个月。我们有时间，有足够时间准备。他刻意强调"我们"两字。

如何准备？美辰一头雾水。

我给你开小灶。余火又满含暗示地给她这句话。接下来，美辰的日程表上全是和余火单独在一起排演小品、分析剧情角色等安排。排小品时，他不让男一号和她演情感戏，先由他替代，并临时修改台词，临时增加和她身体发生碰撞的机会。好几次，他想吻她，被冲进来的副导演搅了局。于是在雨辰和阮晓树绞尽脑汁寻找约会地点时，余火灵光乍现，几乎和他们同一时间想到"电影院"三个字。

他现在是东城响当当的编导，宿舍楼下即观摩室，随时为余导开放。先从几部欧美大片开始。两人单独关在一间黑幽幽的放映室，几场电影下来，美辰看得耳热心跳，只记住男女主人公火辣大胆的性爱画面，心里直打鼓：难道现代版"秦女"也要走欲望路线？

其实从余火留下她试演"秦女"，到公开表示给她单独开小灶，美辰敏感地嗅到了从这个男人体内散发出强烈的荷尔蒙气息。他是醉翁之意不在酒，美辰则装聋作哑；若对方动作过分，她推开他，用手一指屏幕，说，快看，那个偷情的男主人公长得有点像谁谁谁的老公哎，真的，尤其是那嘴巴，太像了。说着，借口上洗手间，每当这时，余火恨得牙根发痒，心里认定，这是美人最擅长的欲擒故纵之计。

欲擒故纵的最终目的是"擒"，美辰对这个有一张马脸的余导，却没献身欲望。她和他周旋，只为拖延时间，让她的电影处女作顺利拍摄成功。

第十九章

雨辰在"鬼楼"看见美辰拍电影后,姐妹俩私底下聚过两次。美辰一提余火就满脸不屑说:就他长那样,别说家里有老婆,没老婆也不是我想找的那种。我决不会沾染有妇之夫,你放心吧。胡叔叔那么好一人,都会搞欺骗弄假离婚证,男人,没一个靠得住。哼,到底谁"戏"谁还不一定呢。

美辰走穴数年,早从一些貌似风雅的男人身上,领教他们无情粗暴的本质,也曾受伤流泪,之后,深谙游戏规则。爱情,在她心里已失去其纯洁魅力,成为获取名声和利益的一种资本和筹码。

爱情?什么叫爱情?你以为牛郎织女、柳毅传书、梁山伯与祝英台、范蠡和西施,他们的所作所为是因为爱情?美辰嗤笑一声,就爱情话题在雨辰面前高谈阔论:错,七仙女之所以下凡,柳毅之所以传书,其实都受控于人脑中的"爱情环",这爱情环一旦开启,在脑内的化学活动便类似吸毒上瘾。热恋的人为赢取伴侣欢心,会像发情的猴子一样上蹿下跳,做出很多貌似勇敢冒险的举动。所以我根本不相信世界上存在什么无私的爱。我也不会为任何男人丧失自我和理智,我只专注赢取爱情游戏。

美辰的一番爱情理论,雨辰听来像受了奇耻大辱。用一辈子时间去爱一个男人，为他生儿育女，是雨辰有关爱情最平凡最简单的理解和梦想。她已找到自己所爱之人，正朝梦想一步步迈进。如此纯洁美好的感情，被姐姐粗俗地比喻为"猴子发情"和"吸毒"，这——简直是对爱的扭曲。雨辰涨得面红耳赤，结舌半天，想表达心中有关爱的忠诚、温柔、付出等信念，终因害羞作罢。在姐姐面前，她永远是那个坐在蒲县门槛上捏泥巴的小丫头，有何资格辩解？

　　姐妹俩因为对爱的理解不同，采取的行动自然也不同。当雨辰和阮晓树安静地躲在世界一隅，浇灌培植他们的爱之树；美辰又做起她的出国梦。这梦靠她个人的能力是远远达不到的，必须靠男人。《秦女离魂》杀青，余火已拿到去美国的签证，心底憧憬的却不是和老婆林芬芳团聚。他到底放不下美辰，临走把美辰约去宿舍。室内横放两只黑色旅行箱，书柜里的书搬空了，扎成几捆堆墙角。同样扔墙角的还有两只布娃娃：一个是身穿白颜色裙子的黑眼睛公主；另一个是一身布衣的灰姑娘。两个娃娃眼睛自动闭合，一见美辰，大眼睛扑棱棱一闪，放下两排漆黑的长睫毛。美辰心里蓦然一动，顺手拿起"灰姑娘"仔细端详。余火在她弯腰时，从身后搂住，亲吻她道：这些东西你喜欢你拿走吧。

　　换作以前，美辰会千方百计挣脱他怀抱，可这次没有。余火的美国签证，以及两只黑皮箱流露出即将远行的召唤，在她眼中，散发出另一种高于平淡现实的魅力来。出国，到世界另一头开始崭新的生活，那里大家机会均等，没见很多明星到美国要从端盘子开始吗？

　　你——真能让我去美国？美辰问。余火嗯嗯两声，将她带到床边。

　　窗外开始变天了，雷声在低低的云层中轰响。余火的热情蓦地受挫。

　　怎么啦？美辰顺着他眼神朝窗外瞟去，嘲讽道：你一个大男人，不会害怕雷电吧？美辰话音刚落，只听"轰隆"一声，雷声落地，震得窗格簌簌抖动。闪电照亮了墙上的一张婚纱照，照片上的女人似曾相识。

美辰一怔,从新娘的笑容捕捉到了曾经熟悉的苦涩和拘谨。

芬芳,林芬芳?

美辰和林芬芳曾同住一条街。她们都由母亲带大,都在童年遭受过歧视和白眼,但因身份不同,两人很少互动,成了最熟悉的陌生人。如果说"台湾婆"是北沿河街一个会动的影子,林芬芳就是影子中的影子。这影子每次悄悄地、尽量不惹人注意地贴着街角,从人们的视线一掠而过。

还我布娃娃——

这是童年的林芬芳,在北沿河街发出最响亮最伤心欲绝的一次哭声。胆小怯懦的林芬芳手里总抱一只布娃娃,被欺负了,蹲地上,肩膀一耸一耸地抽噎哽咽,似隐忍着无数的委屈和心酸。"灰姑娘"一身蓝布衣,从打扮看还没遇见王子,还在后母的虐待中干着苦力。每次芬芳哭泣,它眼底也仿佛注满泪水。林芬芳哭着哭着,似从灰姑娘眼里寻觅到一丝同病相怜的慰藉,将它紧紧搂在胸口。

有一天,"灰姑娘"突然被一帮恶作剧的小孩抢走。他们尖声高叫,对她做鬼脸,把娃娃扔向高空,再摔入臭水塘,接着争相拣起石子,砸向"灰姑娘",边砸边叫:砸死你这个台湾婆,砸死你这个反革命、叛徒、特务……

布娃娃被石子砸得几经沉浮,小脸和裙子沾满污水;又被一根竹竿无情地挑起,摇晃在高空示众。林芬芳眼睁睁见心爱的娃娃受虐,本能地发出一声大叫,声音刚出喉咙旋即戛然而止。她像突然对自己发出的声音害怕了,惶恐地瞪着"灰姑娘",腿一软,瘫倒在地。

小美辰恰在那时路过,见这么多人欺负一个女孩子,立刻生气地冲上前,一把折断竹竿。又臭又脏的娃娃也在瞬间跌入怀抱,污水同时洒了她一头一脸。壁虎拍手称快,说她那模样就是"乡下人挑大粪,前后都是屎"。

这以后，美辰经常看见林芬芳坐家门口洗布娃娃。两人照样不说话，但，每次美辰经过，芬芳会快速抬眼，投给她感激的一瞥。

结婚照在美辰的凝视中仿佛活了，新娘眼里闪烁着一丝晶莹泪光，轻声说：谢谢你，美辰。

美辰身体一颤，说来惭愧，那次令芬芳刻骨铭心的"见义勇为"，如果不是有她讨厌的"壁虎"在场，美辰很可能会抽身而过。林芬芳于她，不过是一个被大家忽略的"影子"罢了。

美辰深吸一口气，思绪从林芬芳身上回到现实。雷雨过后，窗外又出太阳了。余火轻舒口气，目光落在美辰唇上，正欲亲吻，美辰伸出手指，"嘘"一声说：芬芳在看着呢。

芬芳？你知道林芬芳？余火一惊。

美辰拍了拍"灰姑娘"脚上的布鞋，答非所问道："灰姑娘"终于找到了她的王子，应该穿水晶鞋才对呀。

你认识林芬芳？余火再问，眉毛一挑，充满不可思议的好奇。他伸过手去，一把将"灰姑娘"扔回墙角。

芬芳，余火的老婆竟是林芳芳。美辰只觉呼吸困难，她急速整理好衣服，慌乱冲出门。余火一愣，追上前问：走了？我还有一个星期就去美国。我们什么时候再聚？

再聚？他们会再聚？

余火对着她的背影叫：你还没告诉我，你和芬芳到底什么关系？

那天美辰一走，余火就用剪刀绞了布娃娃，又对林芬芳的照片龇牙咧嘴，吼叫了两声。发泄完，他拿起护照，盯着那张来之不易的美国签证，想起要去好莱坞当导演的美国梦，心上又蓦地掀起一股热情，一股只有当年北漂时才有的那种自我放逐和自我挑战的勇气。

美国，好莱坞，未来于他还有无限的可能性，有很多遐想和发展的空间。余火起身，拎了拎旅行箱，做出踌躇满志、整装待发的姿势。

第二十章

余火出国后,好像一夜间,身边的人都在跃跃欲试寻找出国机会。连杨碧瑶都去日本发展了,她黎美辰还在国内瞎混。一个"混"字颇能反映她当时的状态。《秦女离魂》拍摄完毕,因为导演和主演相继出国,这个半成品电影还没进入后期便短命夭折。黎美辰又转辗一些三流电视剧组和穴团唱歌、跑龙套,积攒了些钱,却离自己最初定位的明星梦越来越远,不知不觉,她已进入大龄剩女行列了。

姑姑月圆在东城剧场卖了一辈子戏票,终身未嫁,对"大龄"两字没概念。听常娥念叨美辰就说孩子还小急什么,美辰不急,雨辰急了,一到法定婚龄即吵着结婚。那段时间恰逢常娥单位分房。北沿河这条街,住了十多年,左邻右舍陆陆续续搬走好几家,似乎只剩香绣妈和焦师傅这对冤家,成为钉子户,在和北沿河房屋一起慢慢变老的同时,化解着宿怨。

新分配的公寓是二手房,需做大量清洁工作。月圆常年饱受风湿关节之痛,有心无力,帮不上忙。雨辰又从小娇生惯养,连一块手绢都懒得洗,家里重活累活一概指望不上,全靠常娥。

要美辰在就好了。这个勤快独立的女孩,似乎从来不会对母亲抱怨和撒娇。常娥弯腰拖地,汗水一点一滴顺着额角往下掉。月圆在一边做些力所能及的事，抱怨说：你也太娇惯雨辰，从小就偏心，好像美辰不是你亲生的，什么都顺着雨辰。看看，娇惯出什么样来了？不爱读书、早恋、阳奉阴违。她高考那会我就觉得不正常，果然，那个戏里怎么说来着？

　　常娥直起腰，捶了捶酸痛的脊椎，思想来回在两个女儿身上转。美辰要强不服输，有追求艺术的梦想和勇气，却没定力，整天陷在不切实际的幻想中好高骛远，已流露出玩世不恭。跟朋友一块喝酒，学抽烟，似乎看透人生百态，实际是为麻木生活中遭遇的痛和尴尬。她不知道，艺术家之所以成艺术家，更多需要的是坚持和等待，而非朝思暮想见异思迁。

　　相比较美辰的浮躁，雨辰又显得过于消极。高考落榜，让她再考一次，像要她命。鼓励上电大学一门技术，死活不肯去。我愿意，我就愿意一辈子做工人，一辈子在搪瓷厂洗瓶子。雨辰振振有词：我自食其力，我靠劳动生活，我没那么多物质追求。学历和财富，人家稀罕人家追去，我的生命不需要这两样东西。对我来说，活着，简简单单，和自己爱的人在一起，健康并快乐地活着，就是最大的满足和幸福。

　　常娥那时还不知她正沉浸热恋，以为雨辰嘴里那个"爱的人"指自己，心里一阵柔软。想起这些年母女相依为命的日子，的确，能够健健康康成长就是最大幸福，还奢求更多什么呢？她算是有事业心了，又如何？说到底，"天命不可违啊"，再强大的心也敌不过命。那么，如果做一辈子工人是雨辰的命，就让她安于这份简单吧。自此，常娥不再干涉雨辰，每天只要看她健康活泼，不学坏道，便心满意足。谁知，她突然提出结婚，而且越快越好，似乎一天都不愿耽搁。常娥顿感失落。雨辰，她的娇娇柔柔的小公主，真的要离开她了吗？早知她如此着急离开，又何必争这公寓房？

　　妈妈，我睡大卧室。我自己布置卧室，贴我喜欢的明星画，不许你说他们俗气。

能够拥有独立的卫生间、厨房、卧室和可以养花晒衣服的阳台，曾是她们母女蜗居北沿河时最大的梦想。如今，乔迁之喜近在眼前，却被雨辰的急于出嫁冲淡了，淡得无影无踪。

常娥站在大卧室，雨辰撒娇的声音清晰可闻。她眼前看到的，是自己一个人独住六十平米公寓楼的空荡和孤寂。

唉，你看看你，月圆接着发牢骚说：终于等来梦寐以求的公寓房了，她却着急出嫁，都是被你惯出来的。都说嫁出去的女儿泼出去的水，如今雨辰还没出嫁，眼里心里就只有她老公。等成了家，有了自己的孩子，你要见她一面都难。

月圆对雨辰一百个不满意，逮着机会就训斥。雨辰嘴上不反驳，行动上则装聋作哑，能躲多远躲多远。当月圆数落雨辰的种种不懂事，突然想起心肝宝贝美辰。美辰是姐姐，仍待字闺中。她这才如梦初醒，赶紧行动，调动一切可以调动的资源，开始给美辰介绍对象。

江枫是月圆同事的远方表侄，正在攻读大气科学博士，比美辰小三岁。照片上的江枫戴副眼镜，一脸平平淡淡的笑。美辰从没想过自己的未来，会跟一个戴眼镜的"小"男生发生什么瓜葛，她当即否决。月圆则认定这个男孩适合美辰：戴眼镜说明他爱读书，个性沉静，两人性格正好互补。小三岁就更好了，俗话说女大三抱金砖呢，再加小伙子准备留学美国。美国——月圆推一把美辰说：你不一心想出国吗？这样多好，找个有真才实学的老公，两人一块出国，省得你打工吃苦头。

就这样，美辰和江枫见面了。

江枫出生于农村一个单亲家庭。有过几次短暂"暗恋"史，说暗恋，就是连手都没碰过的单相思。暗恋对象均属那种弱不禁风又腼腆羞涩的漂亮女孩。他潜意识里喜欢文艺女青年，这点，也许受母亲影响。母亲爱唱歌，边干农活边唱歌，是他们那一带有名的"百灵鸟"。

母亲生性乐观开朗，连说话声音都像唱歌，却在江枫六岁那年死于意外。江枫很少跟人提起母亲，是美辰酷似母亲甜美的声音，还有美辰眸子里那份似曾相识的东西，触动了他心灵最深沉的痛。六岁，他六岁丧母，而美辰六岁丧父。他们都在相同的年龄，失去至亲。他突然渴望倾诉，渴望有人愿意和他一起分享这痛和伤逝。

你的声音很像我妈妈。

江枫对美辰说这句话时，眼神无比温柔。给我唱首歌吧。美辰没想到她和江枫的见面会在如此伤感的氛围中展开，这和预期完全不一样。她对他的专业不了解也不感兴趣。大气科学，"大气"还有科学？那"小气"就该有哲学喽？以为他会以介绍"大气"开头，心里也做好打退堂鼓准备，谁知他打出这张情感王牌。

其实，所谓谈恋爱，先要会"谈"，然后才可能"恋"可能"爱"。如何谈？"言之有物"并不是关键，重要的是能引起对方共鸣，如此才有进一步接触交往的可能。江枫这个象牙塔里的书呆子，对爱情一窍不通，全凭本能，倒歪打正着，第一关顺利通过，美辰答应继续交往。那段时间，江枫正好考完托福GRE，整个人处于松弛状态，便投其所好，约美辰唱卡拉ok吃宵夜，一来二去，他被美辰的外貌和嗓子迷住了。

美辰呢，答应约会纯为应付姑姑，再加急于摆脱目前"混"的状态，她权当演戏，时而忧伤时而俏皮。江枫长相斯文，两人都喜欢唱歌，也有话说，先凑合着谈吧。如果不是因为一纸"侨眷证明"——

江枫有个远方表姑，早年移居香港，本来很支持他出国，也愿意出示侨眷证明，却在关键时刻临时变卦。美辰见他烦恼，想起陶醉叔叔的海外关系，安慰他说：别急，我有办法。

按照美辰的设想：先认陶醉叔叔做干爸，等确立"父女关系"，再由陶醉出面，让其在美国的父亲开"侨眷证明"。

我妈和陶醉叔叔的关系啊，只有一句话可以形容——不是亲人胜似亲人。我亲耳听他对我妈说：只要你愿意，我这条命都是你的。你想，一个连命都不在乎的人，会拒绝我这点小小要求？况且，这又不是什么难事，他巴不得我开这个口呢。

美辰胸有成竹，一再打包票。江枫则一脸莫测高深的笑，只管拿眼睛盯她。美辰问：你不信？不信现在跟我去见陶醉叔叔，看他愿不愿意。

江枫低下头，凑近她，心怀叵测地问：知道侨眷的眷字怎么写吗？它是眷属的眷。所以，你，光做陶醉叔叔的干女儿还不行。他口吻灼热，看她反应。美辰措手不及，自以为阅男无数，能轻易地周旋在各种不同类型的男人中间。她瞬间明白江枫意思，想拒绝，又犹豫。犹豫什么？不愿深想。江枫在她犹豫时张开双臂，将她搂住的同时，亲吻她说：嫁给我，跟我去美国吧。

就这样，因为"侨眷证明"，两人关系升级，由不冷不淡的男女朋友，火速发展成奔结婚而去的一对情侣。那天，美辰胸有成竹地带江枫去见陶醉叔叔，话刚出口，杨小玉抱着儿子从卧室冲出来，劈头盖脸指责陶醉，说他为了常娥什么都愿意做，唯独不把她和儿子放心上。她杨小玉年轻美貌，当初之所以看上他这个酒鬼、糟老头子，以为真爱？做梦去吧，她爱的是他的海外关系。

杨小玉激动地强调"海外关系"四个字，声音尖利略带神经质。她毫不在意当着两个年轻人的面自揭老底：我就是想出国才跟你结的婚，怎么样？总以为你有一个老子在美国，谁知你的心根本不在我和孩子身上。你是被那个老狐狸精迷了心窍。你，你要敢帮她出侨眷证明，我跟你离婚，立刻离婚。

出国被卡在一张侨眷证明上，两人的热情都有不同程度受挫。美辰看着口沫横飞的杨小玉，没料陶醉叔叔的婚姻会是这种状况。她悄悄抹了一下嘴唇，似乎那里仍残留着江枫的口水，有点后悔不该这么快答应他的求婚请求。

江枫则反复想象留在东城的前景。如果出国失败,将面临许多不愿接受的现实:像周围那些朝九晚五的上班族一样,每天为单位上的鸡零狗碎、为评职称、为分房、为小孩升学考试等烦恼。这些对于一个穷书生来说,也许是跨世纪的代价,那份艰辛也远非一张侨眷证明所能比的。所以美辰,我们面前唯一可走的路是出国,我决不希望自己的事业、家庭被束缚在一个充满牢骚的环境里。

家庭?她认识的几位演员,年过三十仍不考虑结婚。她倒好,才谈几个月恋爱就要自入围城?真准备好了?江枫敏感地觉察到她态度生硬,生怕先前答应结婚,也是为了出国。

她真的爱他吗?有几对恋人不在一起规划未来?

美辰看他脸色发白的样子,心想他是真爱上她了,有一丝得意,也有一丝心动,便绞尽脑汁想出几句台词,悠然道:未来本来很遥远,它是不能被规划的,一规划就有尽头之感,每天的日子便成末日。你愿意我们每天生活在末日中?说完很得意地斜睨着眼,看他反应。江枫却果断地将她一把搂住说:我只在乎现在的幸福和感受。所以你跟我在一起,也要学会别自寻烦恼。

他的胳膊霎间粗壮有力,像一个真正的男人,嘴里发出一声吼叫:什么"末日""尽头",都让它见鬼去吧。

第二十一章

1992年,出国留学政策在经历几个不同阶段后,终于形成"支持留学、鼓励回国、来去自由"的工作方针;之前要求的"侨眷证明"等留学限制均被取消,只需要有海外高校的录取通知书即可办理出国。

这一政策进一步打开国门,让很多"望洋兴叹"的莘莘学子加入出国大潮。如果说上世纪二三十年代的留学人,大都抱着"以西方之学术,灌输于中国"的振兴救国梦而去;到江枫这一代,留学心态已发生变化,他们开始被欧美的"自由平等"之理念吸引,漂洋过海,各自寻求适合他们生存或发展的梦想之境。江枫便成了这批追梦潮中的一员。

黎美辰是在江枫出国一年后,以陪读身份赴美的。那是1993年的春天。这一年的春天来得比往年晚些,空气里的风,卷过新翻土的花坛,仍袭来一丝寒意;不过,并不影响各路报春使者的争奇斗艳。象征"好运将至"的桃花已率先吐艳,与满溢着"浓浓惜别情"的芍药、樱花等共同构成一幅春日风景。活动在这幅风景里的美辰,人面桃花,经常站化树下,看落英缤纷,想象即将展现眼前的异国生活。她心里有些七上八下,时而涌上一股对不可知未来的渴望,又时而生出一丝惆怅,那是一种说不清的混杂的情感。

临行前一个月，常娥请原来住在北沿河的裁缝夫妇到公寓，专门为女儿定做出国服装。美辰偏爱红、黄、蓝等视觉冲击强烈的颜色。她积极配合母亲，来回穿梭商场和时装店，选布料、挑款式，或者干脆自己动手画设计图案。裁缝夫妇是老邻居，对这批定做的出国时装格外用心卖力。那段时间，家里成了新开张的时装专卖店，一件件由美辰亲自设计的裙子和衬衣，色彩绚丽，从客厅挂到卧房，令人目不暇接。

　　雨辰吃醋了：都说老妈偏心，偏哪了？她结婚就给做件大红呢大衣，被套枕套和缝纫机套子上的花样，全部靠自己熬夜一针一线绣出来，手指到现在还淤血未退。凭什么美辰要兴师动众专门请裁缝量身打造？同样是女儿，她去美国就有特权？

　　当然有特权。美辰调侃说：到时可以把你和妈都接去美国啊。

　　美辰从小在外打拼，过着捉襟见肘的日子，偶尔有余钱买时装，也必等清仓价才敢问津。好在年轻就是资本，再加天生一副衣服架子，不管什么衣服上身，都有模有样惹人注目。如今借出国之机，一下拥有这么多梦寐以求的时装，感觉也像做梦。自和江枫认识，她的人生轨迹就朝一个始料未及的方向迅速飞驰。她呼吸着布料上散发的清香，任由水一般光滑的丝绸滑过脸颊，视网膜内到处是强光，赤橙黄绿青蓝紫，身处色彩的海洋，有点触摸不到自己了。结婚？和一个自己并不深爱的男人？为那张能去美国的签证？美国，到底有什么在等待着她，令她如此心向神往？

　　她不想深挖内心。江枫一走，她就积极准备办护照等材料，原来"混"的状态不治而愈。至于去美国后干什么，语言不通、生活习惯不适应怎么办，还有文化差异等因素她统统不管，先出去了再说。杨碧瑶去日本前，仍搞不清片假名和平假名的区别，只见她轻描淡写地一挑眉说：不懂日本话怕什么？到那里现学现用，活人还怕被外国话淹死？

杨碧瑶果然没被外国话淹死，反倒在日本过得活色生香。去电视台客串主持，参加日本青歌大赛，和偶像三浦友和配戏等等，这些传言不管是真是假，足以叫人羡慕妒忌得牙根发痒。所以你看，出国多好啊。日本尚且如此，更何况美国？听说那里的中小学教育全部免费，你能想象它的富裕程度吗？当然，物质是一方面，更重要的还是自由和平等。在那里，无论你以前国内多么显赫，大家机会均等。她美辰不羡慕天上掉馅饼，但渴望这种公平竞争的环境。

竞争，拿什么竞争？美辰将一条丝绸围巾松松垮垮披肩上，做出甩水袖的手势，嘴里情不自禁轻声哼唱《嫦娥奔月》。这些天很奇怪，接连两次梦到和母亲同台演出，两人均扮作嫦娥模样。她用流行唱法唱《嫦娥》，母亲则轻移莲步，面对明月寄托愁思。只见母亲那只残缺的食指，像春天发芽的树枝，从飘柔洁白的水袖里伸长出来。母亲浑然忘却自身，再次和嫦娥融为一体，尽情地唱，尽情地舞动手指。台下观众爆发出一阵又一阵热烈的喝彩声：China Opera，China Opera（中国歌剧）。

China Opera。美国人把越剧也统称"歌剧"。"歌剧"两字，在美辰心里仿佛一下拔高了戏曲地位，与世界接轨。妈妈，我要让你去美国演戏，我要让你在美国焕发你的第二次艺术生命。美辰被梦中情景激励，好像也由此找到了出国目标，热情地策划起母亲在美国的未来。

美国两字常娥并不陌生。她从梳妆箱里取出陶醉小时候送她的那面国旗，星条上颜色淡了，陶醉的许诺却清晰可闻：常娥，想去美国吗？如果你想去，我们离开这儿。我带你去找我爸。

美国曾给寂寞中的她带去无数朦胧渴望。可美辰的梦有点奇怪了，竟梦见她的手指，像树枝一样随美国春天的气息，自由生长。常娥盯着那片残缺的空间，刚出工伤头三年，天天戴假指和手套，生怕别人异样的目光落到手上。时间一长，心底那道坎过了，不再遮遮掩掩，面对异样的目光会主动解释。是工伤，她平静直视着对方说。

1993年的春天,沉睡常娥心底近二十年的舞台梦,不期被女儿一个梦激活,在送美辰去上海虹桥机场的前一晚,她也做了那个奇怪的梦,梦见右手食指,像春天发芽的树枝,优雅地生长起来了。

梦中,她来到一家金碧辉煌的剧院:到处是雕塑和壁画,高大拱形的天花板上吊着水晶吊灯,分枝上的菱形水晶闪闪烁烁,恍惚天上人间。何荷突然出现在舞台一侧,手中惊堂木一拍,口若悬河地说起书来。在何荷的说书声中,杨红玉、柳惠鸣、黄鹂、翠莺等以前剧团里同事相继登场,做出各自标志性造型。常娥望着这些来来回回的身影,诧异地想:他们怎么也来了?接着心底回荡起一个急切的询问声:月明呢?月明怎么没来?

剧场内人声嘈杂,乐师手里拎着乐器,一个接一个就位。月明在拉二胡。他对她仰起脸,二胡声如泣如诉。常娥还未来得及细想月明怎么会去乐队,便听到《泪洒相思地》第四场"相思泪"那熟悉的前奏——

寒冬过去春又来,
桃红柳绿百花爱,
楼台一别四月正,
我日日夜夜望郎归。
一日三餐无滋味,
流了多少相思泪!
郎君啊!

台下金发碧眼的观众对她狂叫 China Opera, Opera,声音一浪高过一浪。她在这片陌生的喝彩声中,颤声叫出第二个"郎君啊",脑子一片空白,忘词了。她求救般地将目光投向月明。哪有月明?她心一沉。这时,幕布在身后徐徐拉开,她最得意的弟子小菲,一袭白裙,身上吊着威亚，嘴里唱着邓丽君情歌，从空中飘然而降："记着我的情记着我的爱，记着有我天天在等待，我在等着你回来，千万不要把我来忘怀……"

观众继续对她们狂叫：China Opera，China Opera。乐队被观众热情点燃，个个似打了鸡血，脸颊喷红，两眼放光，发疯般弹奏。常娥惊慌失措，叫乐队停止，她沙哑着嗓音叫：这不是 China Opera，你们搞错了。没一个人听她指挥。小菲的靡靡之音仍在继续。

小菲，你知道你在唱什么吗？她一把抓了个空。小菲缓缓从地面上升起，作出腾飞状。整个剧场陷入狂欢，大家从座位起身，对空中的小菲扔鲜花，扔礼帽，扔手帕。小菲以飞吻和抛媚眼答谢观众盛情。

常娥被彻底冷落了，同时遭受冷落的还有"说书人"何荷。

孩子，认命吧。何荷第一次用这类充满长者智慧的声音开导。

不，她唱的不是 China Opera。常娥意气难平：我来唱，你听我唱。这次她唱《嫦娥奔月》，何荷成了唯一观众。四周喧闹的一切隐去了。只要有一个观众，便值得她全身心投入去演去唱，更何况这个观众是她母亲？

她对母亲的所有误解在那一刻冰消瓦解了，她深情地凝视母亲。上海外滩边上那间小屋，那个由何荷的说书声串连起来的日子，一幕幕褪去尘埃，闪烁着像珍珠般莹润的光泽。

"想嫦娥独坐寒宫里，这清清冷落有谁知？"常娥轻舞水袖，从这几句唱词想起何荷独处外滩公寓的冷清，心里涌上一阵悔恨。假如她早一点体谅母亲，她们母女，和继父及同母异父的弟弟妹妹们，会这般疏远冷淡吗？

月宫里，桂花树散发一阵阵浓郁香气，吴刚捧出桂花酒，常娥伸手去接。她端着酒杯，转身寻找何荷，想先敬母亲一杯。何荷眼里闪动泪花，母女到底是心有灵犀的。常娥的悔恨和歉意来得迟了点，作为一个母亲，又怎会跟自己儿女计较？

何荷款款迎向女儿，希望以一个迟到的拥抱化解隔阂。就在那时，她发现女儿的手指，像春天里发芽的嫩枝，从树干上长出来了。她惊喜地叫：常娥，你的手——

很快，眼里惊喜被恐怖吞噬，那手指竟越长越长，永无休止……

常娥从梦中惊醒，浑身已被汗湿透。她忙起身，残指处也仿佛经历了一次生死轮回，坏死的皮肤滚烫，微微弹跳着，似乎惊魂未定。

还好是场梦。

常娥用手抹了把冷汗，仔细琢磨梦中情景，顿感五味杂陈。明天，美辰就要上飞机，去到另外一个国度，开始新的生活。这个发生在春天里的荒诞怪梦，对她而言，到底想预示什么呢？

下篇 天涯浮萍

第一章

　　这是一幢木结构祖传平房，两间大卧室，外带客厅、厨房、洗手间。这类房子在美国东部很普遍，它们零星地洒落在安静的居民老区或高速公路和机场附近；房主大都为行动不便的老人或收入较低的工薪阶层。

　　雷奥父母上世纪六十年代来自东德，刚来时靠美国政府补贴，去成人学校学英语学技术。老雷奥学会修车后就在一家车行给人打工，并贷款在距离波士顿一个多小时车程的D城买下这栋平房。房子空间小了点，但地理位置好，去周边大城市方便。雷奥考上大学那年，柏林墙倒塌，老雷奥夫妇把房子留给儿子管理，收拾行囊返回家乡去了。

　　雷奥二十一岁，就读D城大学哲学系。他从小独立，并擅长经营之道。父母走后，把另一间卧室用一块薄板隔开，变成两个小房间出租给学生。因为地段离学校近，租金便宜，开学旺季连客厅沙发都有人租。

　　D城大学的知名度，虽然无法跟周围常青藤大学相提并论，也是一座颇有历史的私立学校。校园绿树成荫，风景优雅，哥特式教堂的尖塔高耸入云，成了这座小城的标志性建筑。上世纪九十年代初，D城大学已接纳数百名中国留学生。

肖船是计算机系在读研究生，二十五岁，外貌柔媚，性格温婉内敛，还有半年毕业，正在加紧联系实习单位。她和另一位叫秦窕的女留学生成了雷奥房客。秦窕天性热情外露，是留学生圈最活色生香的一个女人。她喜欢以解题的方式跟男博士眉来眼去，搞些真真假假的恋爱游戏，也喜欢跟男教授玩暧昧以得到好成绩。她有很多朋友，似乎只要是男的，都和她亲近，愿意为她无私奉献。

第一天见面，秦窕就半开玩笑地对肖船说，雷奥是她下一个追求目标。看吧，不出半月，雷奥会乖乖地拜倒在我的石榴裙下，全免我房租。秦窕发出预言便付诸行动，先从中国美食上打开缺口，又包饺子又摊煎饼，着实忙碌了一阵。雷奥吃得尽兴，眼里的光全为盘中食物而亮，对秦窕裸露的半截酥胸视而不见。

某天晚上，两人在黑漆漆的过道不期而遇。这是多好的机会啊，秦窕几乎扑进对方怀抱，雷奥依然不动声色，只礼节性地将她扶正身子，说了一声抱歉。

他该不会是同性恋？秦窕不甘心，乘雷奥外出期间，怂恿肖船一块进雷奥卧室侦查。两人先被雷奥那张大水床吸引，围着转来转去，交换着一些有关如何换水之类的疑问。秦窕径直躺倒在床，弹跳两下；肖船突然尖叫一声，指着床上方一张照片，叫她快看：照片上，雷奥站在一群裸女中左拥右抱，笑意盎然。那些女人果真一丝不挂啊。哇塞——

秦窕自以为开放，没料这个才二十一岁的年轻房东已身经百战。

这是脱衣舞厅。他说他做过酒吧招待，我看肯定是在脱衣舞厅。我现在算彻底明白什么叫"左搂右抱"了，而且全是长腿裸女。他可真够开放的，不仅玩了，还拍照，拍完照还堂而皇之挂卧室。我看他光做梦就要被这些蜘蛛精缠死，所以哪还有多余精力顾得上我？秦窕气馁道。

裸照之后，雷奥开始频繁带女人回家过夜，好像专为刺激秦窕，有时深更半夜上厕所，一推门，抽水马桶上正坐着一位金发碧眼的半裸女郎。两人都像见了鬼，发出惊天动地的大叫。

秦宛受不了了，她被来自雷奥卧室男欢女爱的呻吟折磨得筋疲力尽，搬离雷奥家时对肖船说：真羡慕你还是个处女，竟然能在这对男女的"狼号"中酣然入梦。

肖船脸一红，对秦宛话里的暗示一知半解。不过，秦宛走后很长一段时间，肖船怅然若失，开始坐立不安，也受到来自雷奥卧室"狼号"的干扰，辗转难眠了。

爱情，什么是爱情？书上说"爱情是人与人之间的强烈依恋、亲近、向往，以及无私专一并且无所不尽其心的情感"。肖船扪心自问，似乎这二十五年的生命中，除父亲外还没哪个男人，能让她产生如此强烈的依恋、亲近和向往之情。那么，秦宛嘴里的爱情到底何时眷顾于她，让她平凡的世界焕发光彩呢？仿佛一夜之间，肖船发现身边的人都有伴侣。经常步行的那条小路，接二连三碰到忘情接吻的年轻人。唯独她没伴。她的心在春天里发出惆怅的叹息。灵魂深处已有感情蠢蠢欲动，她渴望倾诉，渴望能在人群中遇到那样一对目光，一对秦宛所说的"能让身体和心同时战栗的目光"。

肖船寻寻觅觅爱情之时，雷奥则频繁更换性伴侣，尤其周末，雷奥卧室的狂欢声几乎通宵达旦，永无休止。肖船的睡眠质量严重下降，就在她准备提出退房另找公寓时，江枫出现了。

江枫刚来美国那段时间，和师兄合租留学生公寓。公寓环境好，但租金贵，每个月两百多，再加伙食费水电费，一个月下来，奖学金所剩无几。师兄单身无所谓，挣多少花多少。他不同，他想在美辰来之前尽量多存点钱。

听说学校附近有很多廉价居民房出租，便动了搬家心思。雷奥提出的租金是一百五，比现在少一百，他仍然嫌贵，哪怕再少十个美元，真不成，五个美元也行。他从小生在农村，习惯了一切从简，对物质几乎没有要求。母亲去世后，父亲说他今后的道路，好比光着脚进蒺藜窝，全得靠他自己一路捱扎。留学生公寓里的洗碗机、烤箱、冰箱等对他来说全是多余。他只需要一张床一只枕头。如果实验室的长凳上允许睡人，他早不费这个劲额外找房了；再如果这个地方冬天不是太冷，睡觉问题也可以在校园的那座假山处和草地上解决。

江枫在约定看房的时间去雷奥家，想起父亲的话，脚底仿佛又多出一根刺，他必须想办法清除，把房租降下来。雷奥正坐车里发动车子，一见他，忙出来用中文招呼。

你会中文？江枫高兴地问。雷奥谦虚地表示只会一点点。他看了看江枫手上的报纸问：来看房子的吧？我是房东。江枫愕然，没料房东这么年轻。雷奥解释说房子是父母的，自己不过是房东代理，如果江枫对租金满意，现在即可入住。

说起租金，江枫咳嗽一声，正寻思如何砍价，只见雷奥泄气地对破车飞起一脚，骂了句脏话。他这身手让江枫灵光一闪，随即走近车子观察。雷奥试探道：我知道你们中国的气功很了不起。听说这里有个中国留学生，会用气功修车，还能用气功捉蚊子、打苍蝇，真的很厉害。

雷奥嘴里会气功的留学生正是江枫师兄。师兄的气功已在这座小城出名，很多慕名者纷纷前来拜师学艺，师兄来者不拒，按小时收费。"功不在死练而在开悟。练功需要心无挂碍，这样方可使气血畅通，意念集中。"两人同住一个公寓，江枫耳濡目染，也学了一招半式；理论上能讲得头头是道，功夫上还处模仿阶段，并未"开悟"。不过，这一招半式唬弄一下这个德国后裔恐怕绰绰有余吧？如此一转念，江枫做出胸有成竹的样子，模仿师兄动作，对准"穴道"飞起一脚，踢完，叫雷奥进去试试。

也该江枫好运，那辆破车或许根本没什么大问题，再加雷奥已经捣鼓半天，他这一脚不过歪打正着踢得及时，结果奇迹发生，车子运作正常了。雷奥对江枫佩服得五体投地，竖起大拇指连连赞叹，并自动削掉大半房租作为气功学费。

江枫因成功减免房租，心情格外愉快，又接连贩卖"天人合一""人社合一"等理念。雷奥听得有趣，要求他示范几个基本动作。江枫稍一凝神，左脚向左挪动一步，身体微微下蹲，膝稍弯曲，嘴里念念有词道：头直目正，身端气静，十指分开。

当他做十指分开状，感觉脑后匀有一双眼睛盯着，回头张望，与伫立窗口的一位女留学生对视。江枫一怔，雷奥顺他目光望去，介绍说：她叫肖船，住你隔壁。

跟师兄合租公寓时听说过男女混租，没料这么快发生在自己身上。而雷奥所说的隔壁，仅隔一层薄板，一道碎花布门帘，肖船进进出出要通过他卧室。江枫站在属于他的狭小空间，盯着碎花门帘出神，减免房租的喜悦荡然无存：美辰来后怎么办？他们夫妻还有隐私吗？

第二章

　　花布门帘被一只纤细的手撩开，肖船那张柔弱古典的脸，一幅画似的呈现面前。近距离看，肖船像工笔画里的美女，眉毛、鼻子和嘴唇轮廓线条分明，楚楚动人。江枫心头异样一跳。这异样的心跳声，被宽阔的胸腔捂着掩着，只有他听到。他熟悉这种感觉，那是在高中和大学暗恋女孩时特有的心跳声。他暗恋的对象，无一例外地像从工笔画里走出的那般不食人间烟火。她们不会像美辰那样放声高歌，也不会像美辰那样在各种场合落落大方、周旋自如；她们是尽量地想让人群淹没，却又总在不经意间给人心底投下一阵涟漪，一圈圈荡漾着叫你心动心恻，情不自禁地陷入漩涡。

　　肖船在雷奥简单的介绍声中，朝江枫一点头，嘴角微微一抿，算是招呼。她手上拿着毛巾和脸盆，从房间去洗手间。雷奥一指她背影说：你很幸运，有她睡隔壁。换作前面走的那位秦宪——你肯定不得安宁。肖船不一样，她很温柔，也很安静，不会给你添麻烦的。凑近轻声说：当然，如果你想要有"麻烦"，他流露出坏笑，那可是你们之间的事，跟我无关。你只要自个处理好，别让她出去瞎嚷嚷告你就行。

　　江枫对雷奥夸张地挥起手，佯装劈向对方。

　　你急什么？雷奥边躲边笑说：我是为你好，是从人性角度替你考虑。我希望你能释放本能。说罢独自摇头，对江枫竖起大拇指，感慨道：了不起。实在佩服你们东方人的忍耐力。换我一个星期都等不了。

就这样，江枫开始了和肖船别别扭扭的"同居"生活。肖船果然如雷奥所言，是个安静的女孩。她动作轻柔，睡觉很少翻身，也不打呼噜。碎花门帘隔开的另一半，似乎永远静悄悄的。两人又因作息时间不一样很少碰面；肖船早出早归，江枫则是晚出晚归。有时江枫深夜到家，眼前似出现幻觉，门帘在空中微微飘荡，仿佛刚被一双手撩拨过。他盯着门帘出神，很想撩开看看，里面是否真有人住。

某天，江枫做完实验，人已累到极点。进门前，靠墙喘了口气，心想：要能吃上一碗热乎乎的小馄饨该多好啊。国内读书期间，他像很多喜欢熬夜的学生一样，养成吃夜宵的习惯。宿舍楼下有个小吃摊，无论刮风下雨，总在那里守候。一碗三鲜小馄饨，或一盘螺蛳炒面，吃得人热气腾腾。那个舒服满意劲啊，至今想来令人口馋。江枫用力咽下口水，情不自禁地朝窗外瞥一眼，恍惚见小吃摊上那盏橘红色灯光，一闪一闪地摇曳，似也在对他诉说思念。

江枫叹口气，动手解开胸前纽扣，还是准备用老办法，让睡觉麻痹这些"奢侈"欲望。谁知刚推门，一阵青葱麻油混合肉末的香味扑鼻而至。以为做梦，快速打开台灯，见书桌上是一碗他梦寐以求的小馄饨，馄饨明显刚出锅不久，氤氲着淡淡的热气。碗边压张纸条：想麻烦你帮忙解一道题。一碗夜点心聊表心意，谢谢。署名：肖船。

江枫举起字条左看右看，没找到那道题。知道"隔壁"还没睡，或许正敛声屏气地猜测他反应。他嘴巴张了张，想表示感谢，又作罢，心想还是当面道谢的好。

这以后，江枫不管多晚回家，桌上都会有一碗小点心，馄饨、炒面、稀饭、蛋羹等，而江枫期待的当面道谢，又总一再错过。不得已，江枫也只能用笔和这位"田螺"姑娘交流，先追问那道计算题的下落。他问：题呢？她答：已经解答，就不劳麻烦。他第二天再留条：稀饭炖得很稠，不过，今后不用费心。她答：不麻烦，我也有吃夜宵的习惯，举手之劳而已。

周末上午，通常是江枫教雷奥练习气功的时间，肖船则在他起床之前悄然离去，好像刻意回避，根本不给他机会道谢，又似乎怕他当面拒绝。偶尔照面，也仅匆匆一点头一个对视。

江枫心神不宁了。这世界没有免费的午餐，他却吃了她近一个月免费夜宵。她和他素昧平生，为何独给他点心吃？因为都是中国人？还是因为她的确有求于他？求？求什么？算题是用来作借口的。那么到底求什么呢？

江枫呆呆出神，脑子从以前暗恋的女孩转到肖船身上，一个眼神一个动作一道道点心翻来覆去回味，心里有预感，绕来绕去，就是不肯绕到那个敏感的字上。

某天教雷奥练功，江枫将手掌朝上，低头端详，眼神怪怪地盯着一动不动。雷奥也做相同动作，一会看他一会看自己的手，不明所以。等了片刻不得指令，高声问：喂，想老婆了？

老婆。是啊，他是个有老婆的人，怎可以如此心猿意马？再过一段时间，美辰会来和他团聚。美辰，你快来吧。

雷奥这声叫提醒了他，练功需要心无挂碍，这样方可使气血畅通、意念集中，淡化各种欲望。如果他连最基本的条件——放松、沉静都做不到，还有什么资格做雷奥师傅？

记得北京体育大学教授胡晓飞曾说过这么一句话，他说"练习气功最大的作用，就是让你做一个正常人"。

江枫为恢复内心平静，克制着一些让他骚扰不宁的思绪，开始认真修习气功了。

第三章

　　美辰随身携带的两只旅行箱里，除衣服和一些日用品，还有一面母亲送她的美国小国旗。

　　送别前一晚，常娥从 China Opera 梦中惊醒。她到底支持女儿出国吗？美辰去美国能干什么？真如梦中那般辉煌站上美国舞台唱戏？常娥左思右想仍觉茫然，就像两个女儿的婚事，无论阮晓树还是江枫，总觉得他们缺少了点什么？到底是什么？想起自己的婚姻，将心比心，知道女儿也不喜欢她干涉，那么她所谓的支持和不支持又能怎样？说出来改变不了现实，不过徒增烦恼。

　　一切都是命。月圆劝慰她说：美辰命中注定要吃西方饭，挡也挡不住。

　　命。现代人面对自己无法阻挡的事，归根到底一个"命"字，似乎这样就能够心安理得。

　　常娥在美辰进安检前，细心地替她整理头发和衣服领子。她手指冰凉，不小心触到美辰脖子，两人都是一阵难受。美辰别过脸，知道母亲此刻的心情，不想看她眼里强忍住的泪水。她们早已习惯在各自强硬的伪装下相处。她当年不辞而别去红花剧团，没掉一滴眼泪。自从父亲去世，她就知道眼泪解决不了问题，她必须坚强独立，必须学会独当一面。但这次分别跟以往不同：以前无论是红花剧团，还是上海北京广州走穴，只要想，一个电话一封信，两人总能见上面。如今这一别，真成天各一方了。

常娥把小星条旗送给美辰，它来自美国，有她和陶醉年轻时遐想的气息，但愿它给美辰送去好运。她到底没能控制情绪，在美辰过安检的刹那，倒进月圆怀里，泪水决了堤般汹涌流淌。美辰安检完毕，又不顾一切地冲回来，将母亲紧紧抱住，在她耳边哽咽着说：妈，我一定尽快把你接过去。等着我。陶醉叔叔没能圆的梦，我帮你圆。

美辰擦干眼泪，强颜欢笑对母亲晃了晃手中的星条旗子。也许是被母亲的眼泪弄得太伤感，又或许是因为自己的许诺。第一次坐飞机，第一次踏上美国国土，对展开在身边的一切新鲜事物都提不起兴趣，对久别重逢的新婚丈夫也没流露出太多激情。她跟随江枫一路坐车，回到雷奥家，回到属于他们的房间。

室内静悄悄的空无一人。江枫强忍住内心躁动，在她身边转来转去；一会给她吃东西，一会叫她去洗澡。等美辰洗好澡进来，江枫便把她压倒在床。美辰开始还有点抵触，渐渐地，热情被唤醒，也积极迎合。两人快速脱掉衣服。美辰在他突然加强的动作中，哎呀一叫，猛地推开他，从身下抽出被压皱的风衣，急切地掏出母亲送的那面旗子，见把柄已经断裂。她的脸一下阴沉起来。她责备江枫说：都是你，让我把东西整理好都来不及。你看，你把它弄断了。

江枫见她为这面小旗子烦恼，就说：嗨，你喜欢我明天赔你十个如何？说着，又把脸凑近。美辰推开他，恼懊地对着旗子生闷气：江枫怎么可能理解这面小旗子的含义呢？

接下来，美辰一直情绪不高，胡乱吃了两口面条，倒头就睡，这一觉下去天昏地暗，第二天才被阳台上传来的动作和说话声吵醒。江枫正在教雷奥气功。只听江枫指令：身体要似站非站，似坐非坐，面部表情似笑非笑。

美辰困惑地望了望四周，完全忘记江枫说的男女混租，径直起身撩开门帘，见窗前立着一位年轻女子，正出神地盯着阳台上的江枫和雷奥，嘴里不时发出一声极轻微的笑。

顺着她目光望出去——阳台上，雷奥学得手忙脚乱，膝盖摇摇晃晃，手指胡乱地抓向空中，嘴里重复：似笑非笑，似笑非笑。最后终于做出一个比哭还难看的似笑非笑状。

肖船"扑哧"一声，江枫仿佛有感应地，快速回头朝窗内瞥一眼。那一眼全部落在肖船身上，眼里荡漾着一种暧昧的情调。肖船情不自禁将手掩住嘴唇，身体扭怩一下。阳台上的江枫又似乎瞧见肖船身后的美辰，伸长脖子，眯了眯眼，缓缓停下动作。

美辰快速转身，"哐当"一声响，踢到了洗脸盆。肖船吓了一跳，回头见是美辰，很快掩饰住惊愕，镇静地问：你是江枫的夫人吧？我叫肖——

江枫气喘吁吁地冲进来，接过话介绍：她叫肖船，就是我跟你说的那个一块合租的，雷奥的房客。雷奥在江枫身后吹了声口哨，对美辰伸出手说：我叫雷奥，这里的房东，当然——他又快活地转向江枫说：我又是他徒弟。

徒弟。江枫会气功？还擅长用眼神跟女孩搞暧昧？这些，她婚前一无所知。她只知道他的专业是大气科学，只知道他喜欢唱歌。美辰不知为何，心里堵得厉害，再次瞟一眼这间不足十平米的空间，一张床一张书桌就是全部家当。

江枫去机场接她时给她打预防针，说男女混租在美国很普遍，大家都是学生，各自忙于学习，虽同住一室，作息时间错开了，井水不犯河水。美辰听后没多想，美国嘛，出国前早做好面对"洪水猛兽"的准备，还怕一个"女室友"？昨天刚来因为想念母亲，对新环境没太上心，殊料，境况和想象出入太大。隔壁，有这种隔壁吗？一对孤男寡女关在一个房间，仅隔一层薄薄的板，一片轻飘飘的花布门帘……

见美辰盯着门帘出神，江枫和肖船同时张开口：我们——

听到江枫声音，肖船忙闭上嘴巴。江枫看了看美辰脸色，把雷奥推出去，对肖船说：我来解释。

肖船跟随雷奥出门，又回头凝了江枫一眼，欲言又止。肖船前脚走，美辰用力把门从她身后摔上。

说吧，你们怎么啦？是不是早就是一对露水夫妻？你跟我说实话。我不要欺骗。我能接受也能理解。只是，请你不要骗我，不然，我会觉得很脏。美辰身体颤抖，努力把话说完。

江枫首先严肃地叫她不要胡言乱语，说人家肖船还是个大姑娘——

话没完，美辰冷笑一声，反问：你怎么知道人家还是大姑娘？

她没男朋友。

没男朋友就还是个大姑娘？你怎么知道她还是大姑娘？美辰不依不饶地问。　江枫便打了自己一个嘴巴，说错话了。反正有天地为证，他和她虽同处一室，其实连话都没说上几句，今天还是话说得最多的一次。江枫再三赌咒发誓，美辰冷笑两声，盯住那道门帘说：要么她搬，要么我们搬，反正这种地方，我一天都不想呆。

江枫本来也计划搬家，但房子不是说找就能找到，况且还和雷奥签了半年合同，不可以随便反悔。就三个月，你再熬三个月，合同期一到，我们住留学生公寓，找个男生合租，这下你放心了？

第四章

　　美辰无论如何没想到，自己最初在美国的头三个月，会每天在争风吃醋中度过。这些"醋"，又似乎全是一些无中生有的主观臆想或猜测。

　　三个月，对整天忙忙碌碌的江枫来说容易过去，美辰则度日如年。家里静悄悄的没有一个人。她脑子来回思索一个问题：该如何做，才能尽快把母亲也接来美国？

　　四月份的美国东部，正是春意盎然的美丽季节。江枫白天黑夜忙在学校，并没因妻子初来乍到，留在家多陪她一会。

　　美辰首次使用美国电炉全靠自己摸索，她手里拿一本字典，战战兢兢搞清楚开关，准备给江枫炒个豆芽肉丝。当她把切好的肉丝放入油锅，锅里突然窜出一大蓬火，与此同时，室内警报器被油烟熏醒，发出刺耳尖锐的叫声。一听警报，她慌了，高声叫江枫，第一个冲出卧室的却是雷奥。雷奥一看油烟也吓一跳，返回房间，手忙脚乱找出一只小台扇，高高举起，对准警报器吹。嗨，这一招还真灵。警报安静了。雷奥放下台扇，只见他两手沾满灰尘，鼻子上也是灰尘。他对美辰轻快地吹了声口哨，高兴地笑了。

　　这是美辰和雷奥第一次接触，虽然语言不通，感觉小伙子性格开朗乐于助人，可惜，一句也听不懂他在说什么。

警报鸣叫时，江枫正在接师兄电话，说实验结果又不理想，导师很生气，要开个小组会议。美辰靠在门口，头发和皮肤上全是呛人的油烟味，她眼里闪着怒火，硬是咬住嘴唇才忍住汹涌而出的怨言。

其实，江枫也不完全是个彻头彻尾的书呆子，从他喜欢唱歌并喜欢在心底玩弄一些小暧昧可以看出，他身体里活跃着浪漫的细胞。这些细胞如果条件许可会手舞足蹈一番。可惜，美辰来得不是时候，实验进展一波三折不尽人意。老板很着急，如再没突破，下批资金不可能到位，那么，作为这个课题研究者之一的江枫，就有可能失去奖学金。

我下学期没钱了，你们自己看着办，愿意转学的话我可以写推荐信。老板沮丧到此，身边同学已开始联系其他学校。

他这些工作上的困难，说给美辰听能解决什么问题呢？江枫经过美辰身边，闻着她身上散发的油烟味，心里一动。美辰眼里的寂寞他懂，可在这里，生存第一，没了工作没了钱连寂寞都属奢侈。她既然选择出国，选择做他老婆，应该对此有所准备。人生毕竟不是舞台——舞台上的灯红酒绿、热闹纷呈，只是点缀，永远替代不了现实。真正的人生它是一个人的孤独，一个人的坚持。从现在起，美辰必须学会面对孤独。这是她到美国应该上的第一堂课。没人能教，只有她自己在孤独中领悟。

江枫狠狠心走了。美辰把炒好的菜送给雷奥吃，准备出门散步。出门前，打开旅行箱，里面花团锦簇各种衣裙，让她眼里的泪流个不停。母亲和妹妹前两天还来信问了很多幼稚的问题。她们对美国真是一无所知啊。

如果她们知道她每天都被关在这个不足十平方米的小房间生气，妒忌，吃醋，当初还同意她出国吗？

美辰换上一条粉红色真丝长裙，一件白色薄型羊毛衫，一双白色高跟鞋，整个人显得十分素淡。她在镜子前站了会，出国一个月，脸瘦了一圈，皮肤像失去水分似的，干燥起皱了。她这副样子可不行。她用手揉了揉脸颊，强打精神给自己鼓气。母亲要看到她现在这个样子——不，她不能让母亲失望。她是黎美辰。她浪迹江湖，什么没经历过？不就是换个国家？换了种语言？如今当务之急是学英语。英语学好，先找个工打，尽早经济独立，然后把母亲接来。

这样一想，对未来又生出几分希望。雷奥见她出门，不放心，问她去哪里，美辰听不懂，两人手势比划半天，肖船回来了。

美辰没出现之前，肖船对江枫已婚的事实一无所知。因为之前和风骚的秦宛同处一室，近墨者黑，耳濡目染对方交友之道，不知不觉学了一鳞半爪，比如从吃上面下手，十拿九稳。这是秦宛的惯用手段。秦宛走后，她在自己心仪的男生出现之时，如法炮制，给江枫精心制作了一道道夜点心。两人虽不说一句话，但隔一块薄板，听着夜风中传来的咀嚼声，那份浪漫和独特，又哪是其他恋人花前月下的俗套所能比拟的？肖船没有恋爱经验，江枫的每一声咀嚼，似在对她说着那永恒的三个字。眼看水到渠成，接下来就是扯去门帘，两室并为一室。

她在美辰来之前的最后几天，忍耐已到极限。那段时间，雷奥跟女友在房里纵欲狂欢，江枫不到半夜不回家。她听着雷奥房里传出的阵阵调笑，一个人在室内无处躲也无从躲。那时她强烈渴望江枫，而江枫似乎刻意用漫长寂寞的等待消耗她的热情和欲望。当她被消耗得筋疲力尽又忍无可忍，准备不顾一切主动出击之时，美辰来了。

原来他是有妇之夫。好几次，她把雷奥房里传出的做爱声，当成江枫和美辰。秦宛曾说她的身材性感极了。这么好的身材荒芜着，你不白活了吗？美辰来后，肖船突然像被爱情的迷药蛊惑，心心念念想交男朋友。她主动联系秦宛，跟秦宛一块去酒吧，很快，被一个比他大十岁的美国商人马修看上。

美国商人正在推销一种叫"安颜"的护肤品。他让肖船坐在面前，抚摸她脸颊,说她是"安颜"无与伦比的模特儿。他给她化妆,用手在她脸上均匀涂抹;然后用海绵轻轻按压,按着按着,呼吸粗了,脸凑近,毫不犹豫地将她吻住。肖船失去初吻和失去贞操在同一时间,快得来不及思索,一切就这么发生了。她觉得自己前一天还在雷奥肆无忌惮的做爱声中自怨自艾,如今,也开始放肆地呻吟。美国商人无论如何不相信这是她的第一次。你比我想象得要老练多了,他说。当然,美国商人并不在意这是不是她第一次,开心就好。他用口红在她胸口上画了一艘小船,叫她"My boat"(我的船)。

和美国商人马修有了第一次性爱的肖船,也像江枫那样,经常深更半夜回家。这天,美辰正准备出去,肖船回来。相比较美辰的悒郁,肖船整个人看上去光彩照人,一扫以往的拘谨和心神不宁。她笑盈盈地直视着美辰,主动问:出去吗?说罢低头看了看她的高跟鞋,建议说:如果出门散步,还是穿旅游鞋比较合适。

肖船的建议,美辰听来像是讽刺。她凭什么指导她穿什么散步?美辰一出门心情反而更糟。她凭什么……

肖船眉角眼梢荡漾春意,她得意什么?她想在她面前炫耀什么?美辰眼前闪过肖船和江枫隔窗眉目传情的暧昧。心头蓦地一跳,难道——

肖船回来的时间越来越晚,有时甚至和江枫前后脚进屋。两人都用同样疲惫不堪的身子往床上一倒,随即发出深沉的呼吸声。偶尔,肖船在睡梦中翻一个声,咕哝一声"讨厌"。那轻佻、暧昧的"讨厌"两字,直入美辰耳膜,撕咬着她的神经。

美辰失眠了。她不再相信江枫每天深更半夜回家是为做实验。某天,她终于忍不住,像所有被猜疑和妒忌占据思想的怨妇,跟踪江枫去了实验室,然后在实验室外面的树林里等到深夜。当江枫形单影只的身影出现,她捂住嘴流下眼泪。她不喜欢她现在的样子。她从来没想到她黎美辰短短三个月,会变成这么一个脆弱、猜疑、妒忌心重的女人。是因为真的爱江枫？还是因为环境所致？

三个月后，肖船几乎和江枫在同一时间提出退房。两人同处一室，玩味近半年暧昧，似第一次看清楚对方。江枫连续几个星期白天黑夜做实验，脸色苍白消瘦，胡子拉碴，和半年前在车道用"气功"修车的潇洒判若两人。

也许是那天的阳光欺骗了她。肖船收回目光，暗自庆幸在人生的关键时刻，遇见了生命中的贵人马修。她把钥匙退给雷奥，很大方地对江枫伸出手道别。

她说再见，眼神已越过他肩胛处，凝视窗外：那里，马修站在春风里，对她做了一个OK的手势。她湿热的手掌蜻蜓点水般掠过江枫手指。

江枫和雷奥同时回头，目送肖船离去。人还是那个人，韵味却变了：就好比在一幅古典仕女画下方盖了个西洋图章，叫人不知道说什么才好。

江枫心想，那段时间他可能真是太寂寞了。

第五章

  三年一晃而过，不知不觉，美辰出国已经三年，成了留学生公寓陪读夫人中的一员。某天她约好一位刚从国内来的陪读夫人小刘去语言学校。小刘二十六、七岁，一张圆脸，蹲草地上吹蒲公英。她天真地鼓起腮帮子，瞪大一双好奇的眸子，似乎第一次知道蒲公英会飞，开心地伸手追逐，嘴里发出几声"哦、哦"的欢叫。

  美辰从公寓出来，站在太阳下，怕冷似的束紧风衣腰带。风衣是出国前裁缝定做的时装之一，黑色、翻领、再加腰带，是当时最时髦的款式。仍记得试衣时妹妹羡慕的眼神：姐，你穿上这件风衣特像《魂断蓝桥》里的女主角玛拉，要再戴顶圆边的黑帽子就更像。玛拉和罗伊在滑铁卢桥上初次相遇，两人对视的眼神，哇——，还有罗伊对她敬礼那动作实在太帅太帅了。

  美辰伫立风中，由妹妹的赞叹想起《魂断蓝桥》经典片段，心中感慨：人生若能永远定格在初次相遇的那种心动和帅气里，是否会少掉以后许多复杂又矛盾的心碎和残破？就像眼前在阳光里追逐蒲公英的陪读夫人小刘，假如再过三年，面对春天和蒲公英，她是否还会有此冲动和惬意？

  美辰低下头，用脚在草地边缘来回磨蹭，

都说记忆像个筛子，会把一切有感知的信息留存下来。美辰在美国过的这三年，除去隔三差五和江枫怄气，每天吃饭、睡觉、散步、去语言学校，单调重复，周而复始。这些生存本能，都随时间的脚步匆匆流失了。

一片蒲公英飞絮飘飘悠悠闯入视野，停留在风衣上。她用手拂去飞絮，像跟那份朦胧的渴望和不成形的梦想告别似的，心底滑过一道忧伤和悸动。

什么算有感知的信息？她有些怀念在雷奥家那短暂的三个月，至少还能吃醋，还有眼泪。不像现在，环境舒适了，一室一厅的公寓就他们夫妻俩，无须跟人分享洗手间和厨房，也不用担心合租的女生会把丈夫魂魄勾走；所有让人心烦的人和噪音没了，她却越来越意兴阑珊，提不起一点热情。

江枫开始选修计算机课，准备同时拿两个学位，他比以前更忙更没时间陪她。她的牢骚，在他那里成吃饱喝足后滋生的"闲愁"。你别身在福中不知福，去端两天盘子试试？说实话，这里物质是真不错，你看我一个穷学生，拿万把块钱奖学金，还能每天吃肉喝饮料。我对物质已经满足没有更高要求。

她呢？单纯为肉和饮料才和他结婚才来美国？余火的梦想是进军好莱坞，杨碧瑶已在日本演艺界开展活动。她的梦想是什么？登上美国舞台唱歌唱 China Opera？美辰苦涩地一笑。"梦想"两个字，一个梦，一个想，都是由心而生的欲念。心有多大，梦就有多大。她现在的心，被廉价鸡肉和饮料的味道熏得昏昏沉沉，没有方向没有动力。再这么过下去，连梦想两字怎么写都快忘了。

有位朋友曾送她一只小仓鼠，仓鼠浑身白毛，两只棕色的眼睛滴溜滚圆；嘴角两撇长胡须，听到音乐或美辰的歌声会一翘一翘，似在打拍子。它肚子饿了，就用小脚丫抓铁栏杆，眼巴巴地瞅着她，发出两声"吱吱"的叫。和野外风餐露宿的小松鼠相比，圈养的仓鼠安逸舒适，过着无忧无虑饭来张口的生活。那么，仓鼠满足吗？常常，美辰盯着笼子里的仓鼠，从它眼里看到了寂寞，也看到了她自身的寂寞。她目前的精神状态，似乎和圈养的动物也没多大区别啊。

美辰每天早上八点到十点去语言学校，班里十几位来自世界各地的外国人，除个别出类拔萃英语底子好的，大都是像她这样的钉子户——经历过最初的尴尬和痛，触觉似被美国的风雪冰冻，结起了一层厚厚的痂。他们步履懒散，对周围的环境已失去新鲜感；他们目光流露迷惘，眼睛盯着老师，心里则念念不忘过去，努力想从出国前的尘世中，挤出更多可供回忆的片段。

这些回忆，成了他们在陌生国土延长生命最简单最直接的方式。美辰也一直靠回忆打发时间。然这天的语言学校，因为有小刘的加入注进新鲜血液。小刘英语很好，自我介绍时顺带宣布人生梦想，同时告诉大家今天正好是她生日。

老师难得遇见一个能和他对答如流的学生，再一听生日，来了精神，兴致勃勃地坐钢琴边，弹唱 Birthday 歌。音乐打破了不同肤色不同语言之间的隔阂，他们跟随琴声尽情歌唱。有几位来自波斯米亚的难民，唱得泪流满面。美辰也唱，唱完英文，意犹未尽，用中文接着唱。美辰歌喉一出，震惊四座。天哪，同桌三年，竟然不知道身边坐着一位歌唱家。

你应该去考戏剧系。英文老师鼓励她。

美辰对江枫重复英文老师的鼓励，绕着舌头尽量使发音标准：Theater。她说，我们老师鼓励我去考 Theater。

当然，老师说同学说都没用，只有通过托福才叫真本事。从来没系统学习过的她，面对这座高山又如何逾越？江枫微一皱眉，不耐烦地说：你连一张申请表都看不懂，还想进戏剧系？好了，别异想天开，专心做好你的家庭主妇，到时生个大胖儿子才是正事。

我——

美辰兴致勃勃从戏剧系拿回申请表，被江枫一顿奚落，心里腾地冒出一股火，一摔门，转身跑了出去。

家庭主妇，生孩子。她在他眼里就是一个传宗接代的工具，他从不关心她的需求和梦想。谈恋爱时，两人一个男大当婚，一个女大当嫁，在卡拉 OK 厅引吭高歌、有过一些短暂的欢娱便草率成婚。其实，他和她根本是两个不同世界的人。他忙他的学业，而他的专业、兴趣、爱好，她一无所知，根本插不上话。刚搬来公寓，还请师兄师弟吃饭。她的漂亮和大方满足了他作为一个男人的虚荣心。渐渐地，师兄师弟们的老婆成了拿奖学金的留学生；再聚会，各自按兴趣扎堆，只有她形单影只，成了 Party 上唯一靠丈夫养活的女人。她转来转去似乎只适合待在厨房。

美辰脸上淌满泪水，也不用手去擦，三年来，第一次这么率性而为。她不知道走向何方，到处是开阔无际的草地；天空暮色四合，低压的云层无限伸展，在天的尽头似乎和草地相接，连成一片。

身边没一个人，马路上偶尔有几辆车驶过。热播剧《北京人在纽约》有两句台词："如果你爱他，就把他送到纽约，因为那里是天堂；如果你恨他，就把他送到纽约，因为那里是地狱。"

天堂、地狱，爱、恨，似乎和她当时出国的状态无关。没有谁因为爱或恨硬把她送来美国，这火坑是她自己跳的，怨不得别人，一切是她自己咎由自取。

她连一张申请表都看不懂，还想进戏剧系？美辰哭着哭着，想起江枫这句奚落，又控制不住笑了起来。她真傻，以为这里还是红花剧团？以为戏剧系想读就能读？像从越剧到唱歌那么简单？难怪江枫嘲笑她。她是活该被嘲笑。

美辰再次哭泣。她该怎么办？听从江枫建议生个孩子？她不甘心，想起当初出国时的冲劲和激情，那股满脑子盲目天真的热情中，并没有"贤妻良母"这一条。如果选择做贤妻良母，又何必远涉重洋到美国来做？

第六章

两分钟解释什么叫"安颜",是走出推销"安颜"化妆及营养品最关键的第一步。一个机缘巧合,美辰被肖船自信的个性化广告吸引,似乎一下从苦恼混乱的现实中找到方向,毫不犹豫加入团队,成为肖船的"下线"。

肖船是如何放弃专业,走出销售这一步的呢?她跟美辰推心置腹地谈道:她曾为一个"码工"的职位,熬通宵准备 presentation,整整十次面试,最后还是白忙乎一场。想想真不值,不值啊。后来马修安慰她说,那个职位即使申请成功,也不一定能发挥优势和特长。别着急,属于你的肯定在那等着你。只要坚持、不气馁,肯定会成功。知道吗?一个人做四十五年工,到最后仍然一无所有。因为这世界上百分之九十五的人,一生中用了四十五年时间,在辛辛苦苦为另外百分之五的成功者添砖加瓦。所以,要想成功,必须找对门路、跟对人。借力使力,让钱自动流进来,让钱来找你。

被美国商人马修盖上"西洋印章"的肖船,一袭黑色职业套装,白衬衫的衣领和袖口翻在外面,脸上薄施脂粉,一头黑发纹丝不乱地盘在脑后。她站在讲台上,从容、镇定,面对台下数十双如饥似渴的眼睛侃侃而谈,从自身经历到心路历程再到"人生有梦,筑梦踏实"

的目标宣言，她的演讲于幽默诙谐中激励人心。

这不是"打猎"的生意，它是"钓鱼"的生意。知道"打猎"和"钓鱼"的区别吗？两者都要求目标，但钓鱼更讲究技巧。从现在开始给自己设立目标，写下梦想，争取每个星期接近三到五个人。记住，没有"NO"就找不到"Yes"，如果你从一百个"NO"中找到两个对的人，你就迈向了成功的第一步。

短短三年，肖船从一穷二白的留学生，成功跨入CEO行列。她和马修夫唱妇随，因"安颜"结缘，又因"安颜"发家致富。两人的新家坐落D市富人区，价值一百多万，里面健身房、电影院等设施应有尽有。夫妻隔三差五在家举办讲座，发展新会员。

只要改变消费习惯就能变消费为投资，就可以在消费中创造累积财富。

经肖船鼓动，美辰瞒着江枫买下近一千美元"安颜"化妆品和营养品。她想，从现在开始，必须改变自己等吃、等睡、等死的"三等公民"状态，努力突破人与人之间的无限隔膜。如何鉴貌辨色跟人套近乎、跟人周旋本是她强项，况且这个事业不需要托福，没有那么高的语言门槛。只要有耐心、恒心，能放下所谓的自尊，到人群中去，并不断在行动中调整目标，还怕找不到人？美辰被冰冻的自信，在那一刻彻底激活。她对镜化妆，镜子里的她明眸皓齿，巧笑嫣然，一扫以往的消沉和失落。她抿了抿嘴唇，开始练习"安颜"两分钟广告，并死记硬背各类产品的中英文描述。

语言学校是美辰突破"人与人之间隔膜"的第一站。她利用课间休息推销，同学果然表现出很感兴趣的样子，边听解释边试样品，一旦涉及价格又都装聋作哑，借口离开。两星期下来，样品全部用光，产品无人问津，更别说发展下线。美辰不气馁，转道留学生公寓。

留学生公寓住户均为留学生及其家属，大都来自中国、印度、伊朗、波兰、巴基斯坦等国。已经生儿育女的陪读夫人，因为有孩子，除操持家务，必须定时带孩子出门散步，儿童游乐园和图书馆成了她们聚会的固定场所。肖船说，四海之内皆兄弟姐妹，和身边的陌生人交朋友，微笑多一点，说话甜一点。记住，我们是在帮助客人解决问题，出发前每天祝福自己：我就是销售高手。

美辰记忆力好，几次讲座听下来倒背如流，即如法炮制在陪读夫人圈贩卖。女人对美容、化妆、美发、护肤秘笈之类的话题是永远不会厌倦的。美辰的演说形神兼备，到关键处配以肢体动作，不时引发阵阵笑声。她类似脱口秀的产品推介，给妇女们沉闷的生活带去些许调剂。当然，开心过后很快回到现实：孩子要换尿布了；孩子要吃奶了；孩子要午睡了等各种借口，又让她们急急火火返回公寓。

那天美辰坐秋千架上，独自晃荡片刻，盯着不远处一个伊朗妈妈的背影出神。这位妈妈是最有可能发展的会员之一，在她身上肖船教的"声东击西法""欲擒故纵法"等一一试过。快了，明天她说不定就——

明天。"明"字由"日"和"月"组成，意即还要再多看一次太阳和月亮，这中间又会生出多少变化？美辰突然有点等不及。她不假思索地跳下秋千架，追上伊朗妈妈：

佳瓦米，等等。

对不起，我现在真的没时间，我知道你想说什么，可我 baby 饿了。我要先回去喂她。

不，你不知道我想说什么。佳瓦米，如果我告诉你一个星期可以额外赚取五百到两千块收入——

你赚到了吗？

美辰一愣。伊朗妈妈眼里闪烁一丝嘲讽的光说：还是等你拿到那额外的两千块再来说服我吧。说罢又要走，孩子在她怀里动来动去。美辰急切地从手提包里取出一瓶"安颜"口服液，递过去说：要不你试试这个，你不是一直抱怨睡不好觉吗？这是纯天然的，没有任何添加剂。

孩子"哇——"地一声哭了起来。伊朗妈妈抱紧孩子，敷衍她说，明天，等明天再说。

拿着吧，今晚就可以试效果，不好的话不收钱。美辰硬把口服液塞过去，以为伊朗妈妈接住，谁知两人同时松手。口服液"啪"掉地上，玻璃瓶碎了，碎屑和液体溅到佳瓦米鞋子上，她后退两步说：这不关我的事。

一瓶口服液五十美元，美辰心痛。自从瞒着江枫做"安颜"，每天废寝忘食，睡里梦里背解说词、琢磨推销策略。口服液改善睡眠的同时还提神，上次亲眼见肖船演讲完从马修手里接过口服液，那一饮而尽的酣畅，如同吞服琼浆玉液。美辰羡慕得直咽口水，她也有啊，却舍不得喝。

美辰蹲在地上拣玻璃碎片，眼眶一热，心里堵住的那股气，压下去又回上来。换作以前早把对方骂个狗血喷头，现在不行，现在必须"脾气小一点，心胸宽一点"。她努力活动表情肌，强颜欢笑抬头，佳瓦米早不知去向，替而代之的是丈夫江枫。

美辰一阵慌乱，起身掩饰道：是你呀，把我吓一跳。

你在干什么？

我？我还能干什么？无聊，闲着没事，拣下垃圾。她眼神不舍地盯着地上那摊快要蒸发的液体，声音沙哑道：你看，不知哪个缺德的打碎瓶子也不拣，若小孩踩上，多危险哪。

她再次蹲下身去，被江枫猛地一拉，没料他手劲这么大，把她一路拉扯进屋。他铁青着脸冲进卧室，翻箱倒柜，拖出那只时装衣箱，将衣服一件件抛向空中。美辰冲过去试图关箱子，已经来不及，一排"安颜"赫然出现箱底。江枫一言不发，又一阵风似的冲出门外，将产品全扔进公共垃圾桶。

美辰第一个冲动是打电话给肖船，号码拨一半，被江枫回来按掉说：你这是钻老鼠洞，做传销。知不知道是非法的？

这不是传销。我们是合法的，是有尊严的组织。说到"尊严"两字，美辰被激怒的心逐渐平静，问江枫：这么激动干什么？有话不会好好说？

有尊严？凭你刚才追那伊朗人，叫有尊严？就凭你连肖船的话都信，叫有尊严？黎美辰，我没想到你这么经不住忽悠。什么永续收入？让钱来找你？天下如有这等好事，还要我们这些人整天在实验室做什么研究？

所以才说嘛，百分之九十五的人，一生中用了四十五年的时间，在为另外百分之五的成功者打工。你现在后悔还来得及。美辰反过来劝江枫说：想清楚了？一边是四十五年没有自由的苦役，一边是苦干两到三年就可成功的永续收入。

醒醒吧。江枫打断她，脱口说：这个"安颜"三年前就找过我。

三年前找过你？美辰眼珠一转：看来你对它并不陌生。如果你三年前坚持做到现在，说不定会成另外一个肖船。

别跟我提她。

这么说，肖船曾经想发展你做她下线？

江枫叹口气说：这种事它不靠谱。不管哪个行业，成功者永远只有那百分之五。肖船如果不是因为有马修的人脉和社交圈，凭她自己，能在这么短时间内成功？你呢，你在这里认识几个人？跟肖船比？所以美辰，你这是在为肖船打工，在被她借力，懂不懂？

江枫一番语重心长的话美辰当然懂，不过，江枫还停留在肖船说的"吃亏"和"占便宜"的肤浅层面，没有进入到一种只有成功者才有的"虚怀若谷"的境界。一个人成功与否应该由他帮助多少人来决定。如今肖船成功了，和她一块打拼的几个副手也都成功了。所以，要想成功，必须和积极进取的人在一起，这样才能获取正能量。

江枫对她缺乏最基本的了解。总以为只要把她像仓鼠一样圈养，吃喝不愁就万事大吉。他忘了，黎美辰天生是个不安分的女人。她喜欢东奔西走；喜欢有一个属于她的圈子，大家志同道合，努力奔向同一个目标。

美辰从垃圾桶捡回产品，细心擦拭上面的脏污。想起团队另一位成员，开始也遭丈夫反对，还被丈夫深更半夜反锁在门外。相比较那位成员，江枫态度还算温和的。

肖船早给他们打过预防针：首先要过你伴侣这一关，如果能说服两人一块做当然是皆大欢喜；如果，你伴侣是团燃烧的怒火，眼睛别盯住这团火，看前方，走你的路，你便不会被火烫伤。

记住：远见改变生命。

第七章

和江枫争吵过后，大部分时间美辰我行我素，在陪读夫人圈大力推广产品。时间一长，该讲的话颠来倒去地重复，产品没人买，陪读夫人见了她绕道走。她成了留学生圈的"过街老鼠"。

江枫见劝说无效，又不能一天二十四小时盯梢，就私自修改银行密码。美辰急于摆脱目前状态，更想做出点成绩给江枫看。她拿名单排来排去，再次锁定伊朗妈妈。这次她也不预约，直接找上门，对"猫眼"做个鬼脸说：佳瓦米，你在家，我已经看见你了。快开门。

佳瓦米抱着孩子挡在门口，明确表示不感兴趣，希望美辰不要打扰她生活。

没关系。所有植物都是泼冷水长大的。所谓成功者，就是做了失败者没能坚持做的事。我美辰一定要当个"珍珠猎人"，从一百个"NO"中找到那个对的人。

她认定佳瓦米就是那个对的人，潜意识抱一丝侥幸，以为佳瓦米会对那瓶摔掉的口服液心怀歉意。她只须从"歉意"这个缺口多疏通几次，不就顺理成章把对方给招安了？

美辰如此盘算，隔三差五不请自到。佳瓦米被她纠缠得头痛，跟丈夫抱怨。丈夫说，报警啊。来美国首先要学会使用法律保护自己。

上次我们家儿子晚上哭闹，楼上那个老太能报警，你这case，换美国人早报了。告她个骚扰罪，看她下次还敢不敢来。丈夫见佳瓦米犹豫，说，你下不了决心，我来。

于是，算准美辰要来那天，佳瓦米丈夫专门在家等候。夫妻俩从窗口远远见美辰拎着包过来，拨通了电话。

美辰那天心情特别好，刚接到由妈妈从国内转过来的一封信，一封来自加州余火的信。余火说这么多年没写信，不是因为遗忘，实在怕碰触那段美到极致的回忆。因为回忆有时就像"毒药"，会让他丧失在美国生存的勇气。所以他尽量用忙和累麻痹自己。知道我现在的梦想是什么吗？他只字不提美国境况，自问自答：挣钱！挣钱！挣钱！美辰，如果你在美国就好了，凭你的能力，我们联手，肯定打遍天下无敌手。最后在信末附上一首诗人食指的《相信未来》："当我的紫葡萄酒化作深秋的露水，当我的鲜花依偎在别人的情怀，我依然固执地凝望着血的枯藤，在凄凉的大地上写下：相信未来……"

余火用三个"挣钱"和"感叹号"描述他在美国状况，看来想钱想疯了。美辰哑然失笑。虽然信写得云里雾罩，莫名其妙，毕竟来自一位和她有些渊源的旧相识之手。"旧相识"三个字唤醒很多拍摄《秦女离魂》时真真假假闹出的桥段。

回忆，这类"思索情感"除让她意志消沉外于事无补。自投入"安颜"事业，美辰自动切断回忆。这天，因为余火一封意外来信，回忆之泉又在心底汩汩流淌。她独自走在阳光里，眼里闪动一丝朦胧的光，对身边景物视而不见，想起余火追求她使用的一些小伎俩，"扑哧"一声笑出口。

余火，当初真是烦死他了。她抬起一对发光发热的眸了，在深邃的天空寻找，仿佛那里有很多字句，脱口背诵诗歌。

"当我的紫葡萄酒化作深秋的露水——"

她竟能背下这首诗。美辰不可思议地停下脚步，盯着地面上晃动的树影出神。余火想借这首诗传递什么信息呢?"相信未来,相信未来"他在暗示什么?要她相信什么样的未来?

树影斑驳,不时与她身影重叠、分离、再重叠。她似从这些古怪黑影中分辨出余火的轮廓,接着更多阴影加进来,她又像看到碧瑶和林芬芳。

芬芳。不知为何,芬芳两字让她的心异样一跳。芬芳在干什么?余火信中并未提及。如果有机会见到芬芳,一定得解释跟余火之间的关系,一定要解释。她告诫自己。这样想着心里舒了口气。黑影不再像林芬芳,变成一个啤酒桶形状,桶身突出一块,像把倒挂的手枪——

美辰猛然抬头。

你好。你叫黎美辰?

面前不知何时站着两位警察,盯着她问。

美辰恍惚地点了点头。

你在给这幢楼的居民推销"安颜"?

美辰又恍惚地点了点头。"安颜"两字提醒她出发的目的,她要找佳瓦米。这不正是佳瓦米公寓?

美辰压根没把警察跟自己联系起来。被余火那封信搞得恍惚的思绪,直到这一刻才回归正常。她看了看手表,比预定时间晚了五分钟。

佳瓦米会不会已经带孩子出去了?她有点着急地加快脚步。警察再次拦住她说:请留步。你不能进去。我们刚接报警电话。请跟我们走一趟。我们有话问你。

美辰听而不闻。英语不注意听,很容易水过鸭背不留痕迹的。况且,她怎么会想到他们是为她而来呢?她困惑地瞟警察一眼,脸色似笑非笑,闪身跨上台阶。

STOP!警察声音严厉地警告。

美辰这次听清楚了,但仍不以为然,眼睛盯着台阶,心心念念在瓦佳米身上。还有两层,她继续前行。警察之一迅速冲过来,一把将她按住:STOP!

美辰双手被牢牢抓住,这一惊非同小可。怎么回事?他们真为她而来?她做了什么违法的事?一见警车顶上闪烁的红灯,美辰脑子轰地一声,思维混乱了。周围开始聚拢起一些看热闹的居民,几位陪读夫人正夹在人群中,惊愕地瞪着她。美辰瞬间被委屈、羞怒、不解、恐惧等诸多情绪包围,慌乱大叫:干什么?你们要干什么?尖叫一旦开头便无法控制,她边叫边挣扎后退。

他们要把她送到哪里去?监狱?美辰恐惧了,剧烈挣扎,叫声一声比一声凄厉。很快,雪白的手腕被铐上手铐。另一警察手里提根警棍,两人一边一只胳膊,把她当犯人般强行押向警车。

美辰练过功的双腿抵死不肯上车。她咽不下这口冤气,她又没犯法凭什么抓她?混蛋。你们冤枉无辜,不得好死。混蛋,流氓。她用中文骂他们,接着再次尖叫,叫江枫名字,叫妈妈。

妈妈两字出口,心底最柔软的部分被击中,眼泪哗地流了出来。与此同时,内脏一阵痉挛,一股突如其来的恶心使她头晕目眩。

她对自己已经怀孕的事实一无所知,嘴巴一张,"哇"地吐出一口。警察被她出其不意的呕吐吓了一跳,手一松,美辰撒腿便跑,才跑出两步,眼前一黑,晕倒在地。

第八集

　　常娥拿到签证那天，同事跟她开玩笑说：常娥啊，去美国办个越剧班，叫他美国人也领略一下我们中国戏曲的美轮美奂。同事的话让常娥想起送美辰出国前夜，那个有关 China Opera 的春梦，嘴角情不自禁地荡漾起微笑。

　　第一次坐飞机，常娥身子逐渐轻盈，似已脱离安全带的羁绊，直入云霄。第一次离天这么近，第一次看清楚云的形状，听到了她们的窃窃私语。那是嫦娥身边的仙女在说话、在翩翩起舞吗？唱了一辈子嫦娥，嫦娥的魂魄似乎直到这一刻，才真正走进躯体，把属于她自己的那部分尘世的东西赶了出去。

　　天上人间、如痴如醉十几个小时之后，飞机徐徐降落波士顿国际机场。当常娥仍带着梦幻般的迷糊，跟随人流走出机场，听到美辰混合哭声的呼喊，这个漫长而又奢侈的梦，才算彻底清醒。

　　她正站在美国国土上，面对整整分别五年的女儿——美辰。

　　眼前的美辰脸色灰暗臃肿，嘴唇发白，头发乱蓬蓬地耷拉在额角；一件灰白的滑雪衣，裹着即将临盆的身子。常娥茫然地瞪着眼前的孕妇，一时无法把她和那个美得耀眼的女儿联系起来。

　　妈——

美辰再叫，眼泪夺眶而出，扑进母亲怀抱，哽咽着问：妈，我现在是不是很丑？

这声问把常娥彻底打回现实，她的心一阵刺痛。美辰，她的美辰，怎么成这副样子？她无助的眼神，灰暗的皮肤，浑身上下毫无一点即将为人母亲的喜悦和期待；相反，举手投足流露出令人窒息的压抑和消沉。消沉很快传染给常娥，让她呼吸不畅。江枫自始至终站在一边，并不主动过来说话，只在她眼神中礼貌而生硬地点一下头，嘴唇微微蠕动，算是打过招呼。

他们——到底怎么啦？

离预产期还有一个多月，这一个多月，美辰反复哭诉被警察戴上手铐的那份屈辱。因为她没做任何违法事，她咽不下这口气。

大庭广众之下，妈，你能想象吗？他们冲过来，把我当个罪犯一样按住，带上手铐……

美辰每哭诉到此泣不成声。如果不是因为怀孕，她拼了这条命也要讨个公道。太丢人了，妈，安颜不是传销，是合法的，他们凭什么抓我？当初肖船鼓动我加入说，这是一个有尊严的事业，我相信她，也一步步按她的话做，他们凭什么抓我？

因为怀孕，警察没有对美辰发生任何言语和肢体方面的粗暴行为，只是警告她不许再骚扰邻居。

这个肖船口口声声说的有尊严的事业，到警察嘴里成了"骚扰"。她怎么就骚扰邻居了？事后，肖船也没出面给句公道话。由肖船的自私薄情，联想到同住雷奥家和江枫眉目传情的暧昧，新仇很快牵出旧怨，怒火继而蔓延到江枫。

他对她缺乏最起码的关心。如果对她多一点鼓励少一点轻视，即使上不了学，她也心存感激。叵他没有。他不跟你吵，也不关心你真正想什么。在他眼里，给她吃饱喝足已像施了天大的恩惠，其他什么都是瞎折腾、自找苦吃。这次她被警察在大庭广众戴上手铐，作为丈夫事后没一句安慰，反站警察一边说就是骚扰。妈，你说我出国，跑来这里受他们气，真不如死了算。"

美辰反反复复哭诉遭遇和不平，一个星期后，突发妊娠合并贝尔氏面瘫：一觉醒来，眼斜嘴歪，说话含混不清，连最基本的抬眉、闭眼、努嘴等动作都无法完成。这对美辰又是一个致命打击。因无法讲话，整天坐窗前流泪。外面冰天雪地，那一年的冬天成了常娥记忆中最冷酷的冬天。也即从那时开始，常娥渴望从佛教中寻求解脱。

唱了这么多年戏，曾在戏中扮演过观世音菩萨，潜意识里却是个无神论者。面对丈夫去世、下放工厂、工伤等一系列人生厄运，她没想求神问卜；如今，面对女儿的不幸，却感到空前的苦闷和无助。在这人生地不熟的异国他乡，语言不通、交通不便，让再能干的人瞬间便成废人，变成被世界抛弃的人。常娥成了这废人中的一个。她该怎么做，才能帮美辰度过这人生难关？

除积极配合医生治疗，常娥学按摩，此外，跟江枫去中国店买回一尊观世音塑像。她把塑像放卧房，日日烧香磕头祈祷。她不懂念经，就把菩萨当成一个知心女友般倾诉内心苦闷。她说美辰是个可怜的孩子，六岁没有父亲，跟着她这个事业心重的母亲，小小年纪就承担起照顾家庭和妹妹的责任。如抬头三尺果真有神灵，请求神灵保佑可怜的美辰，让她少一点磨难，多一点安宁；让她能顺利平安地产下孩子。

常娥把所有希望寄托在那一柱烟上。窗外，风和雪呼啸一团，满天飞舞。她极目想从这混乱中追寻烟的痕迹：它袅袅地而升，身子越来越轻，颜色越来越淡，带着她的祈愿，逐渐远离这个充满挣扎和摩擦的世界，扑向光辉灿烂的公平之境——那里，只需菩萨手指轻轻洒下几滴甘露，美辰的面瘫即会不治而愈。

自此，烧香拜佛成常娥在美国的主要功课。每天在菩萨塑像前跪地请求，心里的郁闷果然消散许多。也许是祈祷起了作用，折磨美辰两个星期的面瘫，说好就好了。她对着镜子，眉毛能动，右脸颊不再僵硬，嘴巴眼睛灵活自如。这一喜非同小可，她高兴地从洗手间冲出来叫：妈，妈，我好了。

这是常娥来美国第一次看到美辰笑。一个月后，外孙女羽晞诞生。升级做妈妈的美辰，坐月子期间，又因江枫的冷淡患上产后抑郁。羽晞嗷嗷待哺，美辰整日以泪洗面，根本没奶。常娥一人身兼三职，照顾产妇、喂养孩子、做家务，从睁开眼忙到深夜，精神和体力都严重透支。

某天她抱着羽晞擦桌子，转身见那尊观世音菩萨像，菩萨身上蒙了层薄灰。想起美辰面瘫时自己每天烧香祷告，如今孩子平安出世，按理应该多烧香还愿才是，可她累得筋疲力尽，累得连烧一炷香的工夫都没有。

常娥凝视菩萨的眼里充满歉意。菩萨脸容恬淡，带着大度宽容的微笑，和她默默注视。她眼眶一热，低头亲一下羽晞，嗔怪道：都是因为添了你这个宝贝，让外婆忙昏了头。

刚满月的羽晞仿佛能听懂外婆的话，不好意思地抿了抿嘴。羽晞粉妆玉琢的模样和美辰儿时一个样。常娥恍惚回到过去，生美辰那段时间正是她事业和家庭最甜蜜的黄金期，何荷来帮忙带孩子，美辰还吃她几口奶。已进入高龄的何荷依然耳聪目明脸色红润，知道她来美国，叫她带话给美辰，说要美辰也把她弄出来开开眼界。

如果何荷知道她最疼爱的美辰，整天以泪洗面……常娥悄悄瞥一眼女儿，又是一阵伤感。羽晞在怀里啊啊地叫，挥舞手臂。常娥忙唤女儿：美辰，羽晞吵着找妈妈呢。

美辰机械地接过女儿，眼睛却不看女儿。她走到门口，听了会，失望地说：他今晚又不回来吃晚饭。妈，你相信他？

第九章

女儿的出生让江枫陡感压力。本来打算在不影响专业的基础上再修一门计算机，一心二用的结果是两边都不落好。师弟师兄们已全力以赴攻读计算机，他也决定放弃专业，并给自己立下军令状：只许成功不许失败。

家里有岳母照顾，他除力所能及的体力活外，整天忙在学校。美辰却因精神压抑疑神疑鬼，又翻出老账，猜测江枫不回家说不定又和肖船鬼混在一起了。

你不知道，妈，肖船那双眼睛会勾人的。再加她现在财大气粗，男人其实很在乎你能不能挣钱。有机会让他吃软饭，巴不得呢。像我这种挣不了钱的陪读夫人，没几个有好下场。那个小华我跟你说的还记得吗？她也不工作，整天在家看老公脸色，连买一件衣服要说半天，还不允许她父母来探亲。好几次说着说着就哭……

美辰说到这里再度哽咽。类似的话题重复数次，每说一次哭一次，精神状况实在令人担忧。如何开导女儿，成了常娥来美国后面临的第二道难题。这次，她想起母女共同感兴趣的越剧。

《盘夫索夫》讲一位贤惠的妻子严兰贞，在察觉到丈夫感情异常后，巧妙地通过盘问得知底细，并寄予同情。常娥专门挑这出戏，借古喻今，提醒美辰如何做一个善解人意的妻子。她给羽晞换尿布时轻轻哼唱："官人你好比天上月"。羽晞在优美的旋律中手舞足蹈，啊啊地和声。

美辰听到越剧，眼里有了些光彩。她嘴唇翕动，似乎想跟着一块唱，才开了个头，又了无情绪地停住，望着窗外的冰雪发起呆来。这一切到底是谁的过错？出国前也挣扎苦闷，也有前途迷惘的彷徨和压抑，却不似这般死水一潭。她——到底为什么要漂洋过海来受这份洋罪？

假如，生命中没有出现江枫？

江枫？这个丈夫是你自己选的。常娥劝慰说：我看他也的确忙。等他空下来的时候，你主动找他谈谈心。你作为妻子，还是应该多体谅他一点。

体谅？总要我体谅。他眼里有我这个妻子吗？谁家丈夫不忙？但没谁像他这样，忙得目中无人。妈，我们当初都被他表面的老实欺骗了。其实，他心里想什么我们根本不知道。

抱怨一旦诱发，美辰横竖看江枫不顺眼，时刻找机会挑刺。江枫忙于课程，经常为一个程序废寝忘食。有天临时回家拿笔记本，推开门听到唱戏，尽量放轻脚步，准备悄悄拿了本子就开溜。谁知前脚刚出门，美辰从里屋出来，一看他这副样子，心里窜起一股无名火，劈头盖脸责问：你躲什么？这不是你家啊？如果你烦我们唱，你明说，用不着这么鬼鬼祟祟。

常娥听到吵声，忙从屋里出来。美辰见母亲劝架，反更来劲，追到门口，责问江枫：你说，你难道不是这里的一家之主？你做出这副缩头乌龟的样子给谁看？

缩头乌龟四个字把江枫给惹火了，他阴沉着脸返回，把门一关上，对美辰挑衅道：你再高声嚷嚷？上次警察看你怀孕网开一面，你不过瘾是不是？还想让邻居再报一次警？你高声叫，叫啊。

259

我就叫怎么啦？

警察两字像把尖锐的镊子，揭开旧日伤疤。美辰又痛又恨，情绪失控，冲向江枫，用力将他一推叫：你去，去把警察叫来。我看你巴不得我被警察带走。你这个没良心的，我放弃国内一切，离乡背井跑这里来跟你团聚，你是怎么对待我的？你哪怕多一点点耐心，我也感激涕零。你没有。非但没有，还拿肖船来气我。你说，你当我妈面说，你和肖船是如何眉来眼去的？你们一对孤男寡女睡一个房间，中间只隔一道门帘，说你们清白？连鬼都不相信。

美辰又翻出肖船老账，因有母亲在场，越说越委屈越说越来劲。江枫绷着脸，忍无可忍，故意气她说：是，你猜测得没错。我们一对孤男寡女住一个房间，我们谁都不是圣人。

你这话什么意思？妈，你听到了？我没说错他，他，他……美辰嘴唇哆嗦，眼泪成串成串往下掉。

好了，你俩少说两句。常娥呵斥。江枫这才略显尴尬地后退两步，准备离去，美辰却不依不饶地冲过来，挡住去路，再次挑衅地尖叫：你别走，把话说清楚再走。你说，你当我妈面说清楚，你们一对狗男女，背我做了什么见不得人的事？

狗男女三字彻底把江枫激怒，他扔掉手里的书，脸色扭曲着咆哮：我们是一对狗男女。你是什么？黎美辰，我警告你，别以为有你妈在这里给你撑腰，就可以无法无天，想发疯就发疯，想撒泼就撒泼。别忘了，我也是爹妈生的，我也有自尊。

江枫说完，摔门就走。美辰追着他狂叫：你回来，我们离婚。这个家我不要了，我带羽晞走。

羽晞好像听懂了父母的争吵，在常娥怀里尖声哭着抗议。

美辰，这就是你不对了，你怎么可以这样乱说话？常娥一边哄羽晞一边责备她说：家和万事兴，你看你，整天把这个家闹得鸡犬不宁。

我闹？妈？你还帮他说话？你没看他刚才那副凶神恶煞的样子，

那副样子好像要吃了我。美辰哭得满脸通红。

话赶话能气死人,少说几句会憋死啊?常娥生气道。

来美国几个月,时刻生活在女儿的眼泪和抱怨中。她忽然一天都不想再待了,想带羽晞回国——如果,美辰也跟她回国呢?说到底,美辰的缺乏自信和安全感是由环境导致,鼓励她回国休整一段时间,也许……

回国?一听回国,美辰又哭道:我现在这个样子,怎么有脸回去见人?

第十章

常娥带羽晞回国了。

美辰从厨房到卧室,脸色漠然,眼神呆滞。水池里浸泡着隔夜的锅碗瓢盆,她没力气洗。摇篮里玩具奶瓶仍在,好像女儿才被抱出去散步,马上就会回来。

她来来回回在室内踱步,恍惚听到婴儿哭声,有些着急地返回卧室,弯腰,对摇篮伸出手去,内心霎时充满一种令她陌生的深切情感——说它陌生,因为女儿在身边时,她对"初为人母"这种身份转变并没多少知觉。

羽晞爱哭,哭起来无休无止,一声比一声高亢,有次被哭声惹得心烦,冲过去一巴掌,在女儿嫩豆腐一样的小屁股上印出五个淡红的手指印。羽晞非但不屈服,斜睨一只泪眼,瞪着她,紧紧挥舞两只小拳头,似乎要和整个世界对抗。

跟你一样,是个倔脾气。常娥搂着羽晞又哄又唱。羽晞还是哭,哭声中充满了伤心和愤怒。

来,你抱抱她。常娥硬将羽晞送进她怀里。奇怪,这个独立的生命,一旦进入母亲怀抱,哭声便渐渐平息了。

美辰竭力回忆那天将女儿搂抱怀里的感觉。她是她的孩子,是她辛辛苦苦怀胎十月生下的血肉，照例，应该对她的一颦一笑了如指掌，无奈脑中一片空白。生孩子的痛和被当众押上警车的羞辱相比，实在太渺小太微不足道。从那以后，自尊被钉上这根羞辱柱，压迫得抬不起头。她拒绝和人交流，对"安颜"恨之入骨，一听到警车声就浑身发抖、紧握双拳随时准备拼个鱼死网破。她自甘下沉，似乎只有死亡才能叫她停止记忆。除此，丈夫、女儿、母亲全成陪衬。他们的一举一动无法给她带去确切意义。她不知道女儿何时翻身，何时会坐，何时长乳齿，初为人母的重要体验全被"耻辱"替代。

是母亲和女儿的骤然回国，让思绪得以游离这团阴影。那天她站在摇篮前发呆，片刻后，拨通国内电话。羽晞牙牙学语声传入耳膜。

羽晞在我这里好着呢，你放心吧。常娥说。接着是羽晞的笑声，女儿的笑声，像一片轻柔洁白的羽毛，在心尖处来回碰触荡漾，不经意地驱赶了笼罩身边的黑暗。她第一次渴望将女儿搂进怀里，亲她吻她逗她开心。

常娥临走留下六百美元。美辰从皮夹抽出那几张崭新的美钞，放在鼻子底下用力一嗅，心底那个沉睡着的、不甘寂寞的"我"，活过来似的，实实在在看到了"物"。

不做"安颜"的她，很长一段时间，口袋揣着六百美元，在市中心大街小巷瞎逛。一个温暖的午后，她经过著名的梅西百货商店，见橱窗内挂了一块"换季清仓"招牌。店里进进出出的人流，手上大包小包，每人脸上洋溢着拣到便宜货难以抑制的狂喜。

时装，美辰除唱戏天赋，还有对美和时尚与生俱来的一种敏感和鉴赏力。模特儿身上的印花长裙，风格充分突出西方女性的腰、胸、背部的自然特点，又兼并雍容含蓄、细腻精致的东方情调。如果这条裙子穿她身上……幻想中，她正迈动优雅、感性的舞步，回旋于时尚T台。

WATCH OUT（小心）。

一声冰冷刺耳的警告把美辰迅速拉回现实，原来她不经意间撞了一位中年妇女。女人衣着时髦张扬，躲避与她碰撞时，脸上露出克制的愠怒。美辰目送女人远去。

WATCH OUT。她重复警告，又轻声翻译成中文。

她把目光从女人背影上挪开，再次转身。橱窗里反射出来一道阳光，极其炫目，直刺眼皮。那道亮光开启她灵感之门的同时，也让她看到自己臃肿变形的身体。她吓了一跳，用手罩在额前——橱窗里那个"她"，站在优雅的模特儿旁边，身体越发臃肿，正大睁一对呆滞失神的眼瞪着她。

那个"她"是她吗？她抚摸脸上的妊娠斑，内心像被毒蛇咬了一口，疾步离开大楼。她几乎奔跑着返回公寓，打开行李箱，一件件试穿出国前定做的时装，竟没一件能上身。

接下来数月，她一改以往的消沉，被一个朦胧不成形的、有关时装的渴望刺激得坐立不安。时装设计？没有绘画基础，光对造型、材料和色彩有感觉似乎远远不够。她从图书馆借回时装杂志，看得津津有味。学习研究的同时，体重降下来了。她再次去梅西百货商店，买回几件削价时装。

公寓楼对面是片树林。他们住一楼，客厅外有块空地，平时堆放自行车等杂物。美辰在两棵树中间系了根尼龙绳，准备用来晒衣服。第一次买这么漂亮的衣服，她怕洗衣机和烘干机让布料缩水变形。

两套时装，一条是尽显女人温婉气质的婴儿蓝吊带长裙；另一条则是玩转民族风的格子套装。风轻轻吹拂衣裙，发出轻微的声音，送进耳膜，如丝如缕，仿佛是从巴黎塞纳河上飘来的音乐。美辰来回穿梭两棵树之间，呼吸着梦幻中来自时尚之都的魅惑气息。

开一家时装店。这个梦想就这么不经意地闯入脑海。

开店需要资金，美辰人生地不熟，谁愿冒险借钱给她？她决定采用笨办法，先从倒卖时装着手，积累原始资金。两套时装原价标牌两百美元,清仓价只花二十五,如能以五十美元脱手,可净赚一半。美辰被自己的算盘激励,隔三差五就跑梅西百货挑选衣服,同时顺带买进一些鞋帽、包袋、太阳眼镜等服饰用品。很快,六百元钱全部花光,打出去的 Sale 广告却无人问津。偶尔有个别上门看货的,一再削价,到最后无奈成交,一件衣服只赚三块,还不包括车旅及劳务费。

这样守株待兔可不行。她决定充分利用后院那块空地,提前一周在公寓附近张贴广告,效仿美国人庭院或车库销售形式,来个时装特价大甩卖。

七月,波士顿气温创历史最高,连续三天超过华氏一百度左右。Sale 当天阳光灿烂,挂在两棵树之间的一件件时装款式各异,或高雅或灵动或新潮,把后院树林点缀成色彩交织的迷宫。美辰,作为这片梦幻王国的公主,一袭优雅飘柔的白色长裙,举止从容得体;面对来者,她侃侃而谈,从服装品牌、流行趋势、到穿衣理念,讲得头头是道。一时看热闹者络绎不绝。一只只不同肤色的手,汗渍渍地在衣服上摸来捏去,嘴里问些风马牛不相及的话。如此泡蘑菇,一个下午过去,一件衣服没卖出。淡颜色布料上反倒沾上污迹,让美辰看了心痛又心烦。心痛过后,第二天照常出现。她相信事在人为。总有一天,人们会为美丽买单的。

美辰的时装 Sale,开始成为留学生公寓的一道流行风景线,江枫对此却一无所知,他正朝计算机学位发出全力冲刺。那天因为学校停电,下午比平时回家早,从汽车站拐弯走近公寓,见美辰挥舞着衣服,对拥挤的人群说:好了,好了,你们别乱动,不买就算。散了,都走吧,今天到此为止。

美辰手中的裙子滑落在草地上,她心痛地捡起,黑着一张脸返回客厅。人们这才议论着散开。

她也太认真了。这种事好玩好玩吧,真想靠它挣钱就没意思了。

她以为没人知道梅西百货在哪呢。刚才掉地上那条裙,我昨天去看又降了百分之二十。你说谁吃饱了撑的,花冤枉钱给她?

想发财想疯了,还不吸取上次教训。她这么做合法吗?不会又被警察盯上吧?

江枫从议论中知道了大概,心情竟很平静。自上次大闹过一场,两人各干各事互不妥协,再加岳母带女儿回中国,似乎更没妥协的必要。江枫感觉自己又像回到了雷恩家的状态,每天早出晚归。美辰这些日子在做什么他不关心也没精力管,但那句是否合法的议论提醒他:她又自说自话做蠢事了。

江枫进屋,错愕地停住脚步——美辰正背朝大门在叠衣服。沙发上层层叠叠堆满了各色衣裙,他眼花缭乱,仿佛掉进衣海。美辰听到脚步声,头也不抬。这天气温高,出门就不顺,几个陪读夫人叽叽呱呱,一口一个大砍价,把她听得心烦意乱;还有那条真丝裙最不经碰触,似乎挑丝了。她低头仔细察看,嘴里不耐烦道:请你出去,我说过今天到此为止,我不卖总可以吧?

你卖什么?江枫竭力让声调平稳问。

没料他这个时候回家,第一个冲动是把衣服扔纸箱,她边动作边呛白说:跟你没关系。反正没花你的钱。

哪来的这些衣服?江枫伸手往衣堆里搅翻。美辰不高兴地叫:别动,你跟那些人一样,动手动脚,一点不在乎别人的感受。这些料子能随便摸吗?挑了丝你赔?

如果警察来,就不只是赔钱的问题了。江枫讽刺道。美辰冷哼一声说:来了正好,新仇旧恨一块算。大不了一死,谁怕谁啊。

死?江枫艰难地喘口气,咽下了所有涌到嘴边的责备说:想做事要讲究方法,你这样事倍功半——

反正没花你钱。美辰不耐烦地打断他,说着又突然激动起来:你什么时候真正关心过我?我告诉你,我不是动物,不是那只圈养的仓鼠,你施舍我几口食物,就能叫我 shut up。我是人,我有我的兴趣和爱好。我想做事，想活得像个人样。她举起衣服，送他眼皮底下问：如果这是我瞒着你用你的钱买的，你还能这么淡定吗？江枫，我告诉你，我黎美辰十四岁挣钱贴补家庭，我多吃两天白饭就心神不宁。我想赚钱，想独立。可是……可是……

她嘴唇哆嗦，委屈道：这个鬼地方，我……来了都后悔。江枫，是你害了我。要没跟你结婚，会跑来这种鬼地方看你脸色吃饭？我……我……

她心头涌起万般酸楚，失声痛哭。

江枫听着哭诉，心恻然一动：他知道白手起家不易，更何况在一个陌生国度？这对只会唱歌唱戏的美辰来说尤其艰难。美辰抱怨，因为在她最困难的时候，他不在身边给予安慰和支持，可只有老天知道他有多累。现在回想起来，教雷恩练习气功的那段生活，竟成出国后最为惬意的一段时间。那时他也累也忙也恨不能一分钟当两分钟，但那时的他，浑身充满渴望和朝气，觉得未来还有无限拓展的可能性。自从女儿出世，接着便放弃大气科学专业，一门心思改学计算机，心灵里的那道门也随之关闭了。

他才三十出头，立的感觉没有，却一下跨入中年荒芜。他身心疲倦，当初的热情已完全被生存压得只剩残渣，只够他自身苟延残喘，哪还有多余的力气开导美辰，帮助她从 ABC 开始，努力适应新生活？

美辰的哭诉仍在继续。江枫伫立在她面前一动不动，他叹了口气，心想：你烦了累了可以哭诉可以发泄。我呢，我去骂谁，跟谁诉苦？师兄师弟以找到工作为乐，我高兴不起来。只要一想到我的所谓的美国梦是以如此代价换取，我将终身与那枯燥的程序打交道，我这心里的郁闷，你能理解吗？

第十一章

上世纪九十年代的美国,是信息技术及其产业飞速发展的"新经济时代",以网络、信息和通讯技术为主体的新兴产业蓬勃发展。波士顿作为美国第六大城市,每天有大量公司开张和倒闭。G&S计算机科学公司,七十年代初由一对兄弟共同创立,公司以兄弟俩名字的开首字母命名,总部设在波士顿,最近几年通过并购、金融IT服务项目等在行业内迅速崛起。

江枫,这个从小怀揣大气科学梦想的青年,短短数年,经历蜕变,从换专业、找工作到买房买车,人生最重要的几个步骤,他"一蹴而就",在外人眼里顺利得不可思议。每天,他西装革履,拎着公文包,混在IT行业中。公司里有几位移民同事,一到午餐时间就聚在一起谈房价和车子:没想到我这辈子在美国能住上这么大的房子,开这么好的车子,以前,哪敢想啊。他们言谈之间流露出对新生活的满足,似乎必须在每天的重复议论中得以巩固稳定,哪天不提,幸福便似打了折扣般不过瘾或者不安心。时间一长,他们对新生活的赞美,像其他同事的餐前祷告一样准时和机械。

什么是满足?如何才能得到真正的快乐?早有洞悉人性的智者指出:"当人的基本需求获得满足后,额外的收入对提高人的幸福感并没多少帮助。"反之，人如果为得到更多物质而放弃一些原则和信念时，他所得到的幸福感便会减少。

江枫上班第一个月，似听到智慧果从他生命树上掉落时那一记沉闷的撞击。他们都是一群为物质放弃信念的生存者，他已提前感知了幸福退潮的声音。他在人群中寻寻觅觅，世界之大，竟找不到一个可以分享思想的人。他便把目光从人群中挪开，在自家后园开辟田地，养鸡、种菜，把八小时外的时间和精力，全部投入到一亩三分地上。

那天吃过午餐，江枫辞别同事，走出餐厅，随身往墙上一靠，对着太阳闭上眼睛。时间过得真漫长。这条街一成不变的景物，每天定时进入眼帘。还要工作多久？一年？三年？十年？他猝然睁开眼，额头渗出一排细密的汗珠。

怎么还不走？

同事谈笑着出来，经过他身边时，抹了抹油腻的嘴唇，随口问。

谈笑声逐渐远去，他们的身影在江枫眼里像一条条沙丁鱼，极有秩序地被公司那座灰色庞大的建筑物吞噬。有个身影逆着这股人流向他走来了，她跟他年纪相仿，有点面熟，好像打过一两次招呼，却想不起名字。

今天阳光真好。她站在他面前，眯了眯眼睛说。

江枫点了点头，问：你来多久了？

我？我们俩是同一天进来的。女人对他伸出手道：认识一下吧，我叫林芬芳。

林芬芳？

江枫伸出手的同时，以一个男人挑剔的目光快速打量对方：齐耳短发，一袭深颜色职业套装，身材中等偏瘦，被黑颜色衣服一衬，愈发显得干瘪清瘦。她站在他面前，仰起一张缺乏滋润的脸，她和他对视的瞬间，略显拘谨地微微一笑，那笑，使他的心莫名地一阵痉挛。

芬芳。多美的一个名字,她一定有过一个属于她的芬芳美丽的季节。

江枫握住她的手时,又是一阵痉挛。那手——真凉啊。

你叫江枫,也是东城人对吗?林芬芳眼里闪烁着一丝亮光问。

江枫盯着她眼里那点亮光,恍然大悟,惊喜地问:你——该不会是东城人吧?

我……从小在东城长大的,应该算半个东城人。

都说人生有三幸,"他乡遇故知"是其中之一。林芬芳因原在南加州的公司被G&S并购才搬来波士顿。两人目前状态还不能算"知",然在这异国他乡,能沾上"故"已属不易。初见她,江枫想起"黯然神伤使骨头枯干"这句话,林芬芳给他的第一印象就是"枯干",等接触后,发觉林芬芳笑起来其实很好看,她五官中最年轻最清澈动人之处就是眼睛,它和眼缘四周沧桑疲劳的皱纹形成鲜明对比。

人是群体动物,之所以感觉孤独烦闷,大抵生活中缺乏一个值得倾诉交流的对象。江枫和林芬芳因为无法从家里的"对象"处寻觅安慰,不知不觉,把投缘的同事当作"知己"或"闺蜜"般相处了。他们也确实投缘,在对视的刹那,天性中某些文静和深沉的东西,发生了奇妙的碰撞。如果说余火在她最自卑的时候,靠语言俘获了她的身心;那么江枫,却在她事业最顺利的阶段,通过眼神,感知了她那些年虚度的岁月和寂寞。

江枫的眼神,还弥补了林芬芳初恋中最重要的缺失——那份朦胧而令人心悸的美。自此,她像偷吃禁果的夏娃,秘密地品尝着快乐。这份快乐,又因某种狂喜的发现,几乎让她于陶醉中忘了自身的存在。婚姻中的她竭力想在对方眼里证明自己的存在,她投其所好,出国、留学、找工作,满足余火所有的尘世欲望,尽管如此,依然被忽视。如今呢?她是谁?她为什么这么快乐?她长久地坐在镜子前,用手捂着发烫的脸颊,心底不断回荡着一个甜蜜的声音:我是谁?我是谁？

没遇到江枫之前，林芬芳的世界里除了工作就是余火。这个她命里的克星，无论怎么冷淡她，疏忽她，她永远在某个角落静静地、忠实地等候。刚出国那会儿，余火经济没着落，要依赖她生存，对她还能以甜言蜜语哄骗，后来做"安颜"，赚了些钱，即整天以"安颜"为借口东奔西走，把家当旅馆。他们的婚姻早已形同虚设，他就像一头狼，一头看到鲜肉就要扑过去的狼。

林芬芳很少激动，但一说起丈夫"狼"的本性，嘴唇哆嗦，声音颤抖，整个人难以控制地发抖。江枫想，她真是很久没被"狼"袭击了。这样一想，脑海里不受控制地产生一些画面，心跳有些异样。而对方的哆嗦会传染似的，把他的喘息加重起来。

那天下班后，他们去附近一处公园散步，径直往人际罕至的树林深处走，开场白照例是一些家庭生活的琐事和抱怨。林芬芳说她腰痛，电脑前坐久了直不起来。

你说，我腰痛成那样，在他眼皮底下擦地板，他就像没看见，根本不 care。

林芬芳揉了揉腰部，眼里闪过一丝委屈和痛楚。江枫在她的抱怨声中，想到用气功治病，提出教她练习。

头直目正，身端气静，十指分开。他左脚向左挪动一步，身体微微下蹲，膝稍弯曲，嘴里轻声指令。林芬芳边模仿边笑，膝盖摇摇晃晃，手指胡乱地抓向空中。江枫过来纠正动作，双手按住她肩膀，说：头直目正。目正，眼睛看着我，看着我。

林芬芳在他越逼越近的眼睛中急促地喘口气，空气突然凝固，四周的树林仿佛也传染上她的慌乱，枝叶婆娑，在风中发出一阵又一阵轻微的颤动声。林芬芳身体晃了晃，时间在那一刻停止了移动，一切都消失了，只剩下他那对眼睛，那对似要把她的整个人整个灵魂吞噬掉的一对眼睛。她在哪里？灰姑娘穿上水晶鞋那一刻的心情像她这样吗？泪眼蒙眬，林芬芳听到一声遥远的尖叫，接着是隐隐的哭泣声，童年的她，每次给布娃娃穿衣打扮，灰姑娘眨动眼皮，好像活了似的，对她许诺：我一定能找到我的王子。

如果他早出现二十年该多好啊。

第十二章

江枫和黎美辰的新家坐落在 D 市城南面,靠近去波士顿那条最繁忙的高速公路附近。地段有点吵,好处是房价较便宜,离波士顿近,只需开车四十分钟,比到留学生公寓省去二十五分钟。每天,江枫一早离家,美辰也开始忙碌她的"车库时装店"。

美国人的 yard sale 通常周末举行,美辰家的车库门天天定时敞开。她不准江枫将车停进车库。这是买房子前订好的协议。说实话,江枫急于买房有大半原因是怕美辰的"时装摊"在公寓再掀风波。有了房子,随她折腾,省得他烦心。

江枫的"省心"硬是靠钱砸出来的,效果也的确明显。从计划买房到新房落成,从挑选地毯地砖到房子格局设计,美辰乐此不疲。"车库时装店"开张首日,她更是踌躇满志,计划三年内赚满开一家真正时装店的全部资金。当然,计划和现实永远是两码事。半年下来,时装店无人问津,衣服一件卖不出去。没有资金周转,她不敢再进新货。新鲜劲 过,每天面对那几件旧时装,她的心头,也像衣服上的皱褶一样,旧痕未去又添新褶。

那天,她像往常一样极有规律地开门、摆摊、整理衣服,一条黑色真丝连衣裙吸引了视线。那朵摇曳在裙子上的红玫瑰,好像活了似的，散发出淡淡清香。一首诗蓦然跳入脑海，是余火转抄的《相信未来》："当我的紫葡萄酒化作深秋的露水，当我的鲜花依偎在别人的情怀，我依然固执地凝望着血的枯藤，在凄凉的大地上写下：相信未来。"

美辰背朝车库门，思绪在"相信未来"和"余火"之间跳跃，她幽幽地想：没出国前，无论如何也想不到原来"大舞台"的梦想，会缩小到一个车库店面。人活着到底为什么呢？她曾经那么想折腾，折腾来折腾去，不过折腾一个感觉，一个让自己满意的感觉吧？现在满意了？她用手抚摸衣服上的花纹。心里的感觉似乎经不起推敲和深究，一多想，刚出国那段时间无所依附的漂浮和离散之感，又如影相随，让她整个人不踏实起来。

请问，去爱蜜思路怎么走？有人过来问路。

爱蜜思路？美辰缓缓转身，心想这个地名倒有意思，又有爱又有蜜的，不像他们家路名，翻译成中文叫野草街。野草，任人践踏的命。当时买房，她唯一对地名不称心。隔两个街区是凤凰路。同样大小的房子，房价高出三万。三万啊，就为一路名？江枫说什么也不同意，反调侃说野草生命力强，春风一吹全部苏醒。凤凰？百鸟之王又如何，一落地连鸡都不如。所以，还是野草好，能屈能伸……

在江枫眼里，她是否就是那只落地的凤凰呢？

美——辰？黎美辰？

问路者突然发出一声惊喜交加的喊，美辰快速抬头。来人西装革履，逆光站在车库门口。她一时没看清，以为是前来传授《圣经》的志愿者，脸上随即堆砌一丝虚假的笑，正准备婉言谢绝，对方已走前一步，不由分说地将她两臂抓住，用力摇晃说：不认识了？我是余火，余火。

眼前的余火从头到脚收拾得干净整洁，头发乌黑发亮，皮肤白净而有光泽。他和东城不修边幅的余导简直判若两人。他摇晃着她的胳膊,身上一股香水味扑鼻而来。他低下头,眼神燃烧着逼视她,再次叫:我是余火啊。

他的嘴里散发着浓烈的水果型口香糖的味道,这味道一下把美辰带到两人差点假戏真做的那个过去。东城的余导喜欢嚼口香糖。那个年代嚼口香糖是时髦的标志,余导不赶时髦只讲卫生,因为口香糖有清洁口腔的作用。他喜欢和女人接吻前先以互嚼口香糖调情。听说有个很漂亮的女演员,因为实在太美,余导追得太忘情,结果逮着机会就吻,吻了一嘴鱼腥味,差点让他当场呕吐。

美辰胡思乱想之际,余火给了她一个久别重逢的拥抱。他将她紧紧抱住说:你还是那么美。美辰,你在我心目中永远是最美的那一个。

赞美、鲜花、掌声这些原本习以为常的生活中的一部分,出国后再与她无缘。无论是做"安颜"时遭遇的侮辱,还是一意孤行的时装梦、江枫的消极冷漠和周围邻居幸灾乐祸的眼神等等,都让她时刻生活在对立面的冲突和包围中。余火的一句赞美听上去多么奢侈啊,好像无意中得到了一份精神大餐,她顿时热泪盈眶起来。

美辰,我能理解。我知道,知道你肯定吃了很多苦……余火用饱含同情和感慨的语调说。

那个下午,他们相互诉说经历。余火先认真倾听美辰的遭遇。美辰流泪时,他便打开手提箱,取出"安颜"系列化妆护肤品,对美辰说:去洗把脸,我给你化妆。这个曾满怀雄心壮志要进军好莱坞演艺界的导演余火,佯装没看见美辰眼里的诧异。他低头,按照化妆步骤取出化妆水、润肤霜、粉底、定妆蜜粉等。

美辰,你有多久没化妆了?记得你原来的皮肤属中性,不干不油,现在完全成干性了。余火的手指熟练地在她脸上来回动作,示范道:你看,干性皮肤最好用刷子蘸上干粉扫在脸上,鼻子边缘、嘴角部位则用粉扑——

美辰眼里的泪再次湿了定妆。安颜。想不到余火也在做"安颜"。

你喜欢你现在做的事吗？美辰抹一把眼泪，用纸巾擦掉脸上的干粉，激动地问：你出国后有没有照过镜子？拎着化妆盒走街串巷，给女人们示范化妆步骤，推销化妆品——这就是你的美国梦？这就是你要相信的未来？你一个大老爷们，这钱赚得有意思吗？

她用力擦脸上的胭脂，也不知道自己为何如此激动，也许是"安颜"再次触动了伤疤？

余火给自己点了根烟，静静等待她发泄完毕。

我——

他抽了口烟，由于吸得太猛，接连发出几声咳嗽，咳完，又默默吸几口烟，这才用略带戏剧的声调描述刚出国的经历。他曾试图去美墨边境倒腾日用品生意。那段日子，每天身上背着样品，在四十五度高温的街上推销，嗓子口冒烟，脸红得像煮熟的大龙虾，一不小心就卷入街头抢生意的恶斗中，差点连命送掉。子弹，真的子弹，不是演电影啊，从我耳边呼啸而过。余火心有余悸地演示着。那是他生命中最危险、最艰苦、最刻骨铭心的一段岁月。有过这么一次与死神擦肩而过的经历，他开始活得坦然、无所畏惧，并习惯接受命运，学会寻找属于自己的快乐。

原先他的快乐来自导演梦，现在则变得非常简单：分享。

他眼神温和地凝视她，对她伸出手说：钱是赚不完的，我希望能与人分享财富和经验。美辰，和我一起做安颜吧。美辰猛地缩回手，兜了半天圈子，他要她加盟安颜。美辰冷笑一声，下逐客令说：如果你为这个目的跟我交往——

美辰，你误解我了。我怎么可能强人所难？你不愿做我决不勉强。余火发誓。接下来的日子，果然闭口不提"安颜"。他开始给时装店出谋划策，鼓励美辰在互联网开设网上时装店。

知道吗？去年美国的网上服饰售额超过十亿美元。余火竖起两个手指头，在美辰惊愕的瞪视中强调十亿这个数字。

第十三章

　　有一种体验标志着生命的极致，它发生在你毫无防备之时，前一秒钟，还以为自己的存在像个影子，生命在漫长的严冬已经死去；可是突然间，万物复苏，一种神奇的感觉降临了，它快如闪电，把曾经属于你的黑暗永远地留在了过去。

　　余火提出的网店模式，上世纪九十年代末，随互联网的大众普及，正悄然兴起。美辰对电脑一窍不通，余火即以非凡的耐心教她使用电脑，帮忙设计网页，并自愿拎起相机给她当摄影师。取名"火凤凰"的网络时装店，很快从网络走向实体。美辰用挣到的第一桶金，在市中心繁华地段租了家店面。

　　黎美辰成了这座城市里的时装店女老板。这一切发生得太快太突然。虽然她一直努力准备着，渴望搬出车库，开一家名符其实的时装店。当这一天真正来临了，命运已开始眷顾到她时，反倒有点受宠若惊了。

　　她想余火真是她生命中的贵人，遇见他，生活中的困难迎刃而解。她终于有了事业，有了经济基础。古人常说的"因缘"两字，竟在异国他乡安排好他们的人生和前途。"因缘具则成，因缘灭则败"。她和余火的因缘到底能维持多久呢？

为感谢余火相助之恩，美辰在"火凤凰"开张首日，请客吃晚餐。她一袭红裙，一头微卷长发。红裙齐及膝盖，不算太短；裙子下一双肉色丝袜，一对小巧精致的红色凉皮鞋。这身红裙让余火联想起小说中卡门首次出场时的描写："她穿着一条非常短的红裙子，露出她的不止有一个破洞的白丝袜，还有一双小巧玲珑的红摩洛哥皮鞋，鞋子用火红的绸带系住……"

美辰取出一小瓶法国香槟，两只高脚酒杯。她用涂着艳红唇膏的嘴巴咬开酒瓶盖，朝余火魅惑地眨一下眼。红色，一种浓烈得令人心悸的色彩，正缓缓地从酒杯滑入美辰口中，她的脸颊上蓦地布上红晕。余火的心一阵狂跳。耳边回旋起舞曲，他眼神热烈集中地盯着那张沾满香槟的樱桃小口，感觉自己和《卡门》中的军长唐豪塞合二为一，一头坠入卡门用美艳和欲望所编制的陷阱之中。

余导，你喝一口。美辰还是习惯叫他"余导"。

一声余导勾起刚出国时渴望闯荡好莱坞那个不知天高地厚的梦想，心头悠悠一荡。不知是为这个遥不可及的梦，还是为流逝在镜头前的岁月。余火将头慢慢朝美辰低下，托住她下巴说：我想为你再拍一部电影。

美辰伸手挡住他的吻，似乎随意地问：芬芳好吗？

谁？余火假装吃惊地瞪大眼问：芬芳是谁？

装，你接着装。美辰看着他说。

余火眼神黯淡了，沉默片刻说：离了，我们一出国就离了。

真的？美辰问。

余火眼里的光一点点变得强烈起来，声音明显激动地问：你以为我们的相遇纯属偶然？碰巧？不，美辰，我告诉你实话。这些年我一直在打听你的消息。还记得我给你的那封信吗？我要你相信未来，那时要你相信属于我们的未来。为这一天我等了十年。现在，你该知道我的心了吗？

美辰将手中的葡萄酒一饮而尽，两滴酒从嘴角蜿蜒而下，她从桌上拿起一张餐巾纸，轻轻擦着嘴角，说：余导，谢谢你。

怎么谢？余火将脸贴上来问。

给你当电影里的女主角啊。

如果……我要你给我当生活中的女主角呢？

生活中的女主角？你还缺生活中的女主角？

当然。如果没遇见你，我宁缺毋滥。可是美辰，你又一次出现了——你那天在车库朝我回头的瞬间，我突然理解了唐豪塞对卡门的痴情——"你是我的唯一""你专属与我""坐牢砍头也在所不惜"。

余火用朗诵的语调表白，美辰痴痴一笑问：你这是在念台词吗？新剧本的台词？

你说呢？余火将身体挨过去。他第一次在剧组看见她时就想亲她。余火果断地将她搂住，带着不顾一切的欲念，迅速将嘴唇压住她的。美辰"哎呀"一声，身体稍稍地扭动一下。

"火凤凰"三个金光闪闪的大字，在太阳的反光下发出异常夺目的光彩。余火全身沐浴在那层朦胧辉煌的金色里。黎美辰昏乱地接受着他的吻，精神和情感也仿佛被金色催温了。余火在那一刻成了她的救世主，她的上帝，是他让她在异国他乡重新找回自信的，她有何理由拒绝？

林芬芳三个字从脑际一掠而过，不过这次，岁月已冲淡一切。林芬芳和她的布娃娃已永远被遗弃在北沿河的某个角落，跟她没有任何关系了。至于江枫，心底更没愧疚。他们的婚姻只剩下一个形式和一纸婚书。如果不是因为羽晞，再如果不是因为美国离婚太麻烦，他们恐怕早分道扬镳了。

美辰一有反应，余火的胳膊顿时粗壮有力，两人疯狂地亲吻，吻得天昏地暗。四周静极了，太阳光也黯淡下去了，原本投射在余火身上的那层金色的辉煌，换作一团摇曳不定的阴影。这团阴影从他俩扭曲的身体上缓缓移过,接着又移过散扔在地的那条红裙上,然后凝固在破碎的两只酒杯上。酒杯旁是一小摊浓艳芬芳的香槟。

不知过了多久,余火率先在沉醉中清醒,指着室内凌乱的一切,夸张道:哇——这现场,好像刚经历过一场情杀啊。他说着用手捂住胸口,假装艰难地爬到美辰身边,用嘶哑的声音表白:亲爱的……我……我爱你……

墙上的超薄电视屏幕自动亮了,晚间新闻之后,开始报道国内某昆曲团在波士顿演出的《杜丽娘》片段。

"原来姹紫嫣红开遍,似这般都付与断井颓垣,良辰美景奈何天,赏心乐事谁家院。朝飞暮卷,云霞翠轩,雨丝风片,烟波画船,锦屏人忒看的这韶光贱。"

杜丽娘的扮相美轮美奂,婉转凄凉的曲调直入心扉。

美辰缓缓睁开眼,缓缓起身,盯着电视发片刻呆。她想感情这东西真是奇怪,一直讨厌余火那张马脸,以前要跟他逢场作戏都属勉强,从没想到自己会如此心甘情愿地走出这一步。

她似乎连自己都不知道在渴望什么,发觉已经离不开他了。她从身后将余火一把抱住说:我想离婚。

为什么要离婚?余火一怔说:我们现在这样不挺好?我可不希望你女儿生活在单亲家庭。余火的回答似乎全为她着想。

可是……我不喜欢这样偷偷摸摸的感觉。

我们是真心相爱。放心吧,我们没有伤害任何人。

我们?美辰警觉地问:你——真的离了?

余火忙将她拥住,悄悄附她耳边说:美辰,我想拍一部电影,片名都想好了,就叫《你是我的卡门》。

第十四章

　　常娥第二次踏上美国之旅，是羽晞六岁那年。羽晞说一口糯糯的东城话，喜欢唱戏，一张嘴巴，眼梢眉角全是表情。"天生一个花旦胚子"。羽晞被常娥带东带西，不管熟悉不熟悉的人，都喜欢摸一摸她的小脸蛋，由衷赞叹。

　　外婆，什么是花旦胚子？

　　从小羽晞身上，常娥看到了她自己和美辰童年时的影子。花旦胚子，她们母女三代都是天生的花旦胚子，似乎生来注定要做花旦。她和美辰做成了吗？为在舞台上多停留一分钟，她躲过红卫兵的真枪实弹，却没能逃脱命运的捉弄；美辰当初为唱戏不惜和她反目。那时，她天真地以为自己没能过足的舞台瘾，会在女儿身上得以弥补。美辰到底没能经受住时代的诱惑，从走穴到出国开时装店，一路挣扎一路浮沉，误把世俗的各种潮流当作理想。如今钱有了，她开心吗？和当初在红花剧团相比，到底哪个状态更让她幸福和自由？月圆劝慰她说：美辰他们这一代和我们那时候不同。现在是影视网络的天下。我在家足不出户，想看什么看什么，多舒服啊。

　　是啊，时代不同了。现代人不再感兴趣才子佳人王侯将相那几出古装戏。戏校也正经历建国以来最大的阵痛。常娥带的专科班，和剧团委培生合并，依然人数寥寥。上届毕业十几人，半数以上直接改行，从事和艺术无关的职业。另有个别文化成绩好的，重考电影学院等其他院校。学校招不满学生，只得把一些空出的场地出租给承包商。承包商爱干什么干什么，歌舞厅，录像厅，甚至开了家星巴克咖啡馆，教职员工和学生们为挣外快纷纷做起兼职。常常，精心准备的一堂课只来两三个哈欠连天的学生。常娥仍一厢情愿，渴望在不景气的氛围中闯出一条新路子。

为拓宽题材和丰富表演手法，她自费去北京上海等地观摩。丈夫黎月明曾抱着学习其他剧种的态度，坐进旧上海京剧的主要据点黄金大戏院，观看经典剧目。常娥站在熙熙攘攘的剧院门口，依稀恍惚，似见丈夫晃动的身影，还有曾毅，他们早看出越剧单薄的家当，也预见了日后的尴尬命运。

常娥，别气馁，一定要守住暂时的寂寞和清贫。传统艺术遭遇冷落，这是一个国家走向现代化之初的必然经历，中国戏剧的春天一定会重新回来的。

黎月明在冥冥中鼓励着她。常娥不寂寞，真的，她一点不寂寞。上海的每一条街有属于她的回忆。她独自漫步，在霓虹灯最灿烂的中心遐想，去大世界感受年轻观众山呼海啸般的尖叫和口哨。她似乎找到了答案，也似乎有足够的信心去面对现实。如果，不是毕业班会演遭受前所未有的的冷遇，如果不是雨辰夫妇双双下岗，竭力鼓动她去美国，她这辈子恐怕不会再踏上美国国土。

毕业班会演，为给学生争取就业机会，常娥求爷爷拜奶奶，一个个剧团跑，请领导过来看会演。领导们好不容易答应出席，学生又出状况，这个要去电视剧组试镜，那个一门心思复习准备报考上戏，几乎没谁对传统剧团感兴趣。会演最终被迫取消。常娥独自站在舞台上，甩动了两下水袖。师娘杨红玉的声音穿越时空而来：常娥，一定要争口气，把戏唱好。

把戏唱好。常娥孤零零地站在舞台上,那份被遗弃被冷落的绝望和无奈,远胜过当年红卫兵的武力镇压。武力只能恐吓人,让人行动退缩,却不能限制人内心的渴望。"哀莫大于心死"。如今,常娥面对空空荡荡的剧场,面对这台上台下的无限寂寞,她突然觉得无能为力了。越剧的振兴,靠她一个人无疑蚍蜉撼树。

散了吧,天下没有不散的筵席。常娥,你还等什么?醒醒吧,戏剧的春天不会来了。杨小玉走了,不要唱戏了;你最心爱的那个学生小菲,听说也离开了剧团,被人金屋藏娇了。

陶醉整天抱一只酒瓶,在人群中说些醉话。杨小玉两年前闹离婚,之后,快速嫁给一新加坡富商,自此,陶醉烟酒无度,终日醉眼蒙眬昏昏沉沉。几杯酒下肚,像喝醉的老鼠敢找猫打架,看谁不顺眼骂谁,只在常娥面前说几句人话,但也都是些灰心丧气的抱怨和牢骚。

他不知何时出现在了剧场,边喝酒边往嘴里扔油爆花生米,摇头晃脑,额头耷拉着两缕花白头发,一张脸红得跟关公似的。陶醉,还是当初那个自创舞美音响的陶醉吗?那时的他,小小年纪就说服音响师,用电风扇的声音去模拟乌云翻滚、河水咆哮时的混沌和激流。这些他都忘了?

一个时代有一个时代的艺术,也许属于她的时代真的已经结束,不退下来又如何?她再次想起师娘杨红玉。杨红玉当年退居幕后时的寂寞和凄凉,她现在感同身受。

走吧,眼不见心不烦,还是走吧。雨辰夫妇前两年下岗了。她这样走是否也算一种下岗?

雨辰和阮晓树年纪轻轻失业在家,今天幻想开一家饮食店,明天计划办个吉他培训班,雄心勃勃大干数日,一遇困难又偃旗息鼓。如此折腾,时间一晃而过。跟他们一起下岗的工人,勤快点的,大都陆陆续续找到事做,只有他们一事无成。还不能说,一说雨辰就哭:人家能找到工作,那是有个能干的爸罩着。谁让我生下来就没有爸?妈,你当初为什么要把我生下来？你应该让爸把我一起带走，那样的话，我们都不用吃那么多苦。你说我对生活要求高吗？我和晓树只想靠自己劳动生活，安安静静过一份平凡的日子。可是，命运它对我们太刻薄了，前几年还宣传"工人最光荣"，一夜之间，我们成了负担，成了绊脚石。妈，连你也开始嫌弃我，你说我活着还有个什么劲？

常娥最经不起雨辰哭，只要小女儿一哭，再多的不满和抱怨全部化作柔情。女儿在她眼里还是那个乖乖的小雨辰。是啊，她有什么错？她做工人的时候，也是安分守己，尽心尽责做好分内工作的。如果没有——

又回到时代的问题上了。一个时代的变革必然给人带去巨大冲击，适者生存。常娥想去美国前再次告诫雨辰：一个脚踏实地的行动，远比抱怨和不切实际的空想强百倍。

妈，你跟姐说说，让我和晓树也去美国？雨辰送母亲上飞机前，鼓足勇气要求说：让我们去美国吧，同样做工人，听说美国工人的时薪是五点五美金。妈，你算得过来吗？我在美国，只要劳动半天就顶这里一个月工资。雨辰眼睛发光地说。常娥相信，那一刻女儿眼里看到的是闪闪发光、俯拾皆是的金子。

第十五章

雨辰渴望做一个普通人，命运并没因为她要求低而格外开恩。9·11恐怖袭击突如其来，使美国经济遭受严重打击。G&S公司开始裁人了。江枫每天上班如履薄冰岌岌可危，美辰的时装店生意萧条冷清。在这种时候，常娥怎可能开口提雨辰的事？

妈，你如果不帮我和晓树出国，我们这辈子也不可能要孩子了。你想，我们连自己都养不活，还有何能力培养下一代？每打一次电话，雨辰在那头哭诉，常娥则心情灰暗。第一次出国是美辰天天哭诉，这次，轮到雨辰了。

美辰倒像变了个人，内心的某种满足和甜蜜，怎么也压抑不住要往外流淌。即使9·11影响生意，短暂的沮丧和恐惧过后，又容光焕发了。她每天神采奕奕而去，心满意足回家。再看江枫，话仍不多，下班回家就换下西装革履，去后院做他的菜农：培土、施肥、育苗、嫁接、修枝，把自己弄得一身泥一身汗。某晚深夜，常娥上洗手间，无意中朝窗口一望，见菜园子的长豆藤旁蹲着一团黑影，吓一跳，以为是野兽；再借月光仔细瞧，看出了人的形状。难道有人偷菜？她将信将疑，静观事态发展。半个小时过去，黑影动了，起身了，抬脚上阳台，竟是江枫。

江枫深更半夜蹲菜地干嘛？肯定怕动物偷吃菜呗。美辰轻描淡写地假设，接着就是一连串抱怨，说他越来越病态，眼里只有那几根菜。跟他一块进公司那个老黄，多能混啊，上上下下没有他打点不到的。即便在如此不景气的时候，还被提升做主管。江枫以前瞧不起人家，说人家什么也不懂，结果人家做了他上司。美国也是要讲究关系学的，你整天一副怀才不遇的清高样，谁吃你那套？美辰一提江枫满腹牢骚，她从不踏足后园；就像江枫对她的时装生意兴趣寥寥一样，两人同在屋檐下却形同陌路。

唐代有位女诗人在一首六言绝句里，一语道破夫妻关系：至亲至疏夫妻。

外婆，爸爸和妈妈睡两个被窝。

外婆，妈妈有天问我是喜欢她多一点，还是喜欢爸爸多一点，她说我只能选一个。

羽晞的小报告，让常娥坐立不安了。问美辰，她绝口否认：我和他？老夫老妻还谈什么爱情，凑合过吧，谁让我们有羽晞呢？我是单亲家庭长大的，从小没有父亲，我可不希望自己的女儿也得不到父爱。所以，你把心放在肚子里，为了羽晞，我也不会离婚。

为了羽晞。常娥沉思道：羽晞是一部分，但更要为你自己，美辰，千万别做傻事啊。

傻事？美辰痴痴笑出两声，眼里流光溢彩，将一张化妆精致的脸凑近常娥，问：妈，你看我美吗？

常娥被女儿亲昵的举动逗乐，伸手拍了拍她脸颊说：美。只是……

放心吧，我不会再让你烦心了。美辰打断她，声音里饱含着感激和喜悦说：我已经找到我梦寐以求的东西，我对我现在的生活心满意足。

满足就好……

常娥依然顾虑重重，某种不愿面对不愿深挖的思绪，常会在不经意间浮现脑海。白天，偌大一座房子就她一个人，生活舒适了，心却更加空荡。第一次来，美辰和江枫还经常吵架。有恨就有爱，虽然当时恨不能拿最刻薄的话诅咒，至少说明对方在心里还有一定位置。

常娥记得非常清楚，美辰做"安颜"是为向江枫证明她有能力。如今，用她的话说，她成了自己生命和情感的主宰。那她在情感上也彻底摆脱了对江枫的依赖？

那个能让她如此自信和快乐的人是谁？女人，如果缺乏爱情的滋润，是很难单纯靠工作焕发美丽的。

美辰在母亲追问下，调笑道：哪有的事？有机会我倒真希望重新谈一回恋爱呢。可这鬼地方你也看到了，人没几个，我找谁滋润？喏——她可爱地用嘴朝窗外一努——外面除了树林就是天空，再就是江枫的菜园子，和它们偷情去？

那次谈话后，美辰生怕母亲太清闲了胡思乱想，推荐她去中文学校开设一门越剧培训班，一星期一次，挣钱不多。她说，主要让你散散心的，省得待在家发闷。

第十六章

中文学校主要以教授华语为主,辅以琴棋书画等课程。孩子在学校三个小时,家长等候大厅无所事事。有家长提议,给他们也开设几门舞蹈、乐器类的兴趣班,这样大人小孩都有事做,一举两得。常娥的越剧班里就聚集了这么几个为消遣而来的中年妈妈。头堂课,她们坚持要听常娥唱戏。

常娥收腹运气,轻轻一甩衣袖,以前那个余音袅袅的妙境又回来了。她越唱越投入,双手舞出万千旖旎,万般柔情,赋予残疾的手指以新的生命。学生们被她的唱腔和表演深深吸引,原来越剧这么美,把她们心底那份属于青春、那高山流水般的迷梦全唤醒了。

羽晞某天也带回老师的邀请,请常娥去学校唱 China Opera。常娥自然不愿放过这么好的宣传机会。她精心化好妆,穿上嫦娥戏服。她的出现顿时在小学引起轰动——

China Opera,China Opera。

她看上去真美,像个天使。

她唱得太好听了,虽然我没听懂她唱什么,但我不得不承认,我被她声音里的某种东西感动了。

那天的学校,到处是有关 China Opera 的议论声。文化不同有什么关系？真正的艺术魅力难挡，它是没有国界之分的。

羽晞因成功邀请到常娥，被班级评选为那个月的"最杰出外交大使"，她兴奋地把这一殊荣告诉母亲，

美辰如临大敌，吃惊地问：什么？你疯了？竟让外婆去你们班唱越剧？常娥开玩笑说：你当初出国，不信誓旦旦要帮我实现舞台梦吗？你忘了，不过羽晞记着呢。今后，我们一对老小还要同台演出。

常娥接着感慨道：难得啊，在这里能发现这份热情，要我戏校那帮学生有她们一半热情，还怕戏曲振兴不了？

常娥这番话，在美辰眼里无疑是一个发热病患者的痴言梦语。振兴戏曲？时代车轮滚滚向前，不是他们几位老朽能阻挡得了的。识时务者为俊杰。听说红花剧团早散了。如果她像母亲那样一根筋，恐怕跟雨辰一个下场。

妈，你醒醒吧。当初出国不知天高地厚，那些胡言乱语还当真了？美辰气不打一处来，心想小孩子不懂事，你也跟着一块乱来？在中文学校过把瘾也就罢了，去羽晞学校唱什么戏？还穿成那样……美国是个竞争特别激烈的国家，大家凭本事吃饭。送上门给人取乐人家当然高兴。可能靠这挣钱吗？羽晞将来能吗？不是她一天到晚钱钱钱，美国就是这么一个现实又残酷的地方。

美辰开始干涉羽晞的课余活动，自作主安排各类兴趣班：芭蕾、钢琴、画画、游泳和长曲棍球。羽晞下午两点放学，她两点准时回家，带女儿从文艺到体育一个班接着一个班上，把孩子折磨得筋疲力尽、怨声载道。美辰不为所动，她已下决心要把常娥对羽晞的影响连根拔除。

女儿是美国人，她今后要在美国生存，和美国人一块竞争、发展，她不能眼睁睁看着女儿误入歧途。歧途两字使美辰急火攻心，这份焦虑又因女儿的抵触愈发变本加厉，将怨气一股脑儿撒向母亲：妈，都是受你的影响，看看，现在除了唱戏，什么都不愿学，你满意了？

唱戏有什么不好？常娥佯装没听懂美辰话里的责备和抱怨，托起羽晞尖尖的小下巴，问：告诉外婆，想不想唱戏？羽晞毫不犹豫地回答：想。

一个"想"字出口，美辰伸手一巴掌，动作快得连她自己都吓了一跳。她在羽晞委屈的哭声中，愕然地瞪着双手：我——竟为唱戏打了女儿。

常娥把羽晞搂进怀里，不满地呵斥：没想到你这么粗暴。她还是一个孩子，需要好好引导。再说，唱戏有什么错？

不行！美辰咬着牙一字一句地说：这条路如今在国内都走不通，更别说这里。羽晞是美国人，她的生活轨迹跟你我不同。我不希望她今后生活在挣扎中。

第十七章

　　林芬芳和江枫之间柏拉图式的精神恋，若即若离地维持了一段时间，公司开始裁人了。以往热闹的餐厅被接二连三的裁员搞得人心惶惶，吃饭时传到耳边全是牢骚：什么美国梦？在这里有工作是美梦，没工作是噩梦。的确，生存才是硬道理啊。

　　你上网查查，像我们这第一代移民，有几个是大笑江湖来去自由的？都有一肚子倒不完的苦水。

　　记得刚买房时，我对自己发誓，要心甘情愿地在这异国他乡生根、开花、结果……听说，昨天又裁掉一个？再这么下去，下一个恐怕该轮到我吧？那我这一亩三分地也保不住了。到底不是自己的土壤啊……

　　林芬芳神情憔悴，手里拿着饭盒，站在微波炉前，等着热午餐。远远见江枫过来，她稍一迟疑，从队伍里退出，希望在他没发现自己前，尽快消失。她无论如何没想到江枫的妻子会是黎美辰。那天美辰来公司找江枫，她一眼就认出了这个童年时的街坊邻居。

　　世界真是太小了，她林芬芳的世界更小。在北沿河街的童年岁月几乎是封闭的，没有朋友没有玩具，只有嘲笑和谩骂。生活在那段岁月像一颗炸弹，随时随地会拉响引爆，把她炸得血肉模糊。她手无寸铁，只有一只从出生起就陪伴她的布娃娃。她和美辰同岁，同住一条街上。当她只作为一个影子,尽量悄无声息地、不引人注目地活在角落;美辰就像一个飘忽的精灵,一个桀骜不驯的美少女斗士,从那个肮脏愚昧的世界横空出世。

哦,美辰。如今想起那一幕,林芬芳仍情不自禁仰起头,似见小美辰正从云端冉冉飘近:芬芳,芬芳,我帮你把壁虎赶走了,还你布娃娃。

小美辰对她微笑着招手。她伸手去接布娃娃,小美辰突然一怔,瞪着布娃娃,难以置信地说:这布娃娃是我的,不是你的。你偷?

我没有。林芬芳慌忙解释:我没有,美辰你听我说,我不知道她是你的,你听我说美辰——

林芳芳盯着微波炉出神之际,江枫一把拽住她,穿过人群而去。

你这些天怎么啦?江枫落寞地问:你在想什么?这些天,不,已经整整一个星期,你电话不接,邮件不回,即使在公司过道碰上,也快速绕道而走。为什么?为什么不理我?江枫痛苦地问:难道你——后悔了?

林芬芳浑身一颤,眼泪渐渐蒙住眼眶,轻声说:为什么你不告诉我,她是黎美辰……

美辰?芬芳,你——你认识美辰?

林芬芳用手捂住脸,抽泣。

江枫怔了怔,苦笑道:她是黎美辰还是江美辰,有区别吗?她的心早就不在我这儿了。不,从一开始,她的心就没在我这儿过。她只把我当作生命中的一块跳板,一块出国的跳板。如果不是有羽晞,这块跳板早就该撤了。

林芬芳听他如此说,想起自己和余火的结合,她在余火生命中的位置,又何尝不是一块"跳板"?不过,余火并不急于撤离。他把她网住后,用他的花言巧语,再一点一点把她掏空压榨,使她心甘情愿地伺候他。如果没有遇见江枫,她永远只是被压制中的一个怨妇。

芬芳,你在听我说吗?你不是第三者。早在遇见你之前,我们就完了。如果不是因为孩子，如果不是这里离婚太麻烦，我们早不在一起了。所以，不管她是谁，都跟你、跟我们的感情没有关系。我们不应该受她影响。

林芬芳摇头道：不，怎么会不受影响？她是黎美辰。这辈子能给我温暖的人不多，她是一个。我怎么能因为自己的一时之欢去伤害她？

江枫失望地问：一时之欢？你说我们的感情只是一时之欢？

他们都是命中注定要孤独的，两个孤独的人好不容易遇见，而且还心意相通。那份被人暗中关怀着的感觉是美妙的，江枫希望它能陪伴他的生命无限延伸。可惜，她退缩了。

林芬芳无法承受江枫眼里的失落，语无伦次道：不，我不是这个意思。我的心很乱。你让我安静几天，让我好好理一理，好吗？

安静几天。

那几天注定是无法安静的，林芬芳被解雇了。她把解雇当作来自上天的惩罚。被解雇当天，她独自来到江枫教她气功的那片树林。

树林深处，几种不知名的小花，静静地在属于她们的角落开放着，释放幽香。偶尔，一两只调皮的小松鼠在林间戏耍穿梭，发出一阵阵窸窸窣窣的声音。除此，满地的树影，随风的移动变换着形状，聚拢来又散开去，来来回回，像极了她和江枫朦胧不成型的情愫。

解雇，在某种意义上给予她重生的力量。她突然渴望抛开这里所有的一切。去纽约，或世界的任何角落，重新开始她的人生。那里没有余火，没有黎美辰，没有北沿河的林芬芳和她的布娃娃，也没有江枫苦涩暧昧的关怀。

她不要再做一个"影子"。

她抬头仰望，从树叶的缝隙，从跳跃身上的朦胧金色，看到了被灰暗岁月无情冲走的青春年华——它，似乎正对她发出迟到的邀请。

别了，林芬芳。

她心头燃起一股前所未有的勇气，决定对余火提出离婚。

第十八章

　　林芬芳走得很彻底。江枫还是通过同事才得知她被解雇的消息，打电话过去已是空号。他听着电话那头的嘟嘟声，心头涌起一股自嘲的情绪，甚至怀疑前面数月，两人精神上彼此的依恋和关怀，也都是自作多情。

　　她走了，连一声告别都没有，可见他在她心里是没有位置的。这就是人的世界，一切都是善变的，一切都是恍惚的。只有后园里亲手浇灌的植物不会抛弃他，无论多晚，它们都静静地停留在那里，等待他熟悉的脚步声。

　　江枫就此把更多的精力投放到后院菜地，对公司持续不断的裁员风波，也采取冷漠态度。办公室每天都有哭泣声、拧鼻涕声和抱怨声，他想，不就一个工作吗？他早厌倦了，裁了也好，省得自己狠不下心丢掉这根"鸡肋"。可命运偏不肯成全他，每次他做好被解雇的准备，每次又都于岌岌可危中幸免于难。同事们说他运气太好，他也只得苦笑，继续西装革履拎起公文包，过他朝九晚五的码工生涯。

　　相比较江枫职场上的安全，美辰的生意就没那么幸运了。时装店不景气濒临倒闭，余火的"安颜"也迟滞不前，两人合约一商议，决定改走中低档百货生意，联合投资开超市。美辰快速卖掉"火凤凰"，把全部资金捧给余火,提议说:就叫我们的超市"梦百合"怎么样?余火开玩笑道:这么相信我?不怕我携款潜逃?

潜逃?美辰古怪一笑:天涯海角,你能逃哪去?当然我也把丑话说前头:如果生意倒闭,你潜逃是为躲债,我放你一条生路;如果因为女人……美辰拍了拍他胸脯说:别怪我无情。

余火忙低头,用热吻堵住她半是玩笑半是警告的话语。

经过半年多筹备,两人在一家由"大砍价""沃马特"等超市组成的购物中心租了商铺。"梦百合"百货超市如期开张,并由雨辰夫妇在国内帮忙进一部分中国手工艺货,这样一举两得,既招徕生意,又解决了雨辰夫妇的工作问题。改变经营理念的"梦百合",生意渐入正轨。美辰和余火两位老板分工明确:喜欢奔波的美辰,全权负责纽约和波士顿两地的生意进货等外围事宜。余火,一个大老爷们,用他自己的话说:出国前十几年一直在外打拼,累了,想借"梦百合"这块宝地,培养一下自己的领导才干。店里人事杂事他全包。的确,他幽默风趣的谈吐,不急不躁甚至有点厚颜无耻的脾气,很适合管理人事。

美辰准备招收雇员,余火假装不同意,说店里多出几个"电灯泡",多不方便?黎美辰正忙得焦头烂额,对余火的调情装聋作哑。她身上某种执拗坚韧的强势风格,随两人交往的深入,与余火心目中的"情人"——风情万种的情人已有差距。

其实,他内心真正渴望的情人,是像茶花女玛格丽特式的那种女人:她既放荡又童真未泯,能在寻欢作乐时陪他一块喝酒抽烟,"每饮一口香槟,脸上就飘过一片红晕"。当然,他不希望她是一个"忧郁的""会吐血的"女人。

美辰,总以为她婀娜的体态里隐藏着玛格丽特式的万千风情……

就在余火饥饿难耐之时,秦宛进入了他的视野。

秦宛,这个当年和肖船同住雷奥家的留学生,娇艳风骚,为取得合法居留权,谈过无数男友。因为一开始找对象就带有目的性,且屡遭挫折，就把天下男子诋毁得分文不值：男人嘛。没一个好东西。和女朋友聚会，最常听到的就是这句愤词。它似牢骚，似遗憾，却带着隐隐的难言之痛。

一晃十多年过去，她几次更换专业，最后因为一场蓄意而为的师生恋，差点被师母告上法庭。档案里多了这不光彩的一笔，没有哪家公司敢正式聘用。跟她一块读书的留学生大都成家立业，只她孤身一人，身份也黑了。幸好还有肖船这位铁杆闺蜜，平时跟着一块做做"安颜"，经济上倒也不用太发愁。肖船始终在为她的身份和婚姻问题出谋划策。也是肖船，看到余火的招聘广告后说：机会来了，如果你真想长留美国，恐怕还得靠同胞帮忙。

换作以前，这类中国人开的杂货店哪会在秦窕眼里？偏偏那段时间她母亲拿到签证，要来探亲了。前几年，为不让母亲担心，她一直在编造有关工作和男友的谎言。如果说这个世界还有秦窕害怕和在意的人，那就是从小对她要求严格的秦母了。

两个星期后，"梦百合"招聘面试由余火全面负责。秦窕比预定时间晚到十分钟。她风姿绰约地出现在余火面前，手里拎一双皮鞋，那是前来探亲的秦母非要她送给领导的礼物。两位情场老手相遇，往往只需一个眼神，便能快速吸收对方释放过来的全部信息。余火情不自禁把手放在嘴唇下反复抚摸，对秦窕的自我介绍，只听进去这两句：我叫秦窕，秦，秦始皇的秦；窕，窈窕淑女的窕。

知道有部《秦女离魂》的国产片吗？余火突然问了句和面试风马牛不相及的问题。

秦窕想说不知道，却已剧烈点头，投其所好地连蒙带猜道：知道，我太喜欢那部电影了。

所以，你还是秦女离魂的秦。余火一拍大腿，从总经理座位上腾地起身，随手挥出一个导演的经典动作：Action。那声 Action 洪亮、带着满腔热情和渴望，听上去有点陌生。随着这声喊，勾起了刚出国渴望闯荡好莱坞的无数梦想,心里涌动一股酸楚,不知是为这个遥不可及的梦,还是为过去流逝在镜头前的岁月。

您——真是导演?

秦宛凑近他,眼神崇拜地问。余火咳嗽一声,掩饰道:都是过去的事了。秦宛听出他话里伤感,忙说:在这里做导演很简单,只要有一架摄像机,我们自导自演,想拍什么样的片子都可以。我告诉你,我跟几位朋友拍过短片。当然,那些都是大家好玩罢了。

说到好玩两字,秦宛又用眼神朝余火一勾,不等余火表态,递上皮鞋说,我妈刚从国内带来的,纯手工制作。你试试,合脚的话,说明我们有缘。

从电影到皮鞋,秦宛跳跃的速度,连这位穿越剧导演都有点难以追赶。秦宛在余火发呆之际,已弯下腰,把皮鞋整齐地摆在他面前,一再热情催促:试试,快试试呀。

她弯腰的动作过于彻底,一对雪白鼓胀的胸脯几乎从敞开的领口跳出来,它们随她加强的手势,在他眼皮底下蠢蠢欲动地发出挑逗信号。

我们真有缘呐。秦宛拍手惊叫:你看这双鞋,好像专门为你定做的,多漂亮多合脚啊。秦宛成功送出皮鞋,继而邀请余火吃饭。余火忙说:这顿饭应该我请。席间,秦宛又投其所好,只挑余火感兴趣的电影话题,从好莱坞大片到中国被禁题材,把余火说得激情似火,几杯小酒下肚,当场聘用。秦宛乘胜追击说:那我明天就来上班。

秦宛之后,接下来的应聘者竟然一个比一个年轻一个比一个漂亮。那段时间的余火,被美色冲昏头脑,又像回到东城拍电影那会,似乎天下的女人只有他想不到,没有他得不到的。他得意地想,自古才子皆风流。情欲才是他灵感的源泉,缺了它,手中的笔再妙也无法生花。难怪来美国这么多年一直无缘创作,是因为身边没有一个能赐他灵感的好女人。

秦窕很快来上班了。自从她走进商场客服部,就觉得和余火已达成某种心照不宣的约定。她频频利用午餐时间,去余火办公室谈天说地。她穿戴性感,端着饭盒随意往办公桌上一坐,裸露裙子下的两条大腿,在对方眼皮下晃来荡去。两人都爱讲段子,有时讲着讲着,仿佛从对方声音中抓住某种肉感的、兽欲的成分,一时欲火中烧。如果不是外面有人,他们真不知道会做出什么事来。

一天早上,秦窕比以往提早上班。商场空寂无人,她在客服部刚坐下,忽又想起早上离家时,妈妈提醒她说长筒丝袜上有个破洞。她抬腿,将脚踩椅子上,撩开裙子检查。检查完左腿看右腿,丝袜完好无损。奇怪,明明有个破洞,藏哪去了?为进一步证明自己的记忆力,干脆将腿搁桌面上。

余火就在这关键时刻,一身西装革履地走进商场。见客服部灯光四溢,不假思索大步而去,率先闯入视野的是那条白花花的大腿,以及颤悠悠悬荡半空的高跟鞋。皮鞋为深红色,足尖部缀一朵同色小花。花瓣生动别致,一片片舒展开放,好像活的一样。一阵电扇风吹过,裙子在他眼皮底下,如一把伞,优雅地张开,他猛然止步。

事后,两人都有点吃惊,这事发生得过于突然了。

第十九章

新开张的超市生意越来越好,黎美辰开心之余又有烦恼:首先是余火先斩后奏雇佣秦宛,并且自说自话要给她办工作签证。黎美辰不认识秦宛,当年住雷奥家时,秦宛已经搬离,她也不知道秦宛和肖船是闺蜜。她反对办工作签证,完全是从一个老板的角度权衡得失利弊:办签证得出钱请律师,过程复杂漫长不说,能不能办成还是未知数;不成的话人财两空,成了呢,碰上讲点信誉和良心的会继续留下工作,最怕遇人不淑——

美辰做服装店时被坑过两次,所以一听工作签证随即提高警惕。那些专找中国老板的人,等你好不容易帮他把身份搞定,却一声不吭另择高枝而栖,跳槽了。哪怕事先告诉一声,我也不会拦着,对吧?这算什么?把人利用完,拍拍屁股走人?这些都是前车之鉴。

可是……

余火故作沉吟地说:人总是要雇的呀。黎美辰毫不含糊地拒绝说:先把申请压 压,观察 阵再说。

美辰不知道,她这边一压,秦宛对余火的态度陡转冷淡,余火再反过来给她施加压力。如此循环往复,两个合伙人之间的火药味越来越浓,大有一触即发之势。

有关余火和秦宪的风言风语也开始传进耳边，美辰选择听而不闻。她实在是太忙太累了。自从"梦百合"开张，她来回奔波纽约和波士顿两地，看货、讲价、签单、进货，这些应该男人去做的枯燥累人的活，她乐此不疲，亲力亲为。她的脑子被各种货物和价格充塞得满满的，忘了作为母亲和女儿应尽的责任，甚至彻底忘记她是谁了。

某天深夜，当她从母亲手里接过一碗夜点心，眼眶莫名一酸，泪水哗地流了出来。卸下强硬外表的美辰显得格外憔悴，她胸腔间发出沉闷的叹息，仿佛又回到羽晞刚出生那会的抑郁。

常娥已搬去公寓单住。母女俩自从上次为唱戏吵过后，共同的话题越来越少了。

见美辰如此郁闷，常娥一时不知如何开导，沉吟片刻，再次想起被美辰极力排斥的越剧，决定冒险一试。

那晚的月光非常幽静，适合唱《盘夫》，也适合唱《奔月》。常娥开嗓了，一直生怕唱戏会耽误羽晞前程的美辰，默默听了两段，竟也轻声地哼唱起来。

音乐能舒展情绪，沉浸在曲调里的美辰，只想借此抛开一切困扰的现实问题。她沐浴着月光，舞动兰花指，眼神哀怨，从《盘夫》唱到《奔月》，越唱越投入，越唱越尽兴。正在书房做作业的羽晞，以为幻觉，跑出来看。这一看，像当年的美辰第一次看常娥剧照，惊得合不拢嘴。

常娥用眼神鼓励羽晞。羽晞张开嘴发出一个音，然后紧张地观察妈妈的反应，美辰仿佛没听见。

妈妈这是默许了吗？

羽晞开心地笑了。她举起双手，翘起兰花指，一句句跟唱起来。

那个夜晚的月光，似乎也沉醉于这祖孙三人的同台合唱，久久地在窗前徘徊。常娥听着羽晞演唱，恍惚走进一个时光隧道：她正在教美辰唱戏，年轻的美辰微蹙双眉，眼里浮动泪花，用足劲学妈妈的唱腔和表情。她略带凄凉的音，像一缕轻烟，颤颤悠悠飘出窗外，浮动在北沿河街的上空，也浮荡进居民的梦境深处。

妈妈，我要成角儿。

记得美辰第一次上舞台，只拿两只小眼睛，一眨不眨地瞪着舞台上的灯光。常娥那时真担心再多演出几次会把她眼睛照坏了。

回忆，啊，回忆——

还记得有次在靖江演出，接连三场现代小戏全由她挑大梁：先演《小保管上任》里年轻能干、一脸正气的赵承红；演完承红，演另一部小戏《媒婆》中的媒婆。媒婆完全颠覆前一部戏在观众心目中的形象。当常娥脸上画着"媒婆痣"，一步三扭出现在舞台，坐第一排的美辰开心地指着"媒婆"叫妈妈。观众这才反应过来，原来"媒婆"就是《小保管上任》里的赵承红。

还记得吗？观众都没认出我来，你怎么就知道是妈妈呢？常娥笑着问美辰。

美辰合拢眼皮，回忆把她带进过去。从六岁前的无忧无虑，到六岁父亲去世后的少年老成，再到青春骚动期的走穴唱歌、拍电影，国外开时装店，她一直独立是自身命运的主宰。

而今呢？欢乐转瞬即逝——

她凝视着窗外，脸色阴郁下来，落寞地叹口气：搭进全部投资的梦百合，因为对余火的过度轻信，又因为秦宛的出现被搞得乌烟瘴气。似乎一夜之间，她又回到了从前——所有的自信、希望、幻想，再次被美国东部的冰雪冻住，与她无缘了。

第二十章

秦宛和余火勾搭上后，就按肖船制定的计划，快速递交工作签证申请，希望在余火激情消退之前，将签证拿到手。谁知余火开始答应得爽快，真要办又找借口推三阻四。

这个老色鬼，竟敢在我面前耍花招。

秦宛工作半年只匆匆见过黎美辰两面，并不知道阻碍来自这位幕后老板，以为余火过河拆桥。

肖船寻思说：他会不会有其他新欢？被这么一提醒，秦宛多了个心眼。那段时间，刚好有个中国老板被办公室秘书状告强奸，秘书是位留学生，两个中国人在别人的国家打官司，而且还是强奸案，这脸可真是丢到家了。

肖船把刊登新闻的报纸带给秦宛，当作笑料嘲讽说：这老板我认识，人看着蠢，想不到做事更蠢。我看估计是两人讲好的条件没兑现。

讲好的条件没兑现？

余火答应她的条件兑现了吗？没有。非但没有，还可能脚踏数只船。他真把她当傻子耍呢，也不去打听打听秦宛是谁？她是秦始皇的秦，窈窕淑女的窈。

秦宛开始跟踪余火，一心揪出他另一个"新欢"，好以此要挟，逼他同意申请签证。谁知事情刚有点眉目，竟接到由黎美辰签署的解雇信。她先是被突如其来的解雇震懵了，很快，认定余火和黎美辰是同谋。

想不到他如此无情。

秦宛如何能咽得下这口气？当即气势汹汹找余火论理。余火正和林芬芳在饭店吃他们"最后的晚餐"。

两人终于离婚了。

林芬芳去纽约前，余火约她在市中心最浪漫的天台酒吧聚餐。这里情侣成双作对，坐拥天上人间最旖旎风光。两杯美酒下肚，再拘谨的女人也会娇羞满面。

这里也是余火最喜欢携女人问津的酒廊之一，多年来，位置固定，女人则频频更换，在这个暗香浮动的小天地里，他眼里或多或少带着玩弄的成分，品味着、研究着身边的女人。她们面对物欲诱惑，媚态相似，言语相似，连挑逗发情的动作都极为相似。所以，他占有越多，反倒越难动真情。妻子林芬芳是个例外，这是她第一次来天台酒吧，她对周围环境毫无触动。

为什么？这么多年都过来了？为什么突然要离开我？他费解地问。她是他的女人。是，他从不关心她。因为他知道她就是他一条忠实的小狗，不管世界如何变化，不管他如何在外花天酒地，她永远在家里的某个角落，静静地等着他回来。

他已经习惯了家里有她的日子。

他流露出心底的脆弱，一把抓住她手，试图最后一次挽留说：芬芳。别离开我，好吗？

林芬芳凝视着她问：你挽留我，是因为……爱？

余火答非所问道：我在想，这世上真有永恒无私的爱吗？你当初那么爱我，很让我感动。我以为那是一生一世，永远不计回报的一种。

林芬芳眼里闪过一丝自嘲说：无私？余火，你可真自私啊。你凭什么如此要求我？

因为爱有很多种。我是把你当成亲人来爱的。

亲人？林芬芳冷笑着别过头。

我想知道那个男人是谁。

你妒忌了？

余火否认道：没有，我只是好奇，那个男人到底是谁？

林芬芳夹了块莲藕，用筷子一根根挑断藕丝说：为什么非要一个男人？她放下筷子，对余火伸出手，微微一笑说：再见了。

余火一把抓住她的手，还想说什么，秦窕过来了，上下打量着林芬芳，问余火：她就是你的新欢？干嘛这么着急走？我既然已经来了，不如新欢旧爱好好聚一聚。

她顺手拿起酒杯，感慨道：你说要为我拍一部电影，片名就叫《我的卡门》。为你这句话，我看了无数遍《卡门》的小说和电影，想象着你写给我的台词。

秦窕转向林芬芳问：他是不是也对你说过同样的话？还记得吗？

林芬芳不想再掺和余火的任何烂事，对秦窕淡然一笑，浑身轻松地后退两步，准备离去。

她自由了，她终于自由了。

余火却着急地拉住她说：芬芳你别走，我话还没完。你别听她胡说。

我胡说？秦窕冷哼一声，从手提包拿出报纸，指着新闻说：听好啊，某公司中国老板数次在办公室强行与员工发生性关系，法院判其罚款一百万，十八年付清。她抖了抖报纸问：你说，如果我效仿这则新闻，告你强行与我发生性关系，你算算，警方会判你坐牢？还是罚款？你可能会毫不犹豫选择罚款。一百万对你来说，不过损失几笔生意而已，对我就不一样了。有这一百万，我说不定可以把这个店买下来。你来给我打工怎么样？哈，都说人生如戏，戏如人生，你编了这么多戏，恐怕没我导的这出精彩吧？

余火一时回不过神，以为她在演剧本，摆了摆手说：等等，你今天怎么回事？没见我正忙着吗？

我怎么回事？秦宛又从包里取出黎美辰签署的解雇信，扔过去说：我还真想问你怎么回事呢。凭什么解雇我？说呀，是我工作失误还是迟到早退？你说出理由来？拿不出理由，我们法庭上见。

她晃了晃报纸说：你既无情，我又何必自作多情？

解雇？黎美辰解雇你？为什么？余火被问得一头雾水。黎美辰不是在纽约进货？怎么又回来解雇你？难道……

他突然想，莫非是美辰听到什么传言？这样一想，脸色微变，言语支吾，急切寻找脱身之计。秦宛拦住他去路说：别说你不知道。

余火摊了摊双手说：这件事你真冤枉我了。我不知道，真不知道。

真不知道？秦宛狡黠一笑，举起解雇信：那我就撕了它，我撕啦——话音刚落，解雇信被撕成两片。她拍了拍手说：好了，我明天照样上班——

休想！

黎美辰不知何时已站在身后，正冷冷地盯着他们。

第二十一章

　　黎美辰解雇秦寇,因为无意中得知秦寇是和肖船一块做"安颜"的闺蜜。"安颜"是她内心不能碰触的伤疤。以为随着事业的成功,自己能淡然面对挫折,秦寇的出现又轻而易举地把她带进过去。她无法忘记自己被强行押上警车时的屈辱和挣扎。当她的尊严和骄傲遭受无情践踏时,她的"上线"肖船又在哪里?
　　而这个莫名其妙的秦寇竟然是肖船的铁杆闺蜜。天地真是太小了,店里怎可能雇这种女人?黎美辰一气之下开了秦寇,之后,又怕她想不通出意外,便让员工悄悄尾随——
　　等黎美辰赶到天台酒吧,林芬芳正从里面匆匆出来。两个街坊旧邻居,多年后首次重逢,竟会在如此场景。她们因各有内疚苦衷,看到对方出现,一怔,但并没停住脚步,只用满怀歉意和羞惭的眼神匆匆瞥对方一眼。
　　美辰,对不起。
　　芬芳,对不起。
　　两人擦肩而过时,在心里说着同样的道歉,泪水夺眶而出。
　　黎美辰目送林芬芳离去,心想她在这里真是寂寞太久了。当初余火口口声声说已经和林芬芳离婚,原来一切都是骗局。早知道男人是不可靠的。胡清风叔叔那么好一个人，不也用同样的谎言骗取了妈妈的信任？

她傻，真傻啊。连余火这种人的话也听得如饮甘饴。他说什么？就在这里，他手持玫瑰说，美辰，我爱你，从看到你的第一眼起，就被你的美俘虏了。在我眼里，你是用黑暗和火焰做成的女神：黑暗使我浮想联翩，恣情纵欲；火焰则光芒四射、时时刻刻提醒我自己的身份和职责。我想舍弃一切，只求能像一个男人那样，把你搂在怀里，用我强健的身躯爱你、温暖你，哪怕为此丢弃世人所羡慕的职业金钱也在所不惜。美辰，让我们彼此相爱，让我们的肉体和灵魂彼此交融，让我们一起携手，共同致富的同时，也完成我们的电影梦想，好吗？好吗？

电影梦想。原来，他的电影梦想里还有另外一个女主角。她竟会相信他的花言巧语。他说得对，他就是禽兽不如。兔子还不吃窝边草呢，他……他想女人想疯了。美辰脸色煞白，肠胃里翻江倒海一阵痉挛。

美辰。余火一把抓住她，声音乞求道：美辰，我一定给你一个解释。我保证跟她一刀两断。

美辰哪听得进？用力甩开他的手。

秦宽慢悠悠地过来说：别着急撇清关系。想清楚了？让我重回梦百合，帮我申请工作签证，那么一切都好商量。

休想。黎美辰再次严词拒绝。

秦宽头部僵硬地点了点说：那——就等着瞧吧。秦宽离去时的眼神让余火莫名心慌，这种女人什么事干不出来？他额头冒出一丝冷汗。

余火的担心很快变成现实，并且比预想的更惨。一个月后，他收到法院通知，有人状告他强行与店内员工发生不正当肉体关系。如果证据确凿，将面临数百万罚款。

状告者有点令人意外，竟然是秦宽母亲。这位曾让女儿成功送出男士皮鞋的中年妇女,年轻时离异,独自含辛茹苦把女儿养大。她对女儿过分溺爱,又偏信一面之词,从小到大,只要女儿在外面哭着回来,就认定是被人欺负,哪怕拼了命也要讨个公道。

她对女儿出国后的变化一无所知,又一直操心女儿婚事,最怕遇人不淑。当发现那双有破洞的丝袜上似乎凝结着男人精液时,她惊骇万分,一方面藏匿证据,另一方面偷偷观察女儿,终于,看到神采飞扬的女儿失魂落魄了,劈头就问:你是不是被欺负了?快说呀,你是不是被人欺负了?

秦母藏匿丝袜时,其实已在为讨公道这一天做着准备。她气急败坏地叫道:告他,不光告他,还要告梦百合那个女老板。

秦宽原本只想吓唬一下余火,被母亲一掺和,搞得有点骑虎难下,毕竟她和余火之间——

真告?秦宽问。

怎么?你不会对他还念旧情吧?

秦母做事一向雷厉风行,她只想惩恶,把欺负女儿的衣冠禽兽绳之以法。秦宽呢,刚开始为博取母亲同情,一口咬定并非自愿,现在改口肯定不行,怎么办?她找肖船出谋划策。肖船一听梦百合女老板竟是黎美辰,说:原来是那个疯子啊。几年不见,疯病又上身了?你当然得好好配合你母亲,不然这条疯狗是会到处嚷嚷,乱咬人的。

就这样,母女连夜找到中国城一家华人律师事务所。律师一看这case,好家伙,门庭冷落多年,终于来了笔大单,有利可赚啊。他指着桌上的报纸说:你们这case跟它很像,听好啊,某公司老板数次在办公室强行与员工发生性关系,法院判其罚款一百万,十八年付清。

一百万。

余火拿到法院传票时以为那天是愚人节,试图问清缘由,秦宽已避而不见,这才感觉事态严重,心急火燎找黎美辰寻求万全之策。

美辰,你这次一定要帮我。听我说,这件事也不是没有挽回余地。

我知道问题就出在那张该死的工作签证上。如果你答应办，我一定能说服秦宛撤销起诉。她这是在玩小孩把戏呢？他说完，又气咻咻地说：我强奸？我他妈的我用得着强奸？

黎美辰默默地冷笑着，并不发表态度。

余火着急了，额头冒出虚汗。如果任由秦宛告发，他是百口莫辩，跳进黄河也洗不清。现在只有美辰能够救他。

美辰，我一定给你一个解释。请你，请你同意给她办工作签证。如果她……

他的声音低弱下去说：如果真被她告成，受损的不仅仅是我。一百万哪，你想想，梦百合——

听他提梦百合，美辰情绪激动了，愤然道：余火，我警告过你，我最恨欺骗。我不会给她办工作签证的。还有你，也请你立刻离开梦百合。

请我离开梦百合？余火见黎美辰不留一点商量余地，跳起来叫：你知道自己在说什么话吗？你忘了当初我是怎样帮你的吗？要不是我，你哪来的钱开时装店？哪有梦百合今天？做人要讲良心，你不能和秦宛一样自私无情。

听余火提起过去，黎美辰的心蓦然一动。是的，要不是他帮忙，恐怕现在还在车库里买时装吧？

她缓缓回头，对余火说：那好，我再给你一次机会。明天这个时候，我们老地方见。

第二十二章

美辰说的老地方,是他们两情相浓时频频约会的"红枫峡谷"。那里层林尽染,一年四季各有美景,尤其到深秋,漫山遍野的枫叶将谷底、山腰间和山顶完全覆盖,颜色如火如荼,和天边色彩斑斓的晚霞相呼应。那份瑰丽如同火焰般,有一种惊心动魄令人窒息的美。

余火曾不止一次站在峡谷边,张开双臂,做出艺术家放浪不羁的洒脱,大叫自己的名字。听着从谷底传来的回声,他脸上浮动一丝奇异的满足感。

两人旧地重游,心情阴郁。天公也不作美,刚才还明亮的太阳,转眼好像被一只巨手遮住,蓦然之间,树林四周笼罩在黯淡之中。余火的舌尖已尝到风暴的气息。

说吧,你要我怎么做才能重新雇回秦宛?

美辰仿佛没听到他的声音,席地而坐,略显迷惑地抬头,朝东方凝望。那里,一阵阵浓云,把天空染成奇怪的黑色。太阳瞬间被阴霾吞噬,只露出小半个惨白的脸。

陪我在这里坐一个晚上,我什么都答应你。美辰说。

就这么简单?

是的,就这么简单。

可是——

天边响起雷声。余火不安地看了看天空，心神不宁地坐在美辰身边，几次试图解释，被阻止：别说话，我累了，什么都不想听，也什么都不想说。就陪我在这坐一个晚上，过了今晚，只要过了今晚——

余火坐下，很快又起身。他不安地望着天边的滚滚黑云。

要打雷了。他脸色煞白地咕哝：你知道我最怕打雷。

美辰鄙视地瞥了他一眼。

树林开始在风中起舞，以往柔媚的姿态逐渐变得张狂狰狞，好像蛇发女怪杜梅莎的头。天气越来越闷，一阵阵浓云时聚时散，很快，浓云变成黑里带黄的颜色，越升越高。

余火抬头，眼神焦灼地盯着天空的变化。

要打雷了。他再次咕哝。话刚完，一片片分币大小的雨点已打在他们身上。

他猛地哆嗦两下。雷声在低低的云层中轰响，他和童年的他合二为一。被雷电夺去生命的母亲，正在天空俯视着他：孩子，快跑，快跑。他仰望天庭，大睁着一对惊恐的眼睛。

你要走吗？美辰问。

不，我不想走，我想陪你，真的，美辰，相信我——

黎美辰说：我说到做到，只要你陪我在这里坐一个晚上，我什么都答应你。

可是……可是……我从小就害怕闪电，我……

美辰看着步步退缩的余火，眼里闪过一丝冷笑问：你害怕了？你没做亏心事怕什么？你说你怕什么？我只要求你在这里陪我一个晚上，有那么难吗？你不是口口声声说，为了爱哪怕死都在所不惜吗？

雨开始倾盆而下。

美辰，别再闹了。我们回去吧。余火哀求。

"轰隆——"天幕上闪过一道耀眼的蓝光。雷声落下，似带摧毁一

311

切的威力，把天地震裂了。

余火好似突然被雷电劈醒，生气地盯着她问：你是故意的，对吗？你知道我怕雷电，知道今天有暴风雨，所以，把我约到这里——这就是你解决问题的方式？

是，这就是我解决问题的方式。黎美辰猛地跳起来，手指痉挛地戳向天空，目光凌厉地瞪着他说：现在我才知道，所有偷情的人都会受到惩罚。因为老天在上面看着呢，它看着呢。它看到了你我丑恶肮脏的行为。

隔着瀑布般的雨帘，她见余火趔趄着身子步步后退，对她挥舞着手叫：黎美辰，你疯了。你就是一个疯子。

黎美辰身体晃了晃，仰起脸，任凭雨水冲洗。

不知过了多久，天地又恢复平静。被暴雨洗涤过的世界，显得青翠湿润。美辰和四周万物一起，重新睁开眼睛。刚与死神擦肩而过，她很平静。她突然饿极了，想回家，想看到女儿、妈妈、甚至江枫。

黎美辰急切起身，冲下山坡，经过峡谷处，只觉一阵阴风袭来。余火呼喊自己名字的回声隐隐飘荡山谷。黎美辰头皮一阵发麻，加快脚步跑了过去。

梦百合，再见了。每个人都要为他的错付出代价，她也一样。

黎美辰跌跌撞撞回到家，家里空空荡荡，江枫最近又迷上钓鱼，整天把希望寄托在一支鱼竿上。门口一只铁皮桶，里面装着他自制的鱼钩和鱼饵。美辰发了片刻呆，弯腰拎起一只鱼钩和一条红色的虾状塑料鱼饵。她将鱼钩穿过虾子腹部，轻轻晃了晃。"虾子"的形状渐渐变成"凤凰"。

凤凰，火凤凰。美辰似再次感受到那天她和余火全身沐浴在金色里的那层朦胧和辉煌。昨天刚签下一笔单子，在从纽约回家的路上，甚至梦想着把"梦百合"分店开到纽约、旧金山、洛杉矶等美国各大城市。那一刻,她开心极了。她站在第五大道,站在梅西门口,笑得脸都变形了。她再也不会因为一声冰冷的"watch out"胆战心惊。现在口袋里全是钱,想买什么衣服就买什么衣服。她在美国不仅拥有自己的生意和收入,还让妹妹一家有了活路。出国十几年,第一次有当家作主的感觉。

当家作主。她在室内走动,眼泪缓缓滑出眼眶。想不到这感觉如此脆弱,仅一夜工夫,一切又将归于零。

妈妈。随着这声喊,心里结着的硬块松动了,泪水成串往下掉。她去常娥房间。推开房门,像回到小时候遭受别人欺负后的无助,急切地渴望见到母亲。房间空无一人,这才想起常娥已住老年公寓,呆怔片刻,转身去了公寓。

第二十三章

天幕上一轮淡淡的月，月移花影，使周围的树林房屋尽显幽静之美。美辰回头凝望，身后是一幢幢欧美风格的居民建筑物，它们和树林一起，安详地依偎着夜的帷幕。偶尔，有车库自动开合的响声，片刻，一切归于沉寂。这就是她现在的生活：车子、房子和树林，到处是空旷的天和地。

美辰打了个寒战，一阵前所未有的孤单袭来，她加快脚步。

母亲没在公寓，邻居说常娥正在社区中心剧场给老人演出。社区剧场的墙上挂满演出照片，以"常娥归来"为主题，展现了一幅幅精彩生动的演出盛况：照片中那些寂寞孤独的老人，激动地拉着常娥的手紧紧不放；照片上，常娥和她的队友个个神情满足而又幸福。

美辰跑到剧场门口，又刹然止步。从剧场敞开的门扉中，她呼吸到了久违的艺术氛围。常娥正在舞台上深情演唱，她扮演的《嫦娥》，依然迷倒无数观众。不知过了多久，她听到清脆的报幕声：下面欢迎江羽晞小朋友为我们演唱《梁祝》片段——

我家有个小九妹，
聪明伶俐人敬佩，

描龙绣凤称能手,
琴棋书画件件会。

美辰被女儿略显稚嫩但婉转柔美的唱腔吸引。她有多久没进剧场了？这里熟悉的一切：灯光、舞台、幕布、道具、乐队、观众，在她推开门，踏进去的刹那——如一股洪流，很快将她淹没。她想起自己第一次登台的紧张和胆怯。想起在北沿河常娥教她唱的第一首曲子，就是"我家有个小九妹"。

羽晞，在舞台上似乎比她当年老练多了。这个孩子，到底还是跟外婆一起合伙骗了她。

泪水模糊了双眼，美辰悄悄退出剧场，身体跟随戏曲声舞动。开始，脚尖带一丝生疏的僵硬，迟疑地踩了下节奏，嘴巴已情不自禁张开，一旦开嗓，曾经属于她的舞台和掌声又回来了。

她在天地间不知疲倦地舞着，唱着。远处街道隐隐传来警铃声，声音越来越近，直奔剧场方向而来。她仿佛没有听见，闭着眼睛独自旋转，旋转，如入无人之境。

警车一辆接着一辆呼啸而来。很快，刺耳的警报、刺目的红光将美辰团团围住。

警察在红枫峡谷找到已无生命迹象的余火。事发前只有美辰和余火在一起，两人一个死亡另一个却完好无损。余火到底是自杀还是他杀？黎美辰成了最直接的嫌犯。

自杀？余火这种人我很清楚，好死不如赖活，借他十个胆都不可能自杀。秦宛作证，说肯定是黎美辰由爱生恨，把余火推入峡谷。

可是证据呢？

证据……

秦宛的脑海猛地划过一道蓝光，突发灵感道：余火怕雷电。这不是什么秘密，梦百合所有员工都知道。黎美辰偏选择这种天气约会峡谷，她是杀人不见血啊。

秦寬被自己的假设吓了一跳，倒抽一口冷气说：黎美辰这是心理谋杀，其实心理杀人比行为杀人更阴险更恐怖。

麻省两个月前才发生一起中国留学生情杀案，一名年仅二十三岁的男子追到女友宿舍将其枪杀。警察全力追捕美辰时，通过秦寬提供的假设和推理，几乎可以断定，这又是一起为情谋杀案例。

美辰嘴角浮动一丝冷笑，似乎不知道自己已深陷重围。她再也不是刚出国做"安颜"时的美辰了，邻居一个报警电话就把她吓得魂飞魄散。

她轻盈地甩动手中衣袖，闪烁的红灯仿佛是舞台特殊的灯光照明。她唱着舞着，如此酣畅淋漓、物我两忘的体验，真是久违了，这种感觉是她挣再多的钱都无法满足的啊。

美辰的歌声里混合着一丝叹息，它们随美国东部寒冷的秋风一起，飘向那深不可测的夜空。

后 记

那些爱与黑暗的日子

  2017年3月的某个清晨,我像往常一样,做完一些简单家务后泡了杯绿茶,坐书桌前随意浏览。家里很安静,妈妈在她自己的房间里诵经拜佛,香雾袅袅,从楼上飘到楼下。我呼吸着熟悉的香味,心里蓦然打了个咯噔:昨晚,我竟然梦见下雪了。梦中,我独自站在雪地,到处是白茫茫一片,我不知道自己要去哪里,心头只回响着一个空寂的声音:下雪了,好大的雪啊。然后,我深一脚浅一脚地在雪地走,双腿却像被像被风雪羁绊,怎么也使不上劲。雪越下越大,我一阵恐慌,眼看快要被无边的雪吞噬,梦醒了。
  梦见下雪意味着什么呢?记得某位作家在一本书里写道:人们很少梦见下雪,一旦梦见,则预示家里老人病重,或有丧事发生。
  我婆婆2016年去世;公公年迈体弱,每见我们一次就要交代后事。除了为公公的身体担忧之外,我下意识抬头朝楼上瞧一眼,但是很快打消了心里产生的隐隐不安:妈妈身体硬朗,走路健步如飞,精神比我还好。再说,来之前体检过,指标一切正常。所以,妈妈不会有事的。我如此安慰自己,暂时抛开这个梦给我留下的不安。
  那段时间,大儿子正准备申请大学,喜欢踢足球的他,希望能考入美国大学足球队,所以几乎每个周末,我们都带他转辗各地参加足球选拔赛。那是4月中旬的一个周末,我们开车去费城,当天气温骤降,阴雨连绵,儿子全身都淋湿了。比赛完,我们打算带他去中国城吃火锅驱寒,谁知刚进城,映入我眼帘的竟是"殡仪馆"三个黑体大字,接着又因为找不到停车位,车子转来转去,好像被施了魔咒,总是回到殡仪馆附近。

从梦见下雪到殡仪馆,是命运借此暗示我什么吗?接下来的日子,我一直思绪不宁。公公身体虽然虚弱,但还算稳定;妈妈的精神也出奇的好,每天忙碌在后院,种菜、施肥、浇花、拔野草、拣树枝、清扫枯叶等,浑身似乎有使不完的力气。

我们后院草地直通一条沟壑,里面杂草丛生,妈妈寻思着在沟边种上一排松树,等松树长大既可当风景看又能作篱笆用。都以为她随口说说,谁知是真上心。六月份回国前,竟去一位老朋友家后院挖到六棵半米高左右的小针松,然后用纸盒装好,小心翼翼地捧着,走四十分钟才到家;一回来又马不停蹄地去沟边种植,等她将六棵小松树联排种好,才叫我出来观赏。

至今,眼前仍不断闪回那张汗水淋淋的脸,汗水沾着泥土,顺她额头的皱纹蜿蜒而下。一向爱美的她顾不上用毛巾擦一擦脸,眼里交织着自豪和得意的光问:"怎么样?等过两年再来,它们跟我一样高了。今后你要有什么烦恼就跑到这里来,闻一闻松树的清香,心情会顿觉开朗的。"

那天的阳光真好,小松树一棵棵随风轻舞,相互摩挲,似乎向妈妈点头致意,妈妈在太阳中笑得更开心了。她爱抚地用手挨个触摸,轻声说:"你们一定要好好的等我回来啊。"

不知为何,这句话让我心里又是一个咯噔。我在她六月份回国后便格外关注这几棵松树,似乎它们的成长跟妈妈有着某种神秘联系。小松树刚开始好像也适应被移植的生活,枝叶舒展,没有出现萎黄迹象。和松树的健康相比,我们八月份带孩子回国过暑假时,却看到妈妈突然消瘦了,追究原因,她轻描淡写地用一句"夏天都这样"暂时打消了我顾虑。

那两个星期,妈妈像以往一样亲自下厨做我们爱吃的家乡菜;陪我逛书店买书;给大儿子寻找足球场地;还冒着高温去我父亲老家,见了表哥和堂姐一家。席间,表哥提起我父亲的往事,说到动情处,心里的伤感怎么也止不住,大家都忍不住流下眼泪,一场欢宴变成追悼。这些,是否都在冥冥中预演着我们即将来临的最后告别呢?

我到底不放心,催促妈妈看医生,查找消瘦原因。妈妈说单位马上要体检,而她体检的日子就定在我回美国那天。

那天,因为上海暴雨,很多航班被取消。我们困在浦东机场,着急地等待航班更新,终于,可以先飞北京,等到北京才知道,所有从北京直飞纽约的航班已取消。机场到处是被迫滞留的旅客,地上、椅子上横七竖八躺满人。两个儿子累到虚脱,我们在二楼看到一家按时收费的按摩床还有空位,赶紧买下让儿子休息。忙完这一切,才想起询问妈妈体检结果。

妈妈的电话一直占线,拨了很久才通,却是姐姐接的。

姐姐告诉我妈妈病情时,候机厅外暴雨正肆虐地吹打着玻璃窗,雷声隆隆,震得我心惊肉跳。我紧紧捏着电话筒,心里的狂风暴雨已将我淹没,但仍抱一丝侥幸,是外面的雷声干扰了听力,妈妈不会有事,不会的。姐姐抽泣着问我:"要不要告诉妈妈实情?""不能。我不回美国了,我马上回来。"我昏乱地叫。我和姐姐相互在电话里不知哭了多久,姐姐率先恢复理智说:既然暂时不告诉妈妈,你突然返回必定让她起疑,还是按原计划回美国吧,等妈妈手术好了再过来照顾,到时理由也充分。

我听从姐姐的安排,回美国把家中事务处理好后立即重返。那时,妈妈已手术出院,在家静养。我们骗她说手术切除了发炎部分,进展非常顺利,今后只要按时吃药,很快就能痊愈。事实的真相却是:手术时医生发觉癌细胞已经扩散，根本没能采取任何措施。

从 2017 年 9 月 1 日到 10 月 20 日，整整五十天，我陪妈妈住回原来的公寓。每天早上给她蒸红薯、山药、南瓜等粗粮；中午，姐姐买好菜回来烧饭。我们全部采用抗癌效果最强的食材，变着花样做一日三餐。这样的日子感觉又似回到过去，只是顺序颠倒过来了，换成我们照顾妈妈，亲手给她煮饭、洗衣、擦身。

妈妈曾是剧团花旦主演，她的床底下有两只饼干盒子，里面收藏了很多年轻时的剧照。如今装满旧照的盒子依然在，我们坐在太阳下一张张翻看，时光就这样在感慨和回忆中缓缓流淌。也不知道是心理作用，还是那些抗癌食物及营养品发挥了效果，妈妈的身体一天比一天好起来了，三个星期后，主动要求去公寓附近的红梅公园散步；一个月后，竟提议去我们小时候居住的老街拜访旧邻。

那条街我在小说中多次提起，那天，我在高楼林立的现代化建筑中迷失了，不知道东西南北。妈妈用手朝远处的运河一指说："其他都拆了，就我们住的那条街没变，还是原样。"我顺着她手指的方向看去，心底一阵激动，模糊的记忆开始变得清晰。是啊，小街晃眼一看仍是记忆中的模样，走进去发觉高低不平的土路已变成平整干净的水泥地；妈妈原先工作过的厂职工宿舍仍在，几位老同事从低矮的屋檐下走出，一眼认出妈妈，惊喜地迎上前，争相回忆妈妈年轻时的风采。几户旧邻居也没搬，家里都重新装修了，有了现代化的抽水马桶和热水装置。住我们家隔壁的阿香妈已经八十六岁，依然精神矍铄，热情好客，硬把我们拉进家中叙旧，硬往我怀里塞花生和蛋糕。还有我小说中提到的裁缝夫妇仍住原处，年复一年地踩着缝纫机，为他人做衣裳。

我和妈妈、姐姐曾经寄居的白房子已被邻居用来堆放杂物。房子年老失修，早已破败不堪，我站在窗前，踮起脚尖往里张望，依稀恍惚仿佛走进另一股时光隧道：妈妈正在教我和姐姐唱戏，年轻的我们微蹙双眉,眼里浮动泪花,用足劲学妈妈的唱腔和表情。

那个寻访旧址的金秋之日是温暖的、令人感动的。告别时,众人依依不舍,一再邀请妈妈下次再来,妈妈开心地点头应诺,和每个人拥抱着说再见。她坐进出租车,探出身子对他们挥手,伸出去的手臂在空中长久地挥舞。我说,好了,妈妈,他们已经看不见了。妈妈不语,眼睛凝视窗外,脸上浮动着一丝微笑,我知道她又深陷进往事的回忆中了。

妈妈是在文革中离开舞台的,那年她三十岁不到,剧团解散了,她被下放到机械厂做工人;那双曾经倾倒无数戏迷的兰花指,就此整天和油腻冰冷的机器打交道……妈妈这辈子吃了很多苦,可她从不抱怨,总是以积极向上的态度不断挑战自己。文革后,艺术的春天全面复苏,妈妈也被调入市文化馆,但因为右手食指残疾不能再上舞台,便转战幕后,悉心辅导基层业余骨干和艺术新秀;同时还利用业余时间创作排演了三十几部故事小品,这些小品屡次在省、市比赛中斩获大奖。秋鹏和寒晓两位文友曾是妈妈当年组织的新故事笔会成员,得知妈妈生病,特意前来探望。

我十八岁以前一心想考剧团,却在这条路上四处碰壁。是妈妈在我最苦闷的青春岁月,鼓励我拿起笔创作,鼓励我静下心来"一心只读圣贤书"。我参加的第一个笔会是由妈妈策划的太湖笔会。也是在那次笔会上,我认识了秋鹏和寒晓等一众文友,并和他们一见如故。后来,我们为事业和生存各奔东西,那时恐怕谁都没想到一别会是三十年吧?我们在寒晓的"密室"里感怀,妈妈跟着一起聊到凌晨。她思路清晰、记忆生动,提起笔会一些人或事的细节,引发出阵阵欢乐的笑声,那一瞬间,我们仿佛又回到了过去。

那段日子,每一天,我们都把它当作生命的最后一天般珍惜着,恨不能连妈妈呼吸过的空气也一并珍藏起来。妈妈对我们发出的任何提议都欣然应允,她的身体和精神以神一般的速度恢复起来了,复诊时病状维持原样，没再进一步恶化。这让当时预言妈妈只有三到六个月生命的医生深感不可思议，觉得妈妈很有可能创下奇迹，实现带瘤生存的梦想。

复诊结果给予我和姐姐极大鼓舞，我们一致认为是妈妈乐观、积极的精神起了关键性作用，所以决定继续对妈妈封锁病情，继续用食疗和中药帮助妈妈康复。就这样，半年过去，妈妈体重增加，脸色红润，又开始健步如飞了。她积极报名参加老年文体活动和旅游项目，安徽、江西等名胜古迹都留下了她容光焕发的身姿，我一颗吊着的心这才渐渐放下，将思想集中到新一轮的创作中。

2018年10月，我接到由江苏省作协、文学院和南京大学联合举办的"首届华语作家到访计划"邀请，入驻计划为期一个月。时间有些长，但考虑离家近，可以顺道探望妈妈，又可以和学院的作家老师们近距离交流，就毫不犹豫地接受了。妈妈听到消息非常开心，一再嘱咐我好好珍惜这次机会，把工作做好。那时，乐观的我怎么可能想到，命运要我这个时候回国，其实还有另外一种安排呢？

报到前我先回家住了一个晚上，妈妈替我准备好干净的床铺，床头边，放着两本我最喜欢的作家的新书。她开心地说："看看，这本还有签名，我排了老长的队才等到的呢。"妈妈喜欢给我买书，这个习惯一直延续了三十多年。每看到一本好书，妈妈会帮我买了收好；每次回国，我们母女的头等大事是去书店买书。记得有次在新华书店，我们挑了好多折价书，各捧一大堆，兴高采烈地出来，却遭到一年轻女孩的奚落："有病吧？买这么多书。"女孩一句有病让我们乐半天，也感慨半天。

我手里捧着妈妈好不容易为我签到的新书，扉页上，是我文学偶像那龙飞凤舞的签名，换作平时肯定会开心尖叫；可不知为何，我又想起女孩那句"有病"，想起妈妈拖着病痛的身体为我排队等候，只因为我说过喜欢这个作家的书，心里便酸酸的，想哭。我没敢和妈妈对视,迅速转过身,抹掉了溢出眼眶的泪。

手机发出一阵阵信息提示,新加入的两个作家群,因为即将到来的活动变得热闹纷呈:来自学院老师的仪式开启预告以及作家朋友的热情问候等,一波接着一波,充斥屏幕。我被群里的热情传染,第二天一早便和妈妈匆匆告别了。妈妈送我到楼下时说:"不要牵挂家里,不要总想着回家。我很好。你放心去吧。"妈妈站在晨光里朝我挥了挥手。

那个上午,我坐在从常州开往南京的高铁上,望着窗外飞速掠过的景物,回首三十多年对文学始终不变的信仰和坚持,以及一路走来家人的包容、理解和支持,一时心潮澎湃,感慨万千。我的第一部长篇小说《落日天涯》2006年由上海文艺出版社出版,在后记里,我提到妈妈在美国帮我带孩子的种种艰辛和付出。这么多年,为让我有更多安静的时间写作,妈妈随叫随到,尽所有努力帮我带孩子料理家务,免除我后顾之忧。除此,妈妈还是我的铁杆"闺蜜"和忠实"粉丝",她分享着我生活中的喜怒哀乐,以及我写作事业上的成功和挫败。我每发一篇文章,她都当宝贝般收好。所有关于我的一切,大到一本书、一本杂志,小到一行我随手写下的文字,或一个我早遗忘的地址,都被她如数家珍般藏着。上世纪九十年代末我还没有学会电脑打字,小说都是手写在练习簿上寄回国,然后再由妈妈抄写到方格稿纸上,代我寄往各杂志社。2017年我在家那段日子,整理她抽屉时,看到那些被编辑退回的稿件,回想妈妈抄写稿件那一个又一个寂寞的夜晚,心里真是百感交集。唉,妈妈呀。我的眼眶又湿润了。我将脸贴在窗玻璃上,窗外阳光灿烂,在那些浮动的光和影之间,妈妈的脸忽隐忽现。她眼神疲惫,似乎没有想象中那么健康,不过,这个一闪而过的念头,很快被接下来新鲜精彩的喧哗淹没了。

在为期一个月的活动中,主办方安排先去徐州等地采风。我每天给妈妈发照片,跟她分享美景美食的同时也分享我收获的友谊。时间在快乐中总是过得飞快,转眼就到了采风最后一站:苏州吴江的蚕丝之乡震泽。

最早知道震泽,是通过唐代诗人陆龟蒙的诗句。"尽趁晴明修网架,每和烟雨掉缲车。"他在一千多年以前,就以此诗形象地描绘了震泽桑蚕人家日出劳作的场景。这是我第一次来到古镇,很快被它"丝"情浓郁的魅力吸引。姐姐来电话时,我们正在丝绸博物馆参观,我兴致盎然地坐在一台古朴的木头绣花架前,模仿刺绣动作;文友庄雨和龙青举起手机,极有耐心地替我寻找最佳摄影角度,就在那时,手机响了。

姐姐跟我说的第一句话是:"你快回来吧,妈恐怕不行了。"我紧紧捏着手机。怎么可能?昨天才和妈通话,她还说准备给老年吟诵班写个小品。怎么会?姐姐后来又说了些什么我一句没听进。自从妈妈被诊断为癌症晚期,我和姐姐每天如履薄冰,来自妈妈的任何一点健康都让我们欣喜万分。妈妈的身体也恢复神速,几乎和常人无异。是不是我们高兴得太早?其实病魔从未远离,一直蹲伏在黑暗中伺机出击,终于,它战胜了我们,要把妈妈从我们身边夺走了?

傍晚,我风尘仆仆赶回常州,叫了辆出租车直奔医院。一颗心在胸腔内慌乱地跳动,同时又怀抱一丝希望,但愿这一切是虚惊一场,妈妈不会有事的,昨天还在电话里跟我说要写小品呢。一定是姐姐虚张声势,或者是妈妈想我了,和姐姐一块合伙骗我回来?

妈妈,我回来了。我回来了。

我又急又怕,冲进病房,被妈妈枯槁的形容吓坏了。才两个星期不见,妈妈仿佛换了个人,她直僵僵躺在病床上,脸色蜡黄,双颊深陷,身上、鼻子里插着各种抢救用的管子;床头边一架测量血压和心脏的仪器,不时发出令人揪心的报警声。我使劲咬自己嘴唇,怀疑这是一场噩梦。我将求救的目光转向姐姐,姐姐已经哭得双眼红肿,后来告诉我说,妈妈跟我通完电话精神还很好,晚上突然高烧不止,接着所有癌症晚期症状——黄疸、腹水、胆管堵塞、疼痛等一夜爆发。我来前母亲刚做胆管支架手术。"有人做完支架还能再活十年呢。"姐姐最后一句话又给了我希望。我扑倒在妈妈床前，不停地揉搓着她冰冷的双手，安慰她说："妈妈，你很快就会好起来的。这就是一个小手术，不过是一个小手术而已。"

妈妈在我的哭泣声中缓缓睁开眼，声音微弱地问："你怎么回来了？那边会议结束了？"接着，责怪姐姐不应该告诉我，影响我工作。看到我，妈妈的精神似乎好了许多，眼里又燃起生的渴望。接下来两天，妈妈积极配合医生治疗，稍有好转便催我返回南京。"你快回去，别担心我，一个小手术，很快就能出院的。"

是的，胆管支架是一个只需十分钟的小手术，幸运的话，预后情况良好，还能多活几年。我们幻想着妈妈还会像2017年那样，手术后休养一段时间，又能够正常吃饭、睡觉，甚至健步如飞。可是，医生的一纸病危通知撕碎了所有幻想。妈妈的情况很不乐观，癌细胞已全面扩散，正在疯狂反扑。支架放进去一个星期没到又全部堵死，接着再做一个支架，然后穿刺……

妈妈再也没能走出医院。她在病床上度过了生命中最受折磨的三个月，于2019年1月14号凌晨1点离世。这个时间应该是世界上最安静的时刻吧，我和姐姐守在她身边，仿佛回到小时候，我们母女仨围坐在一起，听她讲年轻时那点点滴滴的往事。

2月底，美国这边下了场大雪。妈妈种植沟边的六棵小松树，最后只存活一棵，它像守卫的战士般，傲然屹立在风雪中，替妈妈站岗，帮我们看家护园。

雪绵绵密密下着，我躺在沙发上，耳边回荡着妈妈那天种植松树时说的话，手里捧着装满妈妈剧照的饼干盒子，一张张翻看，泪水干了又湿。自从妈妈去世，白天黑夜只要闭上眼睛就会梦见她。这个午后，妈妈又来看我了：她身穿一袭白底印花的上海旗袍，腰边系一条白色丝绸手帕；头发烫成长波浪形状，鬓边还插着一朵白兰花，我看呆了，妈妈好像已从我小说里走了出来……

我在《创作谈》里提到，《繁尘过后》的第一部分素材直接取自我父母的亲身经历。如果妈妈知道这本书将由上海文艺出版社出版，一定会非常高兴的。谨以此文怀念我最亲爱的妈妈王玉兰女士（1940年3月2日—2019年1月14日）。

2019年3月25日

图书在版编目（CIP）数据

繁尘过后/王琰著.-上海：上海文艺出版社.2019.8
（复旦大学中文系"高山流水"文丛）
ISBN 978-7-5321-7153-8

Ⅰ.①繁… Ⅱ.①王… Ⅲ.①长篇小说—中国—当代
Ⅳ.①I247.5
中国版本图书馆CIP数据核字(2019)第075851号

发 行 人：陈　徵
责任编辑：崔　莉
装帧设计：钟　颖

书　　名：繁尘过后
作　　者：王　琰
出　　版：上海世纪出版集团　上海文艺出版社
地　　址：上海绍兴路7号　200020
发　　行：上海文艺出版社发行中心发行
　　　　　上海市绍兴路50号　200020　www.ewen.co
印　　刷：杭州宏雅印刷有限公司
开　　本：890×1240　1/32
印　　张：10.625
字　　数：275,000
印　　次：2019年8月第1版　2019年8月第1次印刷
Ｉ Ｓ Ｂ Ｎ：978-7-5321-7153-8/I · 5719
定　　价：48.00元
告 读 者：如发现本书有质量问题请与印刷厂质量科联系　T: 0512-52605406